O CERNE DA QUESTÃO

GRAHAM GREENE

O CERNE DA QUESTÃO

tradução Otacílio Nunes

Texto fixado conforme as regras do Acordo Ortográfico da Língua Portuguesa (Decreto Legislativo nº 54, de 1995).

Editores responsáveis: Erika Nogueira Vieira e Lucas de Sena Lima
Editora assistente: Luisa Tieppo
Assistente editorial: Lara Berruezo
Diagramação: Carolina Araújo | Ilustrarte Design
Preparação: Antonio Castro
Revisão: Ana Kronemberger e Julia Barreto
Capa: Thiago Lacaz
Imagem da capa: Sierra Leone 1933 King George V
Abolition of Slavery and of Death of William Wilber.

Título original: *The Heart of the Matter*

CIP-BRASIL. CATALOGAÇÃO NA PUBLICAÇÃO
SINDICATO NACIONAL DOS EDITORES DE LIVROS, RJ

G831c
2. ed.

Greene, Graham, 1904-1991
O cerne da questão / Graham Greene ; tradução Otacílio Nunes. - 2. ed. - Rio de Janeiro : Biblioteca Azul, 2019.
352 p. : il. ; 21 cm.

Tradução de: The heart of the matter
ISBN 9788525065698

1. Romance inglês. I. Nunes, Otacílio. II. Título.

18-51373 CDD: 823
CDU: 82-31(410.1)

1ª edição, 2007
2ª edição, 2019

Direitos exclusivos de edição em língua portuguesa para o Brasil adquiridos por Editora Globo S.A.
Rua Marquês de Pombal, 25 – 20230-240 – Rio de Janeiro – RJ
www.globolivros.com.br

A
V. G., L. C. G., e F. C. G.

LIVRO UM

PARTE UM

CAPÍTULO 1

I

Wilson estava sentado na sacada do hotel Bedford com os joelhos rosados sem pelos apoiados na grade de ferro. Era domingo e o sino da catedral soava as matinas. Do outro lado da Bond Street, nas janelas do colégio, estavam as negrinhas em roupas de ginástica azul-escuras, entretidas na tarefa interminável de tentar desembaraçar o cabelo crespo. Wilson cofiou seu bigode juvenil e sonhou, esperando por seu gim com bíter.

Sentado ali, de frente para a Bond Street, tinha o rosto voltado para o mar. Sua palidez mostrava que fazia pouco tempo que desembarcara: o mesmo indicava a falta de interesse nas colegiais do outro lado da rua. Ele parecia o ponteiro defasado de um barômetro, ainda apontando para "Bom" muito depois de seu companheiro ter se movido para "Instável". Abaixo dele os funcionários negros seguiam na direção da igreja, mas suas mulheres em vestidos de tarde brilhantes em tons de azul e cereja não provocavam nenhum interesse em Wilson. Ele estava sozinho na sacada, exceto por um indiano barbudo de turbante que já tentara ler sua sorte: não era a hora nem o dia para homens brancos — eles deviam estar na praia à oito quilômetros de distância, mas Wilson não tinha carro. Sentia-se quase intoleravelmente solitário. Dos dois lados da escola os telhados de lata mergulhavam na direção do mar, e o zinco ondulado acima da cabeça de Wilson tiniu e retiniu quando um urubu pousou.

Três oficiais mercantes do comboio estacionado no porto surgiram, subindo do cais. Foram imediatamente cercados por garotos usando bonés escolares. O refrão que entoavam chegou tênue até Wilson, como uma canção de ninar: "Capitão quer bole-bole, minha irmã professora bonita, capitão quer bole-bole". O indiano barbudo, de cenho franzido, examinava cálculos intricados nas costas de um envelope — um horóscopo, o custo de vida? Quando Wilson voltou a olhar para a rua, os oficiais tinham se livrado dos garotos, que agora rodeavam um marinheiro de primeira classe: levaram-no em triunfo para o bordel próximo à delegacia de polícia, como se para um parque de diversões.

Um criado negro trouxe o gim de Wilson e ele o bebeu bem devagar, porque nada mais tinha a fazer além de voltar para seu quarto quente e esquálido e ler um romance — ou um poema. Wilson gostava de poesia, mas costumava absorvê-la em segredo, como uma droga. *The Golden Treasury*, de Palgrave, o acompanhava aonde quer que fosse, mas era consumido só à noite, em pequenas doses — um dedo de Longfellow, Macaulay, Mangan: "Go on to tell how, with genius wasted, Betrayed in friendship, befooled in love...".* Seu gosto era romântico. Para exibição pública tinha seu Wallace. Queria intensamente ser, na superfície, indistinguível de outros homens: usava o bigode como um distintivo de clube — era seu aspecto mais

* Versos de "The Nameless One", poema de James Clarence Mangan. Em tradução livre: "Siga adiante e diga como, com o gênio consumido,/ Traído na amizade, enganado no amor...". (N.T.)

comum, mas os olhos o traíam — olhos castanhos de cachorro, de um setter, apontando pesarosamente para a Bond Street.

"Com licença", disse uma voz, "seu nome é Wilson?"

Ele ergueu a vista para um homem de meia-idade usando os inevitáveis calções cáqui e com um rosto abatido da cor de feno.

"Sim, sou eu mesmo."

"Posso lhe fazer companhia? Meu nome é Harris."

"Prazer, sr. Harris."

"Você é o novo contador da U.A.C.?"*

"Sou. Aceita uma bebida?"

"Vou tomar uma limonada, se você não se importar. Não consigo beber no meio do dia."

O indiano levantou-se da mesa e se aproximou com deferência. "O senhor deve se lembrar de mim, sr. Harris. Talvez o senhor possa contar ao seu amigo, sr. Harris, dos meus talentos. Talvez ele queira ler minhas cartas de recomendação..." Ele trazia sempre nas mãos o maço amarrotado de envelopes. "Os líderes da sociedade."

"Afaste-se. Vá embora, seu velho patife", disse Harris.

"Como você soube meu nome?", perguntou Wilson.

"Vi num telegrama. Sou censor de telegramas", disse Harris. "Que emprego! Que lugar!"

"Posso ver daqui, sr. Harris, que sua sorte mudou consideravelmente. Se o senhor fosse comigo ao banheiro por um momento..."

"Vá embora, Gunga Din."

"Por que o banheiro?", perguntou Wilson.

"Ele sempre lê a sorte lá. Imagino que é o único lugar reservado disponível. Nunca pensei em perguntar por quê."

"Você está aqui faz tempo?"

* U.A.C.: United African Company — empresa de propriedade da britânica Unilever que comercializava produtos em vários países africanos. (N. T.)

"Dezoito malditos meses."

"Vai embora logo?"

Harris olhou por cima dos telhados de zinco na direção do porto. E disse: "Os navios vão na direção errada. Mas quando eu voltar para casa, nunca mais vou aparecer aqui". Então baixou a voz e disse com ojeriza, por cima de sua limonada: "Odeio este lugar. Odeio as pessoas. Odeio os malditos pretos. Não se deve chamá-los assim, você sabe".

"Meu criado parece correto."

"Nosso criado sempre parece correto. Porque é um preto de verdade... mas esses, olhe para eles, veja aquela ali com uma estola de penas. Eles não são nem pretos de verdade. São antilhanos e mandam na costa. Balconistas nas lojas, vereadores, juízes, advogados... meu Deus. No Protetorado está tudo certo. Não tenho nada a dizer contra um preto de verdade. Foi Deus quem fez nossas cores. Mas esses... meu Deus! O governo tem medo deles. A polícia tem medo deles. Olhe lá", disse Harris, "olhe o Scobie."

Um urubu bateu asas e mudou de lugar no telhado de zinco, e Wilson olhou para Scobie. Olhou sem interesse, seguindo a indicação de um estranho, e lhe pareceu que não havia nada de especial no homem atarracado e grisalho que caminhava sozinho pela Bond Street. Ele não podia saber que aquela era uma dessas ocasiões que um homem nunca esquece: uma pequena cicatriz tinha sido feita na memória, um ferimento que doeria sempre que certas coisas se combinassem — o gosto do gim ao meio-dia, o cheiro das flores embaixo de uma sacada, o tinido do zinco ondulado, um pássaro feio batendo as asas de um poleiro ao outro.

"Ele gosta tanto delas", disse Harris, "que dorme com elas."

"Aquele é o uniforme da polícia?"

"É. Nossa grande força policial. Uma coisa perdida que eles jamais vão encontrar... você deve conhecer o poema."

"Não leio poesia", disse Wilson. Seus olhos seguiram Scobie pela rua ensolarada. Scobie parou e disse alguma coisa a um negro de chapéu panamá branco: um policial negro passou por eles, prestando continência vigorosamente. Scobie seguiu caminho.

"Provavelmente também recebe dinheiro dos sírios, para falar a verdade."

"Os sírios?"

"Esta é a verdadeira Torre de Babel", disse Harris. "Antilhanos, africanos, indianos autênticos, sírios, ingleses, escoceses no Departamento de Obras, padres irlandeses, padres franceses, padres alsacianos."

"O que fazem os sírios?"

"Ganham dinheiro. São donos de todas as lojas no interior e da maioria das lojas aqui. Também contrabandeiam diamantes."

"Imagino que aqui haja muito disso."

"Os alemães pagam um preço bom."

"Ele não tem mulher aqui?"

"Quem? Ah, Scobie. Sem dúvida. Ele tem uma esposa. Se eu tivesse uma mulher como aquela, talvez também dormisse com pretas. Você logo vai conhecê-la. Ela é a intelectual da cidade. Gosta de arte, poesia. Organizou uma exposição de arte para os marinheiros naufragados. Você sabe como é esse tipo de coisa: poemas no exílio de soldados da força aérea, aquarelas de foguistas, pirogravuras de escolas missionárias. Pobre Scobie. Quer outro gim?"

"Acho que sim", disse Wilson.

2

SCOBIE VIROU NA JAMES STREET, depois do Secretariado. Com suas sacadas compridas, o prédio sempre lhe lembrara um hospital. Durante quinze anos ele assistira à chegada de uma sucessão de pacientes; periodicamente, ao fim de dezoito meses, alguns deles eram mandados para casa, amarelos e nervosos, e outros tomavam seu lugar — secretários coloniais, secretários da Agricultura, tesoureiros e diretores de Obras Públicas. Ele observava as variações na temperatura de todos — o primeiro surto de irritação injustificada, o exagero na bebida, a repentina defesa de princípios após um ano de aquiescência. Nos corredores, os funcionários negros agiam como se fossem médicos; alegres e respeitosos, aguentavam qualquer insulto. O paciente sempre tinha razão.

Na esquina, em frente ao velho algodoeiro, onde os primeiros colonos tinham se reunido no dia em que chegaram à praia hostil, ficavam os tribunais e a delegacia de polícia, um grande edifício de pedra com a jactância grandiloquente característica de homens fracos. Dentro da estrutura imponente os seres humanos matraqueavam pelos corredores como grãos ressecados. Ninguém se adequaria a uma concepção tão retórica. Mas a ideia, em todo caso, era pouco profunda. Na passagem estreita e escura de trás, na sala de recepção dos acusados e nas celas, Scobie sempre detectava o odor da mesquinhez e da injustiça humanas — era o cheiro de um zoológico, de pó de serra, excremento, amônia e falta de liberdade. O lugar era esfregado diariamente, mas era impossível eliminar o cheiro. Prisioneiros e policiais o levavam na roupa como se fosse fumaça de cigarro.

Scobie subiu os grandes degraus e virou à direita no corredor externo sombreado, na direção de sua sala: uma mesa, duas cadeiras de cozinha, um armário, algumas algemas enferrujadas penduradas em um prego como um chapéu velho, um arquivo: para um estranho, pareceria uma sala vazia desconfortável, mas para Scobie era o lar. Outros homens construíam lentamente a noção de lar por acumulação — um novo quadro, mais e mais livros, um peso de papel de formato esquisito, o cinzeiro comprado por algum motivo esquecido em um feriado esquecido; Scobie construía seu lar por um processo de redução. Tinha começado quinze anos antes com muito mais do que isso. Havia uma fotografia de sua mulher, almofadas de couro brilhante compradas na feira, uma espreguiçadeira, um grande mapa colorido do porto na parede. O mapa tinha sido tomado emprestado por homens mais novos: já não lhe servia; ele carregava todo o contorno da costa da colônia na cabeça: sua área de atuação ia de Kufa Bay a Medley. Quanto às almofadas e à espreguiçadeira, logo descobrira como aquele tipo de conforto na cidade pouco arejada significava calor. Onde quer que o corpo fosse tocado ou envolvido, suava. Por fim, a presença da mulher tornara desnecessária sua fotografia. Ela viera se juntar a ele no primeiro ano da duvidosa guerra e agora não podia ir embora: o perigo dos submarinos a tornara um acessório semelhante às algemas pendentes do prego. Além disso, a fotografia era muito antiga, e ele não fazia mais questão de ser lembrado do rosto ainda não formado, da expressão tranquila e gentil graças à falta de conhecimento, dos lábios separados obedientemente no sorriso que o fotógrafo exigira. Quinze anos formam um rosto, a gentileza reflui com a experiência, e ele nunca esquecia sua responsabilidade. Fora ele quem dera o exemplo: selecionara a experiência dela. Formara-lhe o rosto.

Sentou à escrivaninha nua e quase de imediato seu sargento mandinga bateu os calcanhares no vão da porta. "Senhor?"

"Alguma coisa a relatar?"

"O comissário quer vê-lo, senhor."

"Alguma ocorrência?"

"Dois negros brigando na feira, senhor."

"Problema com mulher?"

"Sim, senhor."

"Algo mais?"

"A srta. Wilberforce quer falar com o senhor. Eu digo que o senhor estava na igreja e que ela tinha de voltar mais tarde, mas ela fica. Diz que não sai."

"Que srta. Wilberforce é essa, sargento?"

"Não sei, senhor. Ela é de Sharp Town, senhor."

"Bom, vou falar com ela depois do comissário. Mas ninguém mais, não se esqueça."

"Muito bem, senhor."

Ao atravessar a passagem para a sala do comissário, Scobie viu a moça sentada sozinha em um banco encostado na parede: não olhou duas vezes: captou só a vaga impressão de um rosto negro africano jovem, um vestido de algodão brilhante, e então tirou-a da cabeça e imaginou o que diria ao comissário. Passara a semana inteira pensando nisso.

"Sente-se, Scobie." O comissário era um velho de cinquenta e três anos — a idade era contada pelos anos que um homem tinha servido na colônia. Com vinte e dois anos de serviço, o comissário era o homem mais velho ali, assim como o governador, comparado a qualquer funcionário do distrito que tivesse cinco anos de experiência a menos.

"Vou me aposentar, Scobie", disse o comissário, "quando terminar este período."

"Eu sei."

"Suponho que todos saibam."

"Ouvi os homens falando sobre isso."

"E, no entanto, você é a segunda pessoa a quem conto. Eles dizem quem vai pegar meu lugar?"

"Eles sabem quem não vai", disse Scobie.

"É extremamente injusto", disse o comissário. "Não posso fazer nada mais do que já fiz, Scobie. Você tem uma capacidade impressionante de arranjar inimigos. Como Aristides, o Justo."

"Acho que não sou tão justo assim."

"A questão é: o que você quer fazer? Eles vão mandar um sujeito chamado Baker, de Gâmbia. Ele é mais novo que você. Você quer se demitir, se aposentar, ser transferido, Scobie?"

"Quero ficar", disse Scobie.

"Sua mulher não vai gostar disso."

"Estou aqui há tempo demais para ir embora." Pobre Louise, pensou consigo, se eu tivesse deixado a cargo dela, onde estaríamos agora? — e imediatamente admitiu que estariam em algum lugar muito melhor, com clima melhor, ordenado melhor, posição melhor. Ela teria aproveitado todas as oportunidades de melhora: teria subido os degraus com agilidade e deixado as cobras para trás. Fui eu quem a trouxe para cá, pensou, com a velha sensação premonitória de culpa que sempre sentia, como se fosse responsável por algo no futuro que não conseguia sequer antever. Ele disse em voz alta: "O senhor sabe que eu gosto deste lugar".

"Acredito que você goste. E me pergunto por quê."

"É bonito à noite", disse Scobie vagamente.

"Você sabe da última história que estão usando contra você no secretariado?"

"Imagino que digam que eu recebo dinheiro dos sírios."

"Ainda não chegaram a esse ponto. Esse é o próximo estágio. Não, que você dorme com negras. Você sabe o que é, Scobie, você deve ter flertado com uma das mulheres deles. Eles se sentem insultados."

"Talvez eu devesse dormir com uma negra. Assim eles não iam precisar inventar mais nada."

"O homem antes de você dormiu com dezenas", disse o comissário, "mas isso nunca incomodou ninguém. Inventaram algo diferente para ele. Diziam que ele bebia escondido. Isso fazia com que se sentissem melhor quando bebiam em público. Que bando de porcos eles são, Scobie."

"O secretário colonial adjunto não é um mau sujeito."

"Não. O secretário colonial adjunto é bastante correto." O comissário riu. "Você é um camarada terrível, Scobie. Scobie, o Justo."

Scobie voltou pela passagem; a moça estava sentada na penumbra. Seus pés estavam descalços: um ao lado do outro, como moldes em um museu: não combinavam com o elegante vestido de algodão brilhante.

"É a srta. Wilberforce?", perguntou Scobie.

"Sim, senhor."

"Você não mora aqui, não é?"

"Não! Moro em Sharp Town, senhor."

"Bem, entre." Ele a conduziu até sua sala e sentou-se à escrivaninha. Não havia nenhum lápis na mesa, e ele abriu a gaveta. Só havia objetos acumulados: cartas, borrachas, um rosário quebrado — nenhum lápis. "Qual é o problema, srta. Wilberforce?" Os olhos dele captaram um instantâneo de um grupo de banhistas na praia de Medley: sua mulher, a mulher do secretário colonial, o diretor de Educação segurando o que parecia ser um peixe morto, a mulher do tesoureiro colonial. A grande extensão de carne branca os fazia parecer uma reunião de albinos, e todos gargalhavam de boca aberta.

"Minha senhoria… ela invadiu minha casa ontem à noite. Veio quando estava escuro e derrubou todos os tabiques e roubou meu baú com todos os meus pertences", a moça disse.

"Você tem muitos inquilinos?"

"Só três, senhor."

Ele sabia exatamente como era: um inquilino alugava uma choça de um único aposento ao preço de cinco xelins por semana, levantava alguns tabiques estreitos e alugava os chamados quartos por meia coroa cada — um prédio de apartamentos horizontal. Cada quarto era mobiliado com uma caixa contendo algumas louças e copos "dados" por um patrão, ou roubados dele, uma cama feita de caixotes velhos e um lampião com manga de vidro. Só que as mangas desses lampiões não duravam muito tempo, e as chamas livres sempre alcançavam alguma parafina derramada; então lambiam os tabiques de compensado e causavam inúmeros incêndios. Às vezes uma senhoria invadia sua casa e punha abaixo os perigosos tabiques, às vezes roubava os lampiões dos inquilinos, e a notícia do roubo se propagava em círculos cada vez mais amplos, até chegar ao bairro europeu e virar assunto de fofoca no clube. "Não há maneira de se manter um lampião."

"Sua senhoria", disse Scobie à moça, com mordacidade, "diz que você cria muitos problemas: inquilinos demais: lampiões demais."

"Não, senhor. Não tem nenhuma discussão por causa de lampião."

"É briga de mulher, então? Você é encrenqueira?"

"Não, senhor."

"Por que você veio aqui? Por que não falou com o cabo Laminah em Sharp Town?"

"Ele é irmão de minha senhoria, senhor."

"Irmão de verdade? Mesmo pai, mesma mãe?"

"Não, senhor. Mesmo pai."

A entrevista era como um ritual entre padre e sacristão. Ele sabia exatamente o que aconteceria quando um de seus homens investigasse o caso. A senhoria diria que exigira que a inquilina derrubasse os tabiques e que, como isso não funcionara, ela mesma tinha agido. Negaria que jamais tivesse existido um baú de louças. O cabo confirmaria isso. Ficaria claro que ele não era irmão da senhoria, mas algum outro parente não especificado — provavelmente mal-afamado. Subornos — que eram conhecidos respeitavelmente como gratificações — seriam passados de um lado para outro, a tempestade de indignação e raiva que soara tão genuína amainaria, os tabiques seriam erguidos outra vez, ninguém mais ouviria falar do baú, e vários policiais ficariam um xelim ou dois mais ricos. No começo de seu serviço, Scobie tinha se lançado nessas investigações; e se vira repetidas vezes na posição de um militante, apoiando, como acreditava, a pobre e inocente inquilina contra a senhoria rica e culpada. Mas logo descobrira que a culpa e a inocência eram tão relativas quanto a riqueza. A inquilina ofendida revelava-se também uma capitalista abastada, lucrando cinco xelins por semana em um único quarto, morando sem pagar aluguel. Depois disso ele tentara matar esse tipo de caso no nascedouro: argumentava com a queixosa e observava que a investigação não traria nada de bom e sem dúvida custaria a ela tempo e dinheiro; às vezes ele até se recusava a investigar. O resultado dessa inação tinha sido pedras jogadas na janela de seu carro, pneus cortados, o apelido de Homem Mau que grudara nele por todo um longo e triste período — e que o preocupava irracionalmente no calor e na umidade; ele não conseguia deixar de levá-lo a sério. Já começara a desejar a confiança e a afeição daquelas pessoas. Naquele ano ele tivera febre da água negra e ficara quase totalmente incapacitado para o serviço.

A moça esperava pacientemente pela decisão dele. Quando era preciso paciência, elas eram infinitamente pacientes — assim como sua impaciência desconhecia limites de conduta quando tinham algo a ganhar com ela. Esperavam o dia inteiro sentadas, em silêncio, no quintal de um homem branco para implorar por algo que ele não tinha o poder de conceder, ou gritavam, brigavam e insultavam para ser servidas em uma loja antes da vizinha. Ele pensava: como ela é bonita. Era estranho pensar que quinze anos antes não teria notado sua beleza — os pequenos seios empinados, os punhos minúsculos, o ímpeto das nádegas jovens —, ela teria sido indistinguível de suas companheiras: apenas uma negra. Naquela época achava sua mulher bonita. Uma pele branca não o fazia pensar em um albino. Pobre Louise. "Entregue este memorando ao sargento que está na escrivaninha", ele disse.

"Obrigada, senhor."

"Está tudo certo." Ele sorriu. "Tente contar a verdade a ele."

Ele a observou sair da sala escura, a imagem de quinze anos desperdiçados.

3

SCOBIE TINHA SIDO DERROTADO na interminável guerra por moradia. Durante sua última licença perdera seu bangalô em Cape Station, o principal bairro europeu, para um inspetor sanitário graduado chamado Fellowes e vira-se relegado a uma casa quadrada de dois andares construída para um comerciante sírio nos brejos abaixo — uma área de pântano recuperado que voltaria a ser pântano tão logo as chuvas começassem. Das janelas ele olhava diretamente para o mar sobre uma faixa de casas crioulas; do outro lado da estrada caminhões estacionavam e arrancavam em um pátio de transporte militar e urubus perambulavam como perus domésticos no lixo do regimento. Na crista baixa dos morros atrás dele os bangalôs da base eram envolvidos pelas nuvens; lampiões ficavam acesos o dia inteiro nos armários, o mofo acumulava-se nas botas — não obstante, eram essas as casas para homens de seu escalão. As mulheres dependiam demais do orgulho, orgulho de si mesmas, de seus maridos, de seu ambiente. Era raro, lhe parecia, orgulharem-se do invisível.

"Louise", ele chamou, "Louise." Não havia nenhuma razão para chamar: se ela não estava na sala de estar, não a encontraria em nenhum outro lugar a não ser no quarto (a cozinha era simplesmente um barracão no quintal em frente à porta dos fundos), mas ele tinha o hábito de gritar o nome dela, adquirido nos dias de ansiedade e amor. Quanto menos precisava de Louise, mais consciente se tornava de sua responsabilidade pela felicidade dela. Quando chamava seu nome, ele estava gritando como Canuto contra uma maré — a maré da melancolia e da decepção de Louise.

Nos velhos tempos ela respondia, mas não era uma criatura de hábitos como ele — nem tão falsa, ele às vezes se dizia. Gentileza e pena não tinham nenhum poder sobre ela, que nunca fingiria uma emoção que não sentisse, e, como um animal, entregava-se por inteiro à indisposição momentânea, recuperando-se com a mesma rapidez. Quando ele a encontrou no quarto sob o mosquiteiro, sua "ausência" era tão completa que o fez pensar em um cão ou um gato. O cabelo emaranhado, os olhos fechados. Ele ficou muito quieto, como um espião em território estrangeiro, e na verdade agora estava em território estrangeiro. Se para ele lar significava a redução das coisas a um mínimo imutável e amistoso, para ela lar era acumulação. A penteadeira estava apinhada de frascos e fotografias — ele quando jovem no uniforme curiosamente datado da última guerra: a mulher do presidente do tribunal, que no momento ela contava como amiga: a única filha deles, que morrera na escola na Inglaterra três anos antes — um rostinho devoto de menina de nove anos na musselina branca da primeira comunhão: inúmeras fotografias da própria Louise, em grupos com irmãs de caridade, com os convidados do almirante na praia de Medley, em uma charneca em Yorkshire com Teddy Bromley e a mulher. Era como se ela acumulasse provas de que tinha amigos como as outras pessoas. Ele a observava através do mosquiteiro. O rosto tinha o tom de marfim da atebrina: o cabelo, que antes era da cor de mel engarrafado, estava escuro e viscoso por causa do suor. Esses eram os momentos de feiura em que ele a amava, quando a pena e a responsabilidade alcançavam a intensidade de uma paixão. Era a pena que lhe dizia para sair: ele não teria acordado seu pior inimigo, muito menos Louise. Saiu na ponta dos pés e desceu a escada. (Nessa cidade de bangalôs não era possível encontrar uma escada interna a não ser na Sede do Governo, e ela tentara torná-la um objeto de orgulho pondo tapetes nos degraus e quadros na parede.) Na sala de estar havia uma estante cheia dos livros dela, tapetes no chão, uma máscara nativa da Nigéria, mais fotografias. Era preciso limpar os livros diariamente para remover a umidade, e, apesar das cortinas floridas, ela não conseguira disfarçar muito bem o guarda-comida, cujos quatro pés eram apoiados em uma bacia esmaltada com água para afastar as formigas. O criado estava pondo um único lugar à mesa para o almoço.

O criado era pequeno e atarracado, com o largo rosto feio e amistoso de um temne. Seus pés descalços batiam como luvas vazias no piso.

"A senhora está com algum problema?", perguntou Scobie.

"Barriga embrulhada", Ali disse.

Scobie pegou uma gramática mandinga da estante: estava enfiada no fundo da prateleira, onde sua capa velha e suja era menos evidente. Nas prateleiras de cima as frágeis fileiras de autores de Louise — poetas modernos não tão jovens e os romances de Virginia Woolf. Ele não conseguia se concentrar: estava quente demais e a ausência da mulher era como uma companhia loquaz na sala a lembrá-lo de sua responsabilidade. Um garfo caiu no chão e ele observou, com afeição, Ali limpá-lo furtivamente com a manga da camisa. Eles estavam juntos havia quinze anos — um ano a mais que seu casamento —, um período longo para conservar um empregado doméstico. Primeiro ele tinha sido "aprendiz", depois ajudante de copeiro, na época em que as pessoas tinham quatro empregados, e agora era o copeiro principal. Depois de cada licença, Ali ficava na plataforma de desembarque esperando para organizar a bagagem de Scobie, com três ou quatro carregadores maltrapilhos. Nos intervalos das licenças muitas pessoas tentavam roubar os serviços de Ali, mas ele nunca deixara de esperar, exceto uma vez, quando estava preso. Não havia nenhuma desgraça em ser preso; era um obstáculo que ninguém podia evitar para sempre.

"Ticki", gemeu uma voz, e Scobie levantou-se de pronto. "Ticki." Ele subiu a escada.

Sua mulher estava sentada debaixo do mosquiteiro e por um momento ele teve a impressão de uma peça de carne com osso. Mas a pena foi no encalço da imagem cruel e a afastou.

"Você está melhor, querida?"

"A sra. Castle veio me visitar", disse Louise.

"Isso basta para deixar qualquer pessoa doente", disse Scobie.

"Ela me falou de você."

"De mim? O quê?" Ele deu a ela um brilhante sorriso falso; grande parte da vida era um adiamento da infelicidade para outro momento. Nada jamais se perdia por ser adiado. Ele tinha uma vaga ideia de que talvez, se as coisas fossem adiadas por tempo suficiente, a morte acabaria tirando-as inteiramente das mãos da pessoa.

"Ela disse que o comissário vai se aposentar e que eles preteriram você."

"O marido dela fala demais no sono."

"É verdade?"

"Sim, já faz semanas que eu sei. Não tem importância, querida, não mesmo."

"Nunca mais vou conseguir aparecer no clube", disse Louise.

"Não é tão ruim assim. Você sabe que essas coisas acontecem."

"Você vai se demitir, não vai, Ticki?"

"Acho que não posso fazer isso, querida."

"A sra. Castle está do nosso lado. Ela está furiosa. Diz que todos estão falando sobre isso e dizendo coisas. Querido, você não está recebendo dinheiro dos sírios, está?"

"Não, querida."

"Fiquei tão perturbada que saí da igreja antes de a missa acabar. Eles são tão mesquinhos, Ticki. Você não pode aceitar isso. Tem de pensar em mim."

"E penso. O tempo todo." Ele sentou-se na cama, pôs a mão sob o mosquiteiro e tocou a dela. Gotículas de suor começaram a brotar onde suas peles se encostaram. E disse: "Eu penso sim em você, querida... mas estou há quinze anos neste lugar. Ficaria perdido em qualquer outro, mesmo que eles me dessem um novo emprego. Você sabe que ser preterido não é uma boa recomendação".

"Nós poderíamos nos aposentar."

"A pensão não é suficiente para nos sustentar."

"Tenho certeza de que poderia ganhar algum dinheiro escrevendo. A sra. Castle diz que eu devia me profissionalizar. Com toda essa experiência", disse Louise, olhando através da tenda de musselina branca para sua penteadeira: lá, outro rosto em musselina branca a encarou, e ela desviou o olhar. E disse: "Se ao menos pudéssemos ir para a África do Sul. Não consigo suportar as pessoas daqui".

"Talvez eu possa conseguir uma passagem para você. Não houve muitos naufrágios naquela região ultimamente. Você devia tirar umas férias."

"Houve uma época em que você também queria se aposentar. Você costumava contar os anos. Fazia planos... para nós dois."

"Ah, bem, a gente muda", ele disse.

Ela disse, impiedosa: "Naquela época você não pensava que ficaria sozinho comigo".

Ele pressionou a mão suada contra a dela. "Não diga bobagem, querida. Você precisa se levantar e comer alguma coisa..."

"Você ama alguém, Ticki, além de você?"

"Não. Só amo a mim, mais ninguém. E Ali. Esqueci de Ali. É claro que eu o amo também. Mas você, não", ele continuou com a brincadeira mecânica e batida, acariciando a mão dela, sorrindo, acalmando...

"E a irmã de Ali?"

"Ele tem uma irmã?"

"Todos eles têm irmãs, não têm? Por que você não foi à missa hoje?"

"Era minha manhã de plantão, querida. Você sabe disso."

"Você podia ter trocado. Você não tem muita fé, não é, Ticki?"

"Você tem o suficiente para nós dois, querida. Venha comer alguma coisa."

"Ticki, às vezes eu penso que você só se tornou católico para casar comigo. Não significa nada para você, não é?"

"Escute, querida, você precisa descer e comer um pouco. Depois precisa dar um passeio de carro pela praia e tomar um pouco de ar fresco."

"Como o dia teria sido diferente", ela disse, olhando para fora do mosquiteiro, "se você tivesse chegado e dito: 'Querida, vou ser comissário'."

Scobie disse, devagar: "Sabe, querida, em um lugar como este em tempo de guerra... um porto importante... os franceses de Vichy logo do outro lado da fronteira... todo esse contrabando de diamantes do Protetorado... eles precisam de alguém mais jovem". Ele não acreditava em uma palavra que dizia.

"Eu não tinha pensado nisso."

"É o único motivo. Não se pode culpar ninguém. É a guerra."

"A guerra estraga tudo, não é?"

"Ela dá chance aos mais jovens."

"Querido, acho que vou descer e comer um pouco de carne fria."

"Muito bem, querida." Ele retirou a mão: o suor pingava. "Vou avisar Ali."

Já lá embaixo, ele gritou por Ali na direção da porta dos fundos.

"Senhor?"

"Ponha dois pratos. A senhora está melhor."

Do mar vinha a primeira brisa tênue do dia, soprando sobre os arbustos e entre as cabanas crioulas. Um urubu bateu forte as asas, subindo do telhado de zinco e pousando no quintal vizinho. Scobie respirou fundo; sentia-se exausto e vitorioso: tinha convencido Louise a comer um pouco de carne. Ele sempre se sentira responsável por manter a felicidade das pessoas a quem amava. Uma estava segura agora, para sempre; a outra ia almoçar.

4

À NOITE O PORTO tornava-se bonito durante uns cinco minutos. As ruas de laterito, que de dia eram tão feias e barrentas, assumiam um delicado tom de rosa. Era a hora do contentamento. Homens que tinham deixado o porto para sempre às vezes se lembravam, em uma noite londrina cinza e úmida, do viço e do fulgor que desapareciam assim que eram vistos: eles se perguntavam por que haviam odiado a costa e, pela duração de um drinque, ansiavam por voltar.

Scobie parou seu Morris em uma das grandes curvas da estrada em aclive e olhou para trás. Estava bastante atrasado. Na subida da cidade, o ânimo se abatera; as pedras brancas que assinalavam a borda do morro íngreme brilhavam como velas no novo anoitecer.

"Eu me pergunto se vai haver alguém lá, Ticki."

"Com toda a certeza. É a noite da biblioteca."

"Apresse-se, querido. Está tão quente no carro. Vou ficar feliz quando as chuvas chegarem."

"Vai mesmo?"

"Se pelo menos elas durassem um mês ou dois e depois parassem."

Scobie deu a resposta certa. Ele nunca ouvia quando a mulher falava. Trabalhava firmemente ouvindo a corrente constante de som, mas se houvesse uma nota de tensão ele a percebia de imediato. Como um operador de rádio com um romance aberto diante de si, desconsiderava qualquer sinal exceto o símbolo do navio e o S.O.S. Conseguia até trabalhar melhor enquanto ela falava do que quando ficava em silêncio, pois enquanto seu tímpano registrasse aqueles sons tranquilos — as fofocas do clube, os comentários sobre os sermões do padre Rank, o enredo de um novo romance, até queixas sobre o clima — ele sabia que estava tudo bem. O que o impedia de trabalhar era o silêncio — que o fazia erguer os olhos e ver lágrimas esperando por sua atenção.

"Está correndo um boato de que as geladeiras foram todas a pique na semana passada."

Enquanto ela falava, ele considerava a linha de ação a adotar em relação ao navio português que devia aportar assim que a barreira flutuante fosse aberta pela manhã. A chegada quinzenal de um navio neutro propiciava um passeio para os oficiais subalternos: variação de comida, algumas taças de vinho de verdade e até a oportunidade de comprar na loja do navio pequenos bibelôs para uma namorada. Em troca, eles só tinham de ajudar a Polícia de Segurança na verificação de passaportes e na busca em camarotes de suspeitos: todo o trabalho duro e desagradável era feito pela P.S., no porão, esquadrinhando sacos de arroz em busca de diamantes, ou no calor da cozinha, mergulhando a mão em latas de banha de porco, estripando os perus recheados. Tentar encontrar um punhado de diamantes em um navio de passageiros de quinze mil toneladas era absurdo: nenhum tirano maligno de conto de fadas jamais dera a uma guardadora de gansos tarefa mais impossível, e, no entanto, com a mesma regularidade com que os navios faziam escala, chegavam telegramas cifrados — "Fulano de tal viajando na primeira classe suspeito de transportar diamantes. Seguintes membros da tripulação suspeitos...". Ninguém nunca encontrava nada. Ele pensava: é a vez de Harris ir a bordo, e Fraser pode ir com ele. Estou velho demais para essas excursões. Vamos deixar os garotos se divertirem um pouco.

"Da última vez metade dos livros chegaram danificados."

"Chegaram?"

A julgar pelo número de carros, ele pensou, ainda não havia muita gente no clube. Apagou os faróis e esperou que Louise se movesse, mas ela ficou lá sentada, com uma das mãos fechada, visível à luz do painel. "Bem, querida, cá estamos", ele disse, com a voz cordial que estranhos tomavam como um sinal de estupidez.

"Você acha que a esta altura todos eles já sabem?" disse Louise.

"Sabem o quê?"

"Que você foi preterido."

"Minha querida, eu achava que tínhamos posto um fim nisso. Pense em todos os generais que foram preteridos desde 1940. Eles não vão se importar com um vice-comissário."

"Mas eles não gostam de mim", ela disse.

Pobre Louise, ele pensou, é terrível não ser querido, e lembrou-se de sua própria experiência naquele primeiro período de serviço, quando os negros tinham cortado os pneus de seu carro e escrito insultos nele. "Isso é um absurdo, querida. Nunca conheci ninguém que tivesse tantas amigas." E continuou, nada convincente: "A sra. Halifax, a sra. Castle...", e então decidiu que afinal era melhor não listá-las.

"Eles vão estar todos lá esperando", ela disse, "só esperando que eu entre... Eu não queria vir ao clube esta noite. Vamos para casa."

"Nós não podemos. Olhe a sra. Castle chegando." Ele tentou rir. "Nós estamos presos, Louise." Ele via a mão dela fechar-se e abrir-se, o pó ineficaz úmido acumulado como neve nos nós dos dedos.

"Ah, Ticki, Ticki", ela disse, "você nunca vai me deixar, vai? Eu não tenho nenhum amigo... desde que Tom Barlows foi embora." Scobie segurou a mão úmida de Louise e beijou a palma: o páthos de sua falta de atrativos o mantinha prisioneiro.

Eles caminharam lado a lado como dois policiais em serviço e entraram no salão, onde a sra. Halifax distribuía os livros da biblioteca. É raro que qualquer coisa seja tão ruim quanto se teme: não havia motivo para acreditar que eles tinham sido o assunto das conversas.

"Viva, venham ver", a sra. Halifax os chamou, "chegou o novo Clemence Dane." Ela era a mulher mais inofensiva da base; seu cabelo era comprido e desalinhado, e dentro dos livros da biblioteca encontravam-se grampos de cabelo que ela usava para marcar as páginas. Scobie achava muito seguro deixar sua mulher na companhia dela, pois a sra. Halifax não tinha malícia nem capacidade para fofocar; sua memória era ruim demais para guardar qualquer coisa por muito tempo: ela lia, sem saber, os mesmos romances repetidas vezes.

Scobie reuniu-se a um grupo na varanda. Fellowes, o inspetor sanitário, falava furiosamente com Reith, o secretário colonial adjunto, e com um oficial da marinha chamado Brigstock. "Afinal de contas isto é um clube", ele dizia, "não um restaurante de ferrovia." Desde que Fellowes lhe arrebatara a casa, Scobie fizera o possível para gostar do homem — essa era uma das regras pelas quais pautava sua vida, ser um bom perdedor. Mas às vezes achava muito difícil gostar de Fellowes. A noite quente não lhe fizera bem: o cabelo ruivo, ralo e úmido, o bigodinho espetado, os olhos lacrimosos que lembravam groselhas, as bochechas escarlate e a velha gravata de listras diagonais.

"Realmente", disse Brigstock, balançando ligeiramente o corpo.

"Qual é o problema?", perguntou Scobie.

"Ele acha que nós não somos suficientemente exclusivos", disse Reith. Falava com a ironia confortável de um homem que em seu tempo tinha sido completamente exclusivo, que tinha de fato excluído todos de sua mesa solitária no Protetorado, com exceção dele próprio.

"Tudo tem limite", disse Fellowes exaltado, manuseando, para ganhar confiança, a gravata.

"Isso mesmo", disse Brigstock.

"Eu sabia que isso ia acontecer", disse Fellowes, "assim que tornássemos membros honorários todos os oficiais do lugar. Mais cedo ou mais tarde eles começariam a trazer indesejáveis. Eu não sou esnobe, mas em um lugar como este é preciso estabelecer limites — para o bem das mulheres. Não é como em casa."

"Mas qual é o problema?", perguntou Scobie.

"Membros honorários", disse Fellowes, "não deviam ser autorizados a trazer convidados. Um dia desses recebemos um praça. O exército pode ser democrático se quiser, mas não à nossa custa. E tem mais uma coisa, mesmo sem esses sujeitos, não há bebida suficiente para todos."

"Esse é um bom argumento", disse Brigstock, oscilando mais vigorosamente.

"Eu gostaria de saber do que se trata", disse Scobie.

"O dentista do quadragésimo nono trouxe um civil chamado Wilson, e esse tal de Wilson quer se associar ao clube. Isso deixa todos numa posição constrangedora."

"O que há de errado com ele?"

"Ele é um dos funcionários da U.A.C. Pode se associar ao clube em Sharp Town. Para que ele quer vir aqui?"

"Aquele clube não está funcionando", disse Reith.

"Bom, a culpa é deles, não é?" Por cima do ombro do inspetor sanitário, Scobie divisava a enorme extensão da noite. Os vaga-lumes sinalizavam em zigue-zague ao longo da borda do morro e a lâmpada de um barco de patrulha movendo-se na baía só podia ser distinguida por sua constância.

"Hora do blecaute", disse Reith. "É melhor entrarmos."

"Qual deles é Wilson?", Scobie perguntou a ele.

"Aquele ali. O pobre-diabo parece solitário. Faz poucos dias que chegou."

Wilson estava desconfortavelmente sozinho em uma selva de poltronas, fingindo olhar para um mapa na parede. Seu rosto pálido gotejava e brilhava como gesso. O terno tropical que usava fora evidentemente comprado de um expedidor que lhe empurrara um modelo indesejado: marrom-avermelhado com listras esquisitas.

"Você é Wilson, não é?", disse Reith. "Vi seu nome no livro de visitas do secretário colonial hoje."

"Sim, sou eu", disse Wilson.

"Meu nome é Reith. Sou o secretário colonial adjunto. Este é Scobie, o vice-comissário."

"Eu o vi hoje de manhã passando pelo hotel Bedford, senhor", disse Wilson.

Havia algo de indefeso, pareceu a Scobie, em sua atitude: ele estava lá esperando que as pessoas fossem amistosas ou inamistosas — e não parecia esperar uma reação mais que outra. Parecia um cachorro. Ninguém havia ainda desenhado em seu rosto as linhas que constituem um ser humano.

"Beba alguma coisa, Wilson."

"Acho que vou aceitar, senhor."

"Esta é minha mulher", disse Scobie. "Louise, este é o sr. Wilson."

"Já ouvi falar muito do sr. Wilson", disse Louise com frieza.

"Está vendo, você é famoso, Wilson", disse Scobie. "É um homem da cidade e entrou sem ser convidado no Cape Station Club."

"Eu não sabia que estava fazendo algo errado. O major Cooper me convidou."

"Isso me lembra que preciso marcar uma consulta com Cooper", disse Reith. "Acho que estou com um abscesso." E saiu de mansinho.

"Cooper estava me contando sobre a biblioteca", disse Wilson, "e eu pensei que talvez..."

"Você gosta de ler?" perguntou Louise, e Scobie percebeu com alívio que ela ia ser gentil com o pobre-diabo. Louise era sempre um pouco imprevisível. Às vezes podia ser a pior esnobe da base, e ele pensou, penalizado, que talvez agora ela acreditasse que não podia se dar ao luxo de ser esnobe. Qualquer cara nova que não "soubesse" era bem-vinda.

"Bem", disse Wilson, e manuseou desesperadamente o bigode ralo, "bem..." Era como se ele reunisse forças para uma grande confissão ou uma grande evasão.

"Histórias de detetive?", perguntou Louise.

"Não ligo para histórias de detetive", disse Wilson, desconfortável. "Algumas histórias de detetive."

"Pessoalmente", disse Louise, "eu gosto de poesia."

"Poesia", disse Wilson, "sim." Com relutância, tirou os dedos do bigode, e algo em seu olhar canino de gratidão e esperança fez Scobie pensar com felicidade: será que encontrei um novo amigo para ela?

"Gosto de poesia", disse Wilson.

Scobie afastou-se na direção do bar: mais uma vez uma carga era tirada de sua mente. A noite não estava arruinada: ela iria para casa feliz, iria dormir feliz. Durante uma noite um estado de espírito não muda, e a felicidade sobreviveria até que ele saísse para trabalhar. Ele poderia dormir...

Scobie avistou um grupo de seus oficiais subalternos no bar. Fraser estava lá, e Tod, e um homem novo, da Palestina, com o extraordinário nome de Thimblerigg. Hesitou em entrar. Eles estavam se divertindo e não iam querer a presença de um oficial superior. "Conversa infernal", dizia Tod. Provavelmente falavam do pobre Wilson. Então, antes que ele pudesse se afastar, ouviu a voz de Fraser. "Mas ele foi castigado. A Louise literária o pegou." Thimblerigg deu uma risadinha gorgolejante, uma bolha de gim se formando no lábio rechonchudo.

Scobie voltou depressa para o salão. Esbarrou em uma poltrona e parou. Sua visão retomou espasmodicamente o foco, mas o suor pingava no olho direito. Os dedos que o enxugaram tremiam como os de um bêbado. Ele disse consigo: Tome cuidado. Este não é um ambiente para emoção. É um ambiente para maldade, malícia, esnobismo, mas qualquer coisa semelhante a ódio ou amor faz um homem perder a cabeça. Lembrou-se de Bowers sendo mandado para casa por esmurrar o ajudante de ordens do governador em uma festa, de Makin, o missionário que terminara no asilo em Chislehunt.

"Está muito quente", ele disse a alguém que apareceu vagamente a seu lado.

"Você não parece bem, Scobie. Tome alguma coisa."

"Não, obrigado. Tenho de dirigir para fazer uma inspeção."

Ao lado das prateleiras de livros Louise conversava alegremente com Wilson, mas ele pôde sentir a malícia e o esnobismo do mundo se aproximando sorrateiramente como lobos em volta dela. Eles não deixariam sequer que ela aproveitasse seus livros, ele pensou, e sua mão começou a tremer de novo. Aproximando-se, ele ouviu Louise dizer em seu tom benevolente de madame Dadivosa:

"Você tem que ir jantar conosco um dia. Tenho muitos livros que podem lhe interessar."

"Eu adoraria", disse Wilson.

"É só nos avisar e não ser muito exigente."

Scobie pensou: Quem essas pessoas pensam que são, para terem coragem de zombar de qualquer ser humano? Ele conhecia todos os defeitos dela. Quantas vezes tinha ficado alarmado ao vê-la ser condescendente com estranhos. Conhecia cada expressão, cada entonação que causava mal-estar nos outros. Às vezes ansiava por avisá-la — não use esse vestido, não diga mais isso, como uma mãe ensinaria a uma filha, mas tinha de permanecer em silêncio, sofrendo com o pressentimento de que *ela* ia perder amigos. O pior era quando ele detectava nos colegas uma dose de amizade além do normal, como se sentissem pena dele. Que direito vocês têm, ansiava por exclamar, de criticá-la? Isso é feito meu. Isso é o que eu fiz dela. Ela não foi sempre assim.

Ele se aproximou abruptamente deles e disse: "Minha querida, tenho de ir fazer a ronda".

"Já?"

"Sinto muito."

"Eu vou ficar, querido. A sra. Halifax vai me levar para casa."

"Eu queria que você viesse comigo."

"O quê? Fazer a ronda? Faz séculos que eu não vou."

"É por isso que eu gostaria que você fosse." Scobie ergueu a mão dela e a beijou: era um desafio. Uma forma de proclamar ao clube inteiro que não deviam ter pena dele, que ele amava sua mulher, que eles eram felizes. Mas ninguém que importasse viu — a sra. Halifax estava ocupada com os livros, Reith já se fora havia muito tempo, Brigstock estava no bar, Fellowes muito concentrado na conversa com a sra. Castle para notar qualquer coisa —, ninguém viu, exceto Wilson.

"Vou outra hora, querido. A sra. Halifax acaba de prometer levar o sr. Wilson para casa passando pela nossa. Há um livro que quero emprestar a ele", disse Louise.

Scobie sentiu por Wilson uma imensa gratidão. "Isso é ótimo", ele disse, "ótimo. Mas fique e beba alguma coisa até eu voltar. Eu o levarei para o Bedford. Não vou demorar." Ele pôs uma mão no ombro de Wilson e rezou em silêncio: Não permita que ela o trate com muita condescendência: não permita que ela seja absurda: deixe que ela mantenha pelo menos este amigo. "Não vou me despedir", disse. "Espero vê-lo quando voltar."

"É muito gentil de sua parte, senhor."

"Você não deve me chamar de senhor. Você não é um policial, Wilson. Agradeça a sua boa sorte por isso."

5

Scobie atrasou-se mais do que previra, por causa do encontro com Yusef. A meio caminho da descida do morro ele viu o carro de Yusef estacionado ao lado da estrada e Yusef dormindo tranquilamente no banco de trás: a luz do carro de Scobie iluminou o grande rosto pálido, o ralo cabelo branco caindo sobre a testa, e apenas tocou o começo das enormes coxas envoltas no tecido branco justo. A camisa de Yusef estava aberta no pescoço e cachos de pelos pretos do peito enrolavam-se nos botões.

"Posso ajudá-lo?", Scobie perguntou sem vontade, e Yusef abriu os olhos: os dentes de ouro postos por seu irmão, o dentista, brilharam instantaneamente como uma lanterna. Se Fellowes passar por aqui agora, que história, pensou Scobie. O vice-comissário encontrando Yusef, o lojista, clandestinamente à noite. Dar ajuda a um sírio era apenas um grau menos perigoso que ser ajudado por um deles.

"Ah, major Scobie", disse Yusef, "é nas horas difíceis que se conhecem os amigos."

"Posso fazer alguma coisa por você?"

"Faz meia hora que estamos encalhados", disse Yusef. "Os carros passavam e eu pensava: quando vai aparecer um bom samaritano?"

"Não tenho gasolina de sobra para derramar em seus ferimentos, Yusef."

"Ha, ha, major Scobie. Essa é muito boa. Mas se o senhor me desse só uma carona até a cidade..."

Yusef instalou-se no Morris, acomodando a coxa larga junto ao freio de mão.

"É melhor seu criado ir no banco de trás."

"Deixe-o ficar aqui", disse Yusef. "Ele vai consertar o carro se souber que esse é o único jeito de poder ir dormir." Ele estendeu as grandes mãos gordas sobre os joelhos e disse: "O senhor tem um carro muito bom, major Scobie. Deve ter pago quatrocentas libras por ele".

"Cento e cinquenta" disse Scobie.

"Eu lhe pagaria quatrocentas."

"Não está à venda, Yusef. Onde eu conseguiria outro?"

"Não agora, mas talvez quando o senhor for embora."

"Eu não vou embora."

"Ah, eu tinha ouvido dizer que o senhor ia se demitir, major Scobie."

"Não."

"Nós lojistas ouvimos muita coisa... mas é tudo boato sem fundamento."

"Como vão os negócios?"

"Ah, não vão mal. Nem bem."

"O que ouço é que você ganhou muito dinheiro desde que a guerra começou. Boatos sem fundamento, é claro."

"Bem, major Scobie, o senhor sabe como é. Minha loja em Sharp Town, essa vai bem porque estou lá para ficar de olho nela. Minha loja na Macaulay Street... essa não vai mal porque minha irmã está lá. Mas minhas lojas na Durban Street e na Bond Street vão mal. Sou enganado o tempo todo. Como todos os meus conterrâneos, não sei ler nem escrever, e todo mundo me engana."

"Os boatos dizem que você consegue manter todos os estoques de todas as suas lojas na cabeça."

Yusef riu, exultante. "Minha memória não é ruim. Mas me mantém acordado a noite toda, major Scobie. A não ser que eu tome muito uísque, fico pensando sobre a Durban Street e a Bond Street e a Macaulay Street."

"Em qual devo deixá-lo agora?"

"Ah, agora vou para casa dormir, major Scobie. Minha casa em Sharp Town, por favor. O senhor não quer entrar e tomar um pouco de uísque?"

"Desculpe. Estou em serviço, Yusef."

"O senhor é muito gentil, major Scobie, de me dar esta carona. O senhor permitiria que eu demonstrasse minha gratidão enviando para a sra. Scobie um corte de seda?"

"Esse é exatamente o tipo de coisa que não me agradaria, Yusef."

"Sim, sim, eu sabia. É muito difícil, todo esse boato. Só porque existem alguns sírios como Tallit."

"Você gostaria de ver Tallit fora de seu caminho, não é, Yusef?"

"Sim, major Scobie. Seria bom para mim, mas também seria bom para o senhor."

"Você vendeu a ele alguns daqueles diamantes falsos no ano passado, não foi?"

"Ah, major Scobie, o senhor não acredita mesmo que eu me aproveitaria de alguém daquele jeito? Alguns dos pobres sírios sofreram muito por causa daqueles diamantes, major Scobie. Seria uma vergonha alguém enganar seu próprio povo daquela maneira."

"Eles não deviam ter desobedecido à lei comprando diamantes. Alguns deles tiveram até o descaramento de dar queixa à polícia."

"Eles são muito ignorantes, pobres coitados."

"Você não seria tão ignorante assim, seria, Yusef?"

"Na minha opinião, major Scobie, foi Tallit. Senão, por que ele finge que eu vendi a ele os diamantes?"

Scobie dirigia devagar. A rua tosca estava cheia de gente. Corpos negros magros se balançavam como espantalhos à luz fraca dos faróis. "Quanto tempo vai durar a escassez de arroz, Yusef?"

"O senhor sabe tanto sobre isso quanto eu, major Scobie."

"Eu sei que esses pobres-diabos não conseguem arroz pelo preço tabelado."

"Ouvi dizer, major Scobie, que eles só conseguem sua parte da distribuição gratuita se subornarem os policiais no portão."

Era bem verdade. Nesta colônia, para cada acusação havia uma réplica. Existia sempre uma corrupção mais sombria a ser apontada em outro lugar. Os fofoqueiros do Secretariado cumpriam um propósito útil — mantinham viva a ideia de que não era possível confiar em ninguém. Isso era melhor que complacência. Por que, ele se perguntava, desviar o carro para evitar um cachorro morto? Amo tanto este lugar? Será porque aqui a natureza humana não teve tempo de se disfarçar? Ninguém aqui poderia jamais falar sobre um paraíso na Terra. O paraíso permanecia rigidamente em seu lugar do outro lado da morte, e deste lado floresciam as injustiças, as crueldades, a mesquinhez que em outros lugares as pessoas escondiam com tanta engenhosidade. Aqui era possível amar seres humanos quase como Deus os amava, conhecendo o pior: não se amava uma pose, um vestido bonito, um sentimento assumido superficialmente. Ele sentiu uma afeição repentina por Yusef. "Um erro não justifica outro. Um dia, Yusef, você vai encontrar o meu pé debaixo de seu traseiro gordo", ele disse.

"Talvez, major Scobie, ou talvez nós sejamos amigos. É disso que eu gostaria mais do que qualquer outra coisa no mundo."

Eles pararam à porta da casa de Sharp Town e o copeiro de Yusef saiu correndo com uma lanterna para iluminar a entrada do patrão.

"Major Scobie", disse Yusef, "eu teria muito prazer em lhe servir um copo de uísque. Acho que eu poderia ajudá-lo muito. Sou muito patriota, major Scobie."

"É por isso que você está estocando seus tecidos de algodão para o caso de uma invasão de Vichy, não é? Eles vão valer mais do que libras inglesas."

"O *Esperança* chega amanhã, não é?"

"Provavelmente."

"Que perda de tempo vasculhar um navio grande como aquele para procurar diamantes. A menos que se saiba de antemão exatamente onde eles estão. O senhor sabe que quando o navio volta para Angola um marinheiro informa onde vocês olharam. Vocês vão peneirar todo o açúcar no porão. Vão remexer a banha de porco na cozinha porque uma vez alguém disse ao capitão Druce que um diamante pode ser aquecido e enfiado no meio de uma lata de banha. E os camarotes e os ventiladores e as fechaduras, é claro. Tubos de pasta de dentes. O senhor acha que algum dia vai encontrar um diamantezinho?"

"Não."

"Nem eu."

6

Um lampião com manga de vidro ardia em cada canto das pirâmides de caixotes de madeira. Do outro lado da água negra e lenta Scobie só conseguia ver a embarcação que servia de depósito naval, um navio de passageiros fora de uso, apoiado, dizia-se, sobre um recife de garrafas de uísque vazias. Ele ficou parado um instante, inalando o cheiro forte do mar. A cerca de um quilômetro e meio um comboio estava ancorado, mas ele só conseguia discernir a sombra comprida do navio-depósito e uma dispersão de luzinhas vermelhas, como se houvesse ali uma rua: não conseguia ouvir nada além da própria água batendo no quebra-mar. A mágica do lugar nunca falhava: ali ele firmava os pés na fronteira de um continente estranho.

Em algum lugar na escuridão dois ratos brigavam. Esses ratos de praia eram do tamanho de coelhos. Os nativos os chamavam de porcos e os comiam assados; o nome ajudava a distingui-los dos ratos do cais, que faziam parte da raça humana. Caminhando pelo trilho de uma ferrovia iluminada, Scobie seguiu na direção dos mercados. Na esquina de um armazém, deparou com dois policiais.

"Algo a relatar?"

"Não, senhor."

"Vocês percorreram esse trajeto?"

"Ah, sim, senhor, acabamos de vir de lá."

Ele sabia que estavam mentindo: nunca iriam sozinhos para aquela ponta do cais, o parque de diversões dos ratos humanos, a menos que tivessem um oficial branco para protegê-los. Os ratos eram covardes, mas perigosos — rapazes de mais ou menos dezesseis anos, armados com lâminas ou cacos de garrafa, eles se agrupavam em volta dos armazéns, roubando quando encontravam um caixote fácil de abrir, rodeando como moscas qualquer marinheiro bêbado que cruzasse seu caminho, ocasionalmente esfaqueando um policial que tivesse se indisposto com algum de seus inúmeros parentes. Os portões não eram suficientes para mantê-los fora do porto: vinham a nado de Kru Town ou das praias de pesca.

"Venham", disse Scobie, "vamos dar mais uma olhada."

Com paciência desgastada os policiais o seguiram, um quilômetro em um sentido, um quilômetro no outro. Só os porcos se moviam no cais, e a água batia. Um dos policiais disse, presunçoso: "Noite calma, senhor". Eles apontavam as lanternas com constrangida assiduidade de um lado para outro, iluminando o chassi abandonado de um carro, um caminhão vazio, o canto de um encerado, uma garrafa na esquina de um armazém com folhas de palmeira enfiadas no gargalo, fazendo as vezes de cortiça.

"O que é isso?, disse Scobie. Um de seus pesadelos de oficial era uma bomba incendiária: era fácil de preparar: todo dia homens vinham do território de Vichy para a cidade com gado contrabandeado — eram encorajados a vir em nome do abastecimento de carne. Neste lado da fronteira sabotadores nativos estavam sendo treinados para o caso de uma invasão: por que não do outro lado?

"Deixem-me dar uma olhada", ele disse, mas nenhum dos policiais se mexeu para tocar na garrafa.

"É só remédio nativo, senhor", disse um deles, com um sorriso superficial.

Scobie a recolheu. Era uma garrafa de uísque Haig, e quando ele sacou as folhas de palmeira o fedor de petisco desidratado para cachorro e de uma podridão sem nome irrompeu como um vazamento de gás. Um nervo em sua cabeça latejou com uma irritação repentina. Por nenhuma razão em especial ele se lembrou do rosto congestionado de Fraser e da risadinha de Thimblerigg. O fedor da garrafa o fez recuar nauseado, e ele sentiu os dedos contaminados pelas folhas de palmeira. Lançou a garrafa por cima do cais, e a boca faminta da água a recebeu com um único arroto, mas o conteúdo se espalhou no ar, e todo o lugar sem vento foi impregnado por um cheiro de azedo e amoníaco. Os policiais ficaram em silêncio: Scobie tinha consciência de sua muda desaprovação. Ele devia ter deixado a garrafa onde estava: tinha sido posta ali com um propósito, dirigida a alguma pessoa, mas agora seu conteúdo fora liberado, era como se o pensamento maligno vagasse às cegas pelo ar, podendo quem sabe atingir um inocente.

"Boa noite", disse Scobie, e girou abruptamente nos calcanhares. Não tinha andado nem vinte metros quando ouviu as botas dos policiais se afastando depressa da área perigosa.

Scobie foi até a delegacia de polícia pela Pitt Street. Do lado de fora do bordel, à esquerda, as garotas estavam sentadas na calçada tomando ar. Dentro da delegacia, atrás das persianas de blecaute, um cheiro de jaula de macaco se adensava com a noite. Na sala de recepção, o sargento de plantão tirou as pernas da mesa e se perfilou.

"Algo a relatar?"

"Cinco bêbados e desordeiros, senhor. Eu trancar na cela grande."

"Mais alguma coisa?"

"Dois franceses, senhor, sem passe."

"Negros?"

"Sim, senhor."

"Onde foram encontrados?"

"Na Pitt Street, senhor."

"Vou vê-los de manhã. E a lancha? Está funcionando bem? Talvez eu queira ir ao *Esperança*."

“Está quebrada, senhor. O sr. Fraser tentou consertar, senhor, mas ela engasga o tempo todo.”

“A que horas o sr. Fraser entra em serviço?”

“Sete, senhor.”

“Diga a ele que não quero que ele vá ao *Esperança*. Eu mesmo vou. Se a lancha não estiver pronta, vou com a P.S.”

“Sim, senhor.”

Ao entrar de novo no carro e apertar o botão do preguiçoso motor de arranque, Scobie pensava que um homem certamente tinha direito àquela vingança. A vingança fazia bem ao caráter: era dela que surgia o perdão. Ele começou a assobiar, voltando por Kru Town. Estava quase feliz: só precisava ter certeza de que nada acontecera no clube depois que saíra, de que neste momento, 10h55 da noite, Louise estava tranquila, contente. Ele enfrentaria a próxima hora quando ela chegasse.

7

ANTES DE ENTRAR FOI até o lado da casa que dava para o mar verificar o blecaute. Podia ouvir o murmúrio da voz de Louise dentro de casa: provavelmente ela estava lendo poesia. Ele pensou: por Deus, que direito tem aquele idiota do Fraser de menosprezá-la por isso?, e então sua raiva foi embora outra vez, como um homem maltrapilho, quando ele pensou na decepção que Fraser teria pela manhã — sem visita portuguesa, sem presente para sua namorada, só a rotina diária no calor da delegacia. Tateando em busca da maçaneta da porta de trás, para evitar acender a lanterna, ele feriu a mão em uma lasca de madeira.

Entrou na sala iluminada e viu que pingava sangue da mão. “Ah, querido”, disse Louise, “o que você fez?”, e cobriu o rosto. Ela não suportava ver sangue. “Posso ajudá-lo, senhor?”, perguntou

Wilson, e tentou se levantar, mas estava sentado em uma cadeira baixa aos pés de Louise e tinha uma pilha de livros sobre os joelhos.

"Está tudo bem", disse Scobie. "É só um arranhão. Posso me virar sozinho. Apenas peça a Ali que traga uma garrafa de água." Quando estava na metade da escada, ouviu a voz ser retomada. Louise dizia: "Um adorável poema sobre um pilão". Scobie entrou no banheiro, espantando um rato que estava na borda fria da banheira, como um gato em uma lápide.

Scobie sentou-se na borda da banheira e deixou a mão pingar entre as lascas de madeira do balde da pia. Exatamente como em seu escritório, a noção de lar o envolveu. A engenhosidade de Louise tinha conseguido fazer pouca coisa com aquele aposento: a banheira de esmalte arranhada, com uma única torneira que sempre parava de funcionar antes do fim da estação da seca: o balde de latão sob o assento da privada, esvaziado uma vez por dia: a bacia fixa — com outra torneira inútil: assoalho nu: cortinas de blecaute marrom-esverdeadas. As únicas melhorias que Louise conseguira impor eram o capacho de cortiça ao lado da banheira e o armário de remédios num tom branco brilhante.

O resto do aposento era todo dele. Era como uma relíquia de sua juventude transportada de uma casa a outra. Tinha sido assim anos antes em sua primeira casa, antes de ele se casar. Era o aposento em que sempre estivera sozinho.

Ali entrou, suas solas cor-de-rosa batendo no assoalho, carregando uma garrafa de água do filtro. "A porta de trás me sacaneou", explicou Scobie. Ergueu a mão acima da bacia, enquanto Ali derramava a água sobre o ferimento. O criado estalava a língua de comiseração: suas mãos eram gentis como as de uma mulher. Quando Scobie, impaciente, disse "Chega", Ali não lhe deu atenção. "Muita sujeira", ele disse.

"Agora iodo." O menor arranhão nesse país ficava verde se não fosse tratado dentro de uma hora. "De novo", disse Scobie, "derrame mais", franzindo a testa por causa do ardor. Lá embaixo a palavra "beleza" destacou-se e voltou a mergulhar no fosso. "Agora o band-aid."

"Não", disse Ali, "não. Gaze é melhor."

"Tudo bem. Que seja gaze." Anos antes ele tinha ensinado a Ali como fazer ataduras: agora ele sabia fazê-las tão bem quanto um médico.

"Boa noite, Ali. Vá dormir. Não vou mais precisar de você."

"A senhora quer bebidas."

"Não. Eu sirvo as bebidas. Você pode ir dormir." Sozinho, sentou outra vez na borda da banheira. O ferimento o deixara um pouco tonto e de qualquer maneira não estava disposto a se juntar aos dois lá embaixo, pois sua presença constrangeria Wilson. Um homem não podia ouvir uma mulher lendo poesia na presença de um estranho. "Eu preferia ser um gatinho e miar…", mas essa não era de fato sua atitude. Ele não desdenhava: simplesmente não conseguia entender relações de sentimentos íntimos tão desnudadas. Além disso, estava feliz ali, sentado onde o rato sentara, em seu próprio mundo. Começou a pensar no *Esperança* e no trabalho do dia seguinte.

"Querido", Louise gritou na direção da escada, "você está bem? Pode levar o senhor Wilson para casa?"

"Eu posso ir a pé, sra. Scobie."

"Bobagem."

"Posso, de verdade."

"Estou indo", gritou Scobie. "É claro que eu vou levá-lo." Quando ele se juntou a eles, Louise tomou gentilmente na sua a mão enfaixada. "Ah, coitadinha da mão", ela disse. "Dói?" Ela não tinha medo da gaze branca e limpa: era como um paciente num hospital, com os lençóis puxados cuidadosamente até o queixo. Podia-se levar flores para ele e nunca saber os detalhes escondidos do corte do bisturi. Ela encostou os lábios na gaze e deixou uma pequena mancha de batom laranja.

"Está tudo bem", disse Scobie.

"Falo sério, senhor. Eu posso ir a pé."

"É claro que você não vai a pé. Venha, entre."

A luz do painel iluminou um pedaço do extravagante terno de Wilson. Ele inclinou-se para fora do carro e gritou: "Boa noite, senhora Scobie. Foi muito agradável. Nem sei como lhe agradecer". As palavras vibraram com sinceridade: o que as fazia soar como uma língua estrangeira — o inglês falado na Inglaterra. Aqui as entonações mudavam no decorrer de poucos meses, tornavam-se exaltadas e insinceras, ou monótonas e precavidas. Podia-se perceber que Wilson tinha vindo havia pouco da Inglaterra.

"Não demore a nos visitar de novo", disse Scobie, enquanto eles seguiam para a Burnside Street em direção ao hotel Bedford, lembrando-se do rosto feliz de Louise.

8

A PONTADA DE DOR na mão ferida despertou Scobie às duas da manhã. Ele ficou enrolado como uma mola de relógio, virado para fora da cama, tentando manter o corpo afastado do de Louise: onde quer que eles se tocassem — mesmo que fosse só um dedo encostando no outro —, o suor começava. Mesmo quando estavam separados, o calor tremulava entre eles. A fria luz da lua banhava a penteadeira e realçava os vidros de loção, os potinhos de creme, a borda da moldura de um porta-retratos. De imediato ele ouviu a respiração de Louise.

Era irregular, aos solavancos. Ela estava acordada. Ele ergueu a mão e tocou o cabelo quente e úmido; ela permaneceu rígida, como se guardasse um segredo. Aflito, sabendo o que encontraria, ele desceu os dedos até tocar as pálpebras. Louise estava chorando. Ele sentiu um enorme cansaço, e preparou-se para consolá-la.

"Querida", ele disse, "eu a amo." Era assim que ele sempre começava. O consolo, como o ato sexual, desenvolvia uma rotina.

"Eu sei", ela disse. "Eu sei." Era assim que ela sempre respondia. Ele culpou-se por ser cruel, porque lhe ocorreu a ideia de que já eram duas da manhã: aquilo podia continuar por horas a fio, e às seis começava o dia de trabalho. Afastou o cabelo da testa dela e disse: "As chuvas logo vão começar. Então você vai se sentir melhor".

"Eu estou bem", ela disse, e começou a soluçar.

"O que foi, querida? Conte para mim." Ele engoliu em seco. "Conte ao Ticki." Scobie odiava o apelido que ela lhe dera, mas ele sempre funcionava. "Ah, Ticki, Ticki", ela disse. "Não consigo mais continuar."

"Eu achei que você estava feliz hoje à noite."

"Eu estava... mas imagine ficar feliz porque um funcionário da U.A.C. foi gentil comigo. Ticki, por que eles não gostam de mim?"

"Não seja boba, querida. É só o calor: ele lhe faz imaginar coisas. Todos eles gostam de você."

"Só o Wilson", ela repetiu, desesperada e envergonhada, e começou a soluçar de novo.

"Wilson é um sujeito correto."

"Eles não vão aceitá-lo no clube. Ele usou o dentista para entrar sem ser convidado. Eles vão rir dele e de mim. Ah, Ticki, Ticki, por favor, me deixe ir embora e começar de novo."

"Claro, querida, claro", ele disse, olhando através do mosquiteiro e da janela para o mar calmo e infestado. "Para onde?"

"Eu poderia ir para a África do Sul e esperar até você tirar licença. Ticki, você vai se aposentar logo. Vou preparar uma casa para você, Ticki."

Ele recuou um pouco e logo, para o caso de ela ter percebido, ergueu a mão úmida de Louise e beijou a palma. "Seria muito caro, querida." A ideia de se aposentar fez seus nervos estremecerem e se tensionarem: ele sempre rezava para que a morte chegasse antes. Fora com essa esperança que preparara seu seguro de vida: era resgatável só na morte. Ele pensava em um lar, um lar permanente: as alegres cortinas artísticas, as estantes cheias de livros de Louise, um banheiro com uma bela cerâmica, nenhum escritório — um lar para dois até a morte, nem mais uma mudança até que a eternidade se instalasse.

"Ticki, não consigo mais aguentar aqui."

"Vou ter de encontrar um jeito de resolver isso, querida."

"Ethel Maybury está na África do Sul, e os Collins. Nós temos amigos na África do Sul."

"Os preços são altos."

"Você podia desistir de alguns daqueles seguros de vida bobos, Ticki. E, Ticki, você podia economizar aqui sem mim. Podia fazer as refeições no rancho e dispensar o cozinheiro."

"Ele não custa muito."

"Qualquer coisinha ajuda, Ticki."

"Eu sentiria sua falta", ele disse.

"Não, Ticki, não sentiria", ela disse, e o surpreendeu pelo alcance de seu entendimento triste e espasmódico. "Afinal", ela disse, "não precisamos economizar para ninguém."

Ele disse, com ternura: "Vou tentar conseguir alguma coisa. Você sabe que se for possível farei qualquer coisa por você... qualquer coisa".

"Isso não é consolo das duas da manhã, é, Ticki? Você vai mesmo fazer alguma coisa?"

"Sim, querida. Vou conseguir alguma coisa." Scobie ficou surpreso com a rapidez com que Louise dormiu: ela parecia um cargueiro exausto que se livrou de sua carga. Dormiu antes que ele acabasse de dizer a frase, agarrando um dos dedos dele e respirando tranquila, como uma criança. Agora a carga estava diante dele, e ele se preparava para levantá-la.

CAPÍTULO 2

I

ÀS OITO DA MANHÃ, a caminho do cais, Scobie passou no banco. O escritório do gerente estava sombreado e fresco: em cima de um cofre havia um copo de água gelada. "Bom dia, Robinson."

Robinson era alto, de peito achatado e amargo, porque não conseguira uma colocação na Nigéria. "Quando esse clima nojento vai acabar? As chuvas estão atrasadas", ele disse.

"Já começaram no Protetorado."

"Na Nigéria", disse Robinson, "a gente sempre sabia onde estava. O que posso fazer por você, Scobie?"

"Você se importa se eu me sentar?"

"Claro que me importo. Nunca me sento antes das dez. Ficar em pé mantém a digestão em ordem." Ele andava sem parar pela sala, as pernas parecendo de pau: tomou um gole de água gelada com repugnância, como se fosse remédio. Em sua mesa Scobie viu um livro chamado *Doenças do trato urinário* aberto em uma ilustração colorida. "O que posso fazer por você?", repetiu Robinson.

"Pode me dar duzentos e cinquenta libras", disse Scobie, numa tentativa nervosa de ser jocoso.

"Vocês sempre acham que um banco é feito de dinheiro", Robinson gracejou mecanicamente. "Quanto você quer de fato?"

"Trezentos e cinquenta."

"Qual é o seu saldo no momento?"

"Acho que cerca de trinta libras. Estamos no fim do mês."

"É melhor verificarmos isso." Robinson chamou um funcionário e, enquanto eles esperavam, andou pela salinha — seis passos até a parede, seis passos de volta. "Até lá e de volta cento e setenta e seis vezes", ele disse, "dá um quilômetro e meio. Tento andar quatro quilômetros e meio antes do almoço. Assim me mantenho saudável. Na Nigéria eu costumava andar dois quilômetros para tomar o café da manhã no clube, depois mais dois quilômetros até o escritório. Aqui não tem nenhum lugar bom para andar", ele completou, girando sobre o tapete. Um funcionário pôs uma tira de papel sobre a mesa. Robinson segurou-a perto dos olhos, como se quisesse cheirá-la. "Vinte e oito libras, quinze xelins e sete pence", ele disse.

"Quero mandar minha mulher para a África do Sul."

"Ah, claro. Claro."

"Imagino que poderia fazer isso com um pouco menos. Mas não vou conseguir dar a ela muita coisa do meu salário."

"Eu realmente não vejo como..."

"Pensei que talvez pudesse conseguir um saque a descoberto", ele disse vagamente. "Muita gente faz isso, não é? Acho que uma vez eu fiz um... por algumas semanas... de cerca de quinze libras. Não gostei do artifício. Fiquei com medo. Sempre sinto que devo o dinheiro ao gerente do banco."

"O problema, Scobie", disse Robinson, "é que recebemos ordem de ser muito rigorosos com saques a descoberto. Você sabe, é a guerra. Só existe uma garantia de valor que se pode oferecer agora... a vida."

"Sim, é claro que eu entendo. Mas minha vida vai muito bem e eu não vou sair daqui. Não quero nada com submarinos. E o emprego é seguro, Robinson", ele prosseguiu, na mesma tentativa ineficaz de loquacidade.

"O comissário vai se aposentar, não é?", disse Robinson, chegando ao cofre na extremidade da sala e voltando.

"Vai, mas eu não vou."

"Fico contente em ouvir isso, Scobie. Houve boatos..."

"Imagino que um dia vou ter de me aposentar, mas ainda falta muito tempo. Eu preferiria morrer trabalhando. E há o meu seguro de vida, Robinson. Que tal usá-lo como garantia?"

"Você sabe que cancelou um seguro há três anos."

"Foi no ano em que Louise precisou ir à Inglaterra fazer uma cirurgia."

"Não acho que o valor total dos outros dois seja muito, Scobie."

"Mas eles protegem a gente em caso de morte, não é?"

"Se você continuar a pagar os prêmios. Você sabe que nós não temos nenhuma garantia."

"É claro que não", disse Scobie. "Eu entendo isso."

"Sinto muito, Scobie. Não é nada pessoal. É a política do banco. Se você quisesse cinquenta libras, eu mesmo lhe emprestaria."

"Esqueça, Robinson", disse Scobie. "Não é importante." Ele sorriu constrangido. "O pessoal do Secretariado diria que eu posso arranjar o dinheiro com suborno. Como vai Molly?"

"Vai muito bem, obrigado. Eu gostaria de estar como ela."

"Você lê demais esses livros médicos, Robinson."

"Um homem precisa saber o que há de errado com ele. Você vai ao clube à noite?"

"Acho que não. Louise está cansada. Você sabe como é antes das chuvas. Desculpe tê-lo ocupado, Robinson. Preciso ir até o cais."

Ele saiu do banco e desceu depressa o morro, com a cabeça abaixada. Sentia-se como se tivesse sido apanhado fazendo algo mesquinho — tinha pedido dinheiro e recebera uma negativa.

Louise merecia algo melhor dele. Parecia-lhe que de alguma forma tinha fracassado como homem.

2

DRUCE TINHA VINDO AO *Esperança* com seu pelotão de homens da P.S.: no passadiço um camareiro os esperava com um convite para tomar drinques com o capitão em seu camarote. O oficial encarregado da guarda naval já estava lá antes deles. Aquela era uma parte regular da rotina quinzenal — estabelecer relações amistosas. Ao aceitar a hospitalidade do capitão, tentavam tornar neutra a amarga pílula da busca; abaixo da ponte o grupo de busca prosseguiria regularmente sem eles. Enquanto os passaportes dos passageiros da primeira classe eram examinados, seus camarotes eram revistados por um pelotão da P.S. Outros já estavam vasculhando o porão — a tarefa enfadonha e inútil de peneirar arroz. Yusef tinha dito: "O senhor já encontrou um diamantezinho? Acha que algum dia vai encontrar?". Em poucos minutos, quando as relações tivessem se tornado suficientemente afáveis depois dos aperitivos, Scobie assumiria a tarefa desagradável de fazer uma busca no camarote do capitão. A conversa seca e desconjuntada era travada sobretudo pelo tenente naval.

O capitão enxugou o rosto gordo amarelado e disse: "É claro que pelos ingleses sinto no coração uma enorme admiração".

"O senhor sabe que nós não gostamos de fazer isso", disse o tenente. "Não é fácil ser neutro."

"Meu coração", disse o capitão português, "está cheio de admiração por sua grande luta. Não há espaço para ressentimento. Alguns dos meus compatriotas ficam ressentidos. Eu não." O rosto gotejava suor, os olhos estavam injetados. O homem continuava a falar de seu coração, mas a Scobie parecia que para encontrá-lo seria necessária uma longa e profunda cirurgia.

"É muito generoso de sua parte", disse o tenente. "Aprecio sua atitude."

"Mais um cálice de vinho do Porto, cavalheiros?"

"Acho que vou aceitar. O senhor sabe que não existe nada igual em terra. E você, Scobie?"

"Não, obrigado."

"Espero que vocês não achem necessário nos manter aqui hoje à noite, major."

"Acho que não há nenhuma possibilidade de vocês partirem antes do meio-dia de amanhã", disse Scobie.

"Vamos fazer o melhor possível, é claro", disse o tenente.

"Dou minha palavra de honra, cavalheiros, com a mão no coração, que vocês não vão encontrar nenhum agitador entre meus passageiros. E a tripulação... conheço todos eles."

"É uma formalidade, capitão, que temos de cumprir", disse Druce.

"Fume um charuto", disse o capitão. "Jogue fora esse cigarro. Esta é uma caixa muito especial."

Druce acendeu o charuto, que começou a faiscar e estalar. O capitão riu à socapa. "É só uma brincadeira, cavalheiros. Bastante inofensiva. Guardo a caixa para os amigos. Os ingleses têm um maravilhoso senso de humor. Sei que o senhor não vai se zangar. Um alemão sim, um inglês não. É bem divertido, não?"

"Muito engraçado", disse Druce, ácido, pondo o charuto no cinzeiro que o capitão segurava diante dele. O cinzeiro, presumivelmente acionado pelo dedo do capitão, começou a tocar uma melodiazinha tilintante. Druce sacudiu-se de novo: estava atrasado para ir embora e com os nervos abalados. O capitão sorria e suava. "Suíço", ele disse. "Um povo maravilhoso. Também neutro."

Um dos homens da P.S. entrou e entregou um bilhete a Druce. Ele o passou para que Scobie o lesse. *O camareiro, que recebeu aviso de que vai ser dispensado, diz que o capitão tem cartas escondidas no banheiro.*

"Acho que é melhor eu ir apressá-los lá embaixo", disse Druce. "Você vem, Evans? Muito obrigado pelo Porto, capitão."

Scobie ficou a sós com o capitão. Essa era a parte da tarefa que ele sempre odiava. Aqueles homens não eram criminosos: estavam simplesmente quebrando regulamentos impostos às companhias de navegação pelo sistema de concessão de autorizações para atravessar o bloqueio britânico. Em uma busca nunca se sabia o que seria encontrado. O quarto de um homem era sua vida privada. Ao vasculhar gavetas, podia-se acabar deparando com coisas humilhantes; vícios triviais insignificantes escondidos da vista, como um lenço manchado. Sob uma pilha de roupa de cama podia-se deparar com dores que ele tentava esquecer. Scobie disse, gentilmente: "Lamento, capitão, mas vou ter de dar uma olhada em tudo. O senhor sabe que é uma formalidade".

"O senhor deve cumprir o seu dever, major", disse o português.

Scobie examinou a cabine depressa e com cuidado: nunca movia uma coisa sem repô-la exatamente no lugar: agia como uma dona de casa cuidadosa. O capitão ficou de costas para Scobie, olhando para a ponte; era como se preferisse não embaraçar seu convidado na odiosa tarefa. Scobie terminou, fechando a caixa de camisas de vênus e pondo-a com cuidado de volta na gaveta de cima do armário, com os lenços, as gravatas vistosas e o pequeno feixe de lenços sujos.

"Tudo terminado?", o capitão perguntou educadamente, virando a cabeça.

"Aquela porta", disse Scobie, "o que há lá?"

"Só o banheiro, o vaso sanitário."

"Acho que é melhor eu dar uma olhada."

"Claro, major, mas não há muito onde esconder nada lá."

"Se o senhor não se importar..."

"É claro que não. É seu dever."

O banheiro não tinha mobília e estava extraordinariamente sujo. A banheira tinha uma borda de sabão cinza seco, os ladrilhos do piso estavam molhados. O problema era encontrar depressa o lugar certo. Ele não podia se demorar ali sem revelar que tinha informação especial. A busca precisava ter toda a aparência de formalidade — nem muito negligente nem excessivamente meticulosa. "Isso não vai demorar", disse Scobie animado, e avistou o rosto gordo tranquilo no espelho de barbear. A informação, é claro, devia ser falsa, dada pelo camareiro simplesmente para causar problema.

Scobie abriu o armário de remédios e examinou rapidamente o conteúdo: desenroscou a tampa do tubo de pasta de dentes, abriu a caixa de lâminas de barbear, enfiou o dedo no creme de barbear. Não esperava encontrar nada ali. Mas a busca lhe deu tempo para pensar. A seguir passou para as torneiras, abriu a água, enfiou o dedo em cada uma delas. O piso chamou-lhe a atenção: nele não havia possibilidade de esconder nada. A vigia: ele examinou os grandes parafusos e puxou a cortina interna para um lado e para outro. A cada vez que ele se virava, via o rosto do capitão no espelho, calmo, complacente. O tempo todo o rosto lhe dizia "frio, frio", como numa brincadeira de criança.

Por fim, o vaso sanitário: ele levantou o assento de madeira: nada fora posto entre a porcelana e a madeira. Pôs a mão na corrente da descarga e pela primeira vez percebeu uma tensão no espelho: os olhos castanhos não estavam mais em seu rosto, miravam alguma outra coisa, e seguindo esse olhar ele viu sua própria mão na corrente.

Estará a cisterna sem água?, ele se perguntou e puxou. Gorgolejando e golpeando os canos, a água jorrou. Ele se virou e o português disse com uma imodéstia que não conseguia esconder: "Está vendo, major?". E nesse momento Scobie de fato viu. Estou ficando descuidado, pensou. Levantou a tampa da cisterna. Presa nela, com fita adesiva e livre da água, lá estava uma carta.

Olhou o endereço — uma certa Frau Groener em Friedrichstrasse, Leipzig. Ele disse: "Sinto muito, capitão", e, como o homem não respondeu, ergueu os olhos e viu as lágrimas começando a perseguir o suor nas bochechas gordas e vermelhas. "Vou ter de levá-la", disse Scobie, "e relatar..."

"Ah, esta guerra", irrompeu o capitão, "como odeio esta guerra."

"Nós também temos motivos para odiá-la, o senhor sabe", disse Scobie.

"Um homem é arruinado porque escreve para a filha."

"Filha?"

"Sim, ela é Frau Groener. Abra a carta e leia. O senhor vai ver."

"Não posso fazer isso. Devo levá-la para a censura. Por que o senhor não esperou para escrever quando chegasse a Lisboa, capitão?"

O homem soltou o corpo sobre a borda da banheira, como se ele fosse um saco pesado que seus ombros não podiam mais suportar. Enxugava os olhos com as costas da mão como uma criança — uma criança sem atrativos, o gordo da escola. Contra os belos, os inteligentes e os bem-sucedidos pode-se travar uma guerra, mas não contra os desprovidos de atrativos: neste caso, um peso enorme oprime o peito. Scobie sabia que devia ter pegado a carta e ido embora; não podia fazer nenhum bem com sua compaixão.

O capitão gemeu: "Se o senhor tivesse uma filha, entenderia. O senhor não tem", ele acusou, como se houvesse um crime de esterilidade.

"Não."

"Ela está aflita por minha causa. Ela ama a mim", ele disse, erguendo o rosto encharcado de lágrimas como se precisasse enfatizar a declaração improvável. "Ela ama a *mim*", repetiu pesarosamente.

"Mas por que não escrever de Lisboa?", Scobie perguntou de novo. "Por que correr esse risco?"

"Eu sou sozinho. Não tenho mulher", disse o capitão. "Nem sempre podemos esperar para falar. E em Lisboa... o senhor sabe como são as coisas... amigos, vinho. Tenho uma mulherzinha lá que tem ciúme até de minha filha. Há brigas, o tempo passa. Em uma semana devo partir de novo. Era sempre tão fácil antes desta viagem."

Scobie acreditava nele. A história era suficientemente irracional para ser verdadeira. Mesmo em tempo de guerra se deve às vezes exercer a faculdade da crença para que ela não fique atrofiada.

"Sinto muito", ele disse. "Não há nada que eu possa fazer. Talvez não aconteça nada."

"Suas autoridades", disse o capitão, "vão me pôr na lista negra. O senhor sabe o que isso significa. O cônsul não vai conceder autorização de navegação a nenhum navio que me tenha como capitão. Vou morrer de fome em terra."

"Há tantos descuidos nessas questões", disse Scobie. "Os arquivos se perdem. Talvez o senhor nunca mais ouça falar nesse assunto."

"Eu vou rezar", disse o homem, desesperançado.

"Por que não?" disse Scobie.

"O senhor é inglês. Não acreditaria em rezas."

"Eu também sou católico", disse Scobie.

O rosto gordo olhou depressa para ele. "Católico?", ele exclamou com esperança. Pela primeira vez começou a argumentar. Parecia um homem que encontra um compatriota em um continente estrangeiro. Começou a falar depressa da filha em Leipzig; pegou uma bolsa e um instantâneo amarelado de uma robusta jovem portuguesa tão sem graça quanto ele. O pequeno banheiro estava muito quente, e o capitão repetia sem parar: "O senhor vai entender". De repente ele descobrira quanto eles tinham em comum: as estátuas de gesso com as espadas no coração ensanguentado; o sussurro atrás das cortinas do confessionário; as vestes sagradas e a liquefação do sangue; as escuras capelas laterais e os movimentos complexos; e em algum lugar por trás de tudo isso o amor de Deus. "E em Lisboa", ele disse, "ela estará esperando, vai me levar para casa, tirar a minha calça para que eu não saia sozinho; todos os dias haverá bebida e discussões até irmos dormir. O senhor vai entender. Não posso escrever para a minha filha de Lisboa. Ela me ama muito e espera notícias." Ele ajeitou a coxa gorda e disse: "A pureza desse amor", e chorou. Eles tinham em comum toda a vasta região do arrependimento e da ansiedade.

A afinidade entre eles deu ao capitão coragem para tentar outro ângulo. Ele disse: "Sou um homem pobre, mas tenho dinheiro suficiente para economizar...". Ele nunca tentaria subornar um inglês: era a mais sincera homenagem que podia prestar à religião comum deles.

"Sinto muito", disse Scobie.

"Tenho libras inglesas. Vou lhe dar vinte libras inglesas... cinquenta." Ele implorou. "Cem... é tudo que poupei."

"Isso não pode ser feito", disse Scobie. Enfiou depressa a carta no bolso e se virou. Na última vez em que viu o capitão, quando olhou para trás da porta do camarote, ele estava batendo a cabeça na cisterna, as lágrimas grudadas nas dobras das bochechas. Quando desceu para se reunir a Druce no salão, Scobie pôde sentir um peso lhe oprimindo o peito. Como odeio esta guerra, ele pensou, com as mesmas palavras que o capitão usara.

3

A CARTA PARA A FILHA EM LEIPZIG e um pequeno maço de correspondência encontrado nas cozinhas foram o único resultado de oito horas de busca feita por quinze homens. Podia-se considerar aquele um dia normal. Quando Scobie chegou à delegacia de polícia, procurou o comissário, mas a sala dele estava vazia: sentou-se em sua própria sala, debaixo das algemas, e começou a escrever seu relatório: "Uma busca especial foi feita nos camarotes e nas posses dos passageiros nomeados em seus telegramas... sem nenhum resultado". A carta à filha em Leipzig jazia na escrivaninha ao lado dele. Lá fora estava escuro. O cheiro das celas penetrava por baixo da porta, e na sala ao lado Fraser cantarolava a mesma melodia que cantava todas as noites desde sua última licença:

Para que nos preocuparmos
Com a razão e o porquê,
Quando você e eu
Já estamos mortos e enterrados.

Scobie tinha a impressão de que a vida era interminavelmente longa. A prova do homem não poderia ser realizada em menos anos? Não poderíamos cometer o primeiro pecado importante aos sete, nos arruinar por amor ou por ódio aos dez, nos agarrar à redenção num leito de morte aos quinze? Ele escreveu: *Um camareiro que havia sido demitido por incompetência relatou que o capitão tinha correspondência escondida em seu banheiro. Fiz uma busca e encontrei a carta anexada, endereçada a Frau Groener em Leipzig, escondida na tampa da cisterna da privada. Uma instrução sobre esse esconderijo poderia ser circulada, já que ele não foi encontrado antes nesta base. A carta estava presa com fita adesiva acima do nível da água...*

Ficou lá sentado, olhando para o papel, seu cérebro confuso com o conflito que na verdade já fora resolvido horas antes, quando Druce dissera a ele no salão: "Alguma coisa?", e ele tinha encolhido os ombros, deixando a cargo de Druce interpretar o gesto. Se ele pretendera dizer: "A correspondência particular que sempre encontramos", Druce tomara aquilo como um "Não". Scobie encostou a mão na testa e estremeceu: o suor penetrou entre seus dedos e ele pensou: estou febril? Talvez fosse o fato de sua temperatura ter subido que lhe dava a sensação de estar no limiar de uma nova vida. Sentíamo-nos assim antes de uma proposta de casamento ou do primeiro crime.

Scobie pegou a carta e a abriu. Era um ato irrevogável, pois ninguém na cidade tinha o direito de abrir correspondência clandestina. Uma microfotografia podia ser escondida na cola de um envelope. Até uma simples palavra codificada estaria além de sua compreensão; seu conhecimento de português só lhe permitiria entender o significado mais superficial. Toda carta encontrada — por mais obviamente inocente que fosse — devia ser enviada fechada aos censores de Londres. Contrariando as ordens mais estritas, Scobie estava exercendo seu próprio julgamento imperfeito. Ele pensou consigo: se a carta for suspeita, mandarei meu relatório. Posso explicar o envelope rasgado. O capitão insistiu em abrir a carta para me mostrar o conteúdo. Mas, se ele escrevesse isso, estaria injustamente reforçando os argumentos contra o capitão, pois que maneira melhor ele poderia ter encontrado de destruir uma microfotografia? Devia haver uma mentira para contar, pensou Scobie, mas não estava acostumado a mentir. Com a carta na mão, segurada cuidadosamente acima do mata-borrão branco, de modo que ele pudesse detectar qualquer coisa que caísse de entre as folhas, decidiu que escreveria um relatório completo sobre todas as circunstâncias, incluindo seu próprio ato.

Querida aranhazinha do dinheiro, começava a carta, *seu pai que a ama mais que qualquer coisa na Terra vai tentar lhe enviar um pouco mais de dinheiro desta vez. Sei como as coisas são difíceis para você, e meu coração padece. Aranhazinha do dinheiro, se ao menos eu pudesse sentir seus dedos roçando minha bochecha. Como é que um pai grande e gordo como eu foi ter uma filha tão pequena e bonita? Agora, aranhazinha do dinheiro, vou lhe contar tudo que me aconteceu. Partimos de Lobito há uma semana, depois de apenas quatro dias no porto. Fiquei uma noite com o senhor Aranjuez e bebi mais vinho do que era bom para mim, mas só falei de você. Comportei-me bem todo o tempo que passei no porto porque tinha prometido a minha aranhazinha do dinheiro e fui me confessar e comungar, de modo que, se alguma coisa acontecesse comigo a caminho de Lisboa — pois quem pode saber nestes dias terríveis —, eu não viveria pela eternidade longe de minha aranhazinha. Desde que partimos de Lobito tivemos bom tempo. Nem mesmo os passageiros estão enjoados. Amanhã à noite, porque teremos finalmente deixado a África para trás, teremos um concerto no navio, e eu tocarei a minha flautinha. Todo o tempo que eu tocar vou me lembrar dos dias em que minha aranhazinha do dinheiro sentava em meu joelho e ouvia. Minha querida, estou ficando velho, e depois de cada viagem estou mais gordo: não sou um homem bom, e às vezes temo que em toda esta massa de carne minha alma não seja maior que uma ervilha. Você sabe como é fácil para um homem como eu cometer um ato de desespero imperdoável. Então penso em minha filha. Houve em mim outrora um bem suficiente para que você fosse formada. Uma esposa compartilha demais os pecados de um homem para que haja um amor perfeito. Mas uma filha pode salvá-lo no fim. Reze por mim, aranhazinha. Seu pai que a ama mais que a vida.*

Mais que a vida. Scobie não tinha nenhuma dúvida sobre a sinceridade da carta. Ela não fora escrita para esconder uma fotografia das defesas da Cidade do Cabo ou um relatório microfilmado sobre movimentos de tropas em Durban. Ele sabia que ela deveria ser testada para detectar tinta secreta, examinada sob um microscópio, e o revestimento interno do envelope exposto. Nada devia ser deixado ao acaso em se tratando de uma carta clandestina. Mas ele se comprometera com uma crença. Rasgou a carta e, com ela, seu próprio relatório e levou os pedaços de papel para o incinerador no pátio — uma lata de gasolina apoiada sobre dois tijolos e com os lados perfurados para a passagem do ar. Quando ele riscava um fósforo para pôr fogo nos papéis, Fraser apareceu no pátio. "*Para que nos preocuparmos com a razão e o porquê?*" Sobre os pedaços de papel estava, inconfundível, a metade de um envelope estrangeiro: era possível até ler parte do endereço — Friedrichstrasse. Ele aproximou depressa o fósforo do pedaço no alto da pilha enquanto Fraser atravessava o pátio, com seu insuportável andar juvenil. O papel se inflamou, e no calor do fogo outro pedaço se desdobrou mostrando o nome Groener. "Queimando as provas?", disse Fraser alegremente, e olhou dentro da lata. O nome escurecera: com certeza não havia ali nada que Fraser pudesse ver — exceto um triângulo de envelope marrom que a Scobie parecia obviamente estrangeiro. Ele o pulverizou com um graveto e olhou para Fraser para ver se conseguia detectar qualquer surpresa ou suspeita. Não havia nada no rosto vazio, inexpressivo como um quadro de avisos escolar desatualizado. Só seus próprios batimentos cardíacos lhe diziam que era culpado — que tinha ingressado nas fileiras dos oficiais de polícia corruptos: Bailey, que mantivera um cofre de segurança em outra cidade, Crayshaw, que fora encontrado com diamantes, Boyston, contra quem nada havia sido definitivamente provado e que tinha sido forçado a se aposentar por invalidez. Eles tinham sido corrompidos por dinheiro; ele, por sentimento. O sentimento era o mais perigoso, porque não era possível especificar seu preço. Um homem aberto a subornos merecia confiança acima de um certo número, mas o sentimento podia brotar no coração à lembrança de um nome, uma fotografia, até mesmo um cheiro.

"Como foi o dia, senhor?", perguntou Fraser, mirando a pequena pilha de cinzas. Talvez pensasse que aquele deveria ter sido o dia dele.

"Um dia normal", disse Scobie.

"E o capitão?", perguntou Fraser, olhando para a lata de gasolina, começando a cantarolar de novo sua melodia lânguida.

"O capitão?", disse Scobie.

"Ah, Druce me contou que um sujeito passou informações sobre ele."

"O de sempre", disse Scobie. "Um camareiro demitido ressentido. Druce não lhe contou que nós não encontramos nada?"

"Não", disse Fraser, "ele parecia não ter certeza. Boa noite, senhor. Tenho de ir para o rancho."

"Thimblerigg está em serviço?"

"Sim, senhor."

Scobie observou enquanto Fraser saía. As costas eram tão vazias quanto o rosto: não se podia ler nada ali. Que idiota eu fui, pensou Scobie. Que idiota. Sua obrigação era com Louise, não com um capitão português gordo e sentimental que tinha desrespeitado as regras de sua companhia para ajudar uma filha igualmente sem atrativos. Esse fora o aspecto decisivo, a filha. E agora, Scobie pensava, tenho de voltar para casa: vou guardar o carro na garagem, e Ali vai aparecer com sua lanterna para me guiar até a porta. Ela estará sentada lá entre duas correntes de ar para se refrescar, e eu lerei em seu rosto a história do que ela pensou o dia todo. Ela terá esperado que tudo estivesse resolvido, que eu dissesse "Passei na agência de viagens e pus seu nome na lista para a África do Sul", mas estará com medo de que uma coisa tão boa como essa jamais nos aconteça. Vai esperar que eu fale, e tentarei conversar sobre qualquer coisa para adiar a visão de sua infelicidade (que estará aguardando nos cantos de sua boca para se apossar do rosto inteiro). Ele sabia exatamente como tudo aconteceria: já acontecera tantas vezes. Ensaiou cada palavra, voltando à sua sala, trancando a escrivaninha, dirigindo-se ao carro. Costuma-se falar da coragem dos condenados caminhando para o local da execução: às vezes é preciso o mesmo tanto de coragem para enfrentar, com qualquer tipo de postura, a infelicidade de outra pessoa. Ele esqueceu Fraser: esqueceu tudo que não fosse a cena que o aguardava: vou entrar e dizer "Boa noite, querida", e ela dirá "Boa noite, querido. Como foi seu dia?", e eu falarei sem parar, sabendo o tempo todo que se aproxima o momento em que direi "E você, querida?" e abrirei a porta para o sofrimento.

4

"E você, querida?" Ele se afastou dela depressa e começou a preparar mais duas doses de pink gin. Havia entre eles um entendimento tácito de que "a bebida ajudava"; mais infeliz a cada copo, a pessoa aguardava o momento do alívio.

"Você não quer realmente saber o que *eu* fiz."

"Claro que quero, querida. Como foi seu dia?"

"Ticki, por que você é tão covarde? Por que não me conta que está tudo acabado?"

"Tudo acabado?"

"Você sabe do que estou falando — a passagem. Desde que você chegou, não parou de falar no *Esperança*. De quinze em quinze dias chega um navio português. Você não fala assim a cada vez que isso acontece. Eu não sou criança, Ticki. Por que você não diz logo 'Você não pode ir'?"

Com um esgar, ele fitava a bebida, girando o copo para que a angostura aderisse ao vidro. "Isso não seria verdade. Eu vou encontrar algum jeito", ele disse. Relutante, recorreu ao odioso apelido. Se isso não funcionasse, o sofrimento se aprofundaria e ocuparia toda a curta noite de que ele precisava para dormir. "Confie no Ticki", ele disse. Era como se o suspense tencionasse um ligamento em seu cérebro. Se ao menos pudesse adiar o sofrimento até o amanhecer, ele pensou. O sofrimento é pior na escuridão: não há nada para olhar exceto as cortinas de blecaute verdes, a mobília governamental, as formigas aladas espalhando as asas sobre a mesa: a cem metros dali os vira-latas dos crioulos latiam e uivavam. "Olhe a nossa pedinte", ele disse, apontando para a lagartixa que sempre aparecia na parede naquela hora da noite para caçar mariposas e baratas. "Nós só tivemos a ideia ontem à noite. Essas coisas precisam de tempo para ser resolvidas. Recursos, recursos", ele disse, com um humor forçado.

"Você esteve no banco?"

"Sim", ele admitiu.

"E não conseguiu o dinheiro?"

"Não. Eles não puderam resolver. Quer outro pink gin, querida?"

Ela entregou a ele o copo, chorando baixinho; quando chorava, seu rosto ficava vermelho: parecia dez anos mais velha, uma mulher de meia-idade abandonada — era como se a terrível evidência do futuro batesse no rosto de Scobie. Ele se apoiou sobre um joelho, ao lado dela, e aproximou o gim de seus lábios como se fosse remédio. "Minha querida", disse, "vou encontrar um jeito. Beba um pouco."

"Ticki, eu não consigo mais aguentar este lugar. Sei que já disse isso antes, mas desta vez falo sério. Eu vou enlouquecer. Ticki, eu me sinto tão solitária. Não tenho nenhum amigo, Ticki."

"Vamos convidar Wilson para vir aqui amanhã."

"Ticki, pelo amor de Deus, pare de falar em Wilson. Por favor, por favor, faça alguma coisa."

"É claro que vou fazer. Tenha só um pouco de paciência, querida. Essas coisas são demoradas."

"O que você vai fazer, Ticki?"

"Estou cheio de ideias, querida" ele disse, esgotado. (Que dia fora aquele.) "Vamos deixá-las amadurecerem um pouco."

"Me conte uma ideia. Só uma."

Os olhos dele seguiram a lagartixa quando ela arremeteu para pegar alguma coisa; então ele tirou uma asa de formiga de seu gim e tomou mais um gole. Pensou consigo: que idiota eu fui de não pegar as cem libras. Destruí a carta por nada. Me arrisquei. Eu poderia muito bem... Louise disse: "Já faz anos que eu sei. Você não me ama". Ela falava com calma. Ele conhecia aquela calma — significava que eles tinham chegado ao olho do furacão: nessa região, mais ou menos nesse momento, eles sempre começavam a dizer a verdade um ao outro. A verdade, ele pensava, nunca teve real valor para nenhum ser humano — é um símbolo buscado por matemáticos e filósofos. Nas relações humanas, a generosidade e os laços de afeição valem mil verdades. Ele sempre se envolvia no que sabia ser uma luta vã para manter as mentiras. "Não diga esse absurdo, querida. Quem você acha que eu amo, se não amo você?"

"Você não ama ninguém."

"É por isso que eu a trato tão mal?" Ele tentou adotar um tom mais alegre, mas percebeu que soara apenas insincero.

"É a sua consciência", ela disse. "Seu senso de dever. Desde que Catherine morreu você não amou ninguém."

"A não ser eu mesmo, é claro. Você sempre diz que eu me amo."

"Não, não acho que você se ame."

Ele se defendia com evasivas. Naquele centro ciclônico ele era impotente para oferecer a mentira tranquilizadora: "Eu tento o tempo todo mantê-la feliz. Faço muito esforço para isso".

"Ticki, você nem sequer diz que me ama. Vamos. Diga pelo menos uma vez."

Por cima do gim, ele olhou com amargura para ela, a própria imagem de seu fracasso: a pele um pouco amarelada por causa da atebrina, os olhos vermelhos de lágrimas. Ninguém era capaz de garantir amor para sempre, mas ele jurara catorze anos antes, em Ealing, silenciosamente, durante a horrível cerimoniazinha elegante, entre rendas e velas, que pelo menos faria sempre o possível para que ela fosse feliz. "Ticki, eu não tenho nada além de você, e você tem... praticamente tudo." A lagartixa correu pela parede e parou de novo, as asas de uma mariposa nas pequenas mandíbulas de crocodilo. As formigas davam golpes abafados na lâmpada elétrica.

"E mesmo assim você quer se afastar de mim", ele disse.

"Sim", ela disse, "eu sei que você também não é feliz. Sem mim você vai ter paz."

Era isso que ele sempre deixava de levar em conta — a precisão da observação dela. Ele tinha praticamente tudo, só precisava de paz. Tudo significava trabalho, a rotina diária na sala simples, a alternância das estações em um lugar que ele amava. Quantas vezes tiveram pena dele por causa da austeridade do trabalho, da parcimônia das recompensas. Mas Louise o conhecia bem. Se pudesse voltar a ser jovem, esse era o tipo de vida que ele teria escolhido; só que desta vez não esperaria que ninguém a compartilhasse, o rato na banheira, a lagartixa na parede, o tornado abrindo as janelas à uma da manhã e a última luz rosada nas estradas de laterito ao pôr do sol.

"Você está dizendo bobagens, querida", ele disse, e dedicou-se à fatídica preparação de mais um pink gin. Sentiu de novo a tensão no nervo; a infelicidade se desenrolara com sua rotina inevitável — primeiro o sofrimento dela e as tentativas forçadas dele de deixar tudo por dizer, depois as verdades enunciadas por ela, sobre as quais seria muito melhor calar, e finalmente o descontrole dele — verdades lançadas de volta contra ela, como se ela fosse uma inimiga. Quando entrou nesse último estágio, gritando com ela de repente, e com sinceridade, enquanto o copo tremia em sua mão, "É *você* que me impede de ter paz", já sabia o que viria a seguir, a reconciliação e de novo as mentiras fáceis, até a próxima cena.

"É isso que estou dizendo", disse ela, "se eu for embora, você terá sua paz."

"Você não tem a menor ideia", ele acusou, "do que significa paz." Era como se ela tivesse se referido de forma insultuosa a uma mulher que ele amava. Pois ele sonhava noite e dia com a paz. Uma vez, em sonho, ela lhe aparecera como o grande crescente brilhante da lua pairando diante de sua janela como um iceberg, ártico e destrutivo, um instante antes de atingir a Terra: durante o dia ele tentava passar alguns momentos em sua companhia, agachado sob as algemas enferrujadas na sala trancada, lendo os relatórios das subdelegacias. Para ele, paz era a palavra mais bela da língua: Eu vos deixo a paz, eu vos dou a minha paz; Cordeiro de Deus, que tirais o pecado do mundo, dai-nos a paz. Na missa, ele pressionava os olhos com os dedos, para evitar as lágrimas de ansiedade.

Com a antiga ternura, Louise disse: "Pobrezinho, você queria que eu estivesse morta como a Catherine. Você quer ficar sozinho".

Ele retrucou, obstinado: "Eu quero que você seja feliz".

"Apenas diga que me ama", disse ela, já sem forças. "Já é alguma coisa."

Eles tinham recomeçado, do outro lado do cenário: ele pensou, muito tranquilo, que dessa vez não tinha sido tão ruim: nós vamos conseguir dormir esta noite. Ele disse: "É claro que eu a amo, querida. E vou conseguir essa passagem. Você vai ver".

Ele teria feito a promessa mesmo que pudesse prever tudo que ela desencadearia. Sempre estivera preparado para assumir a responsabilidade por seus atos, assim como sempre tivera certa consciência, desde quando fizera sua terrível promessa privada de que ela seria feliz, de até que ponto *esse* ato poderia levá-lo. O desespero é o preço que pagamos por nos comprometermos com uma meta impossível. É, dizem, o pecado imperdoável, mas um pecado que nunca é cometido pelos corruptos ou pelos maus. Eles sempre têm esperança. Nunca atingem aquele estado paralisante que é o conhecimento do fracasso absoluto. Só os homens de boa vontade levam sempre no coração essa capacidade para a desgraça.

PARTE DOIS

CAPÍTULO 1

I

De pé ao lado de sua cama no hotel Bedford, Wilson contemplava com tristeza a faixa de seu traje a rigor, franzida como uma cobra irritada; o conflito entre eles esquentava o quartinho. Através da parede, ele ouvia Harris escovando os dentes pela quinta vez naquele dia. Harris acreditava em higiene dental. "É escovando os dentes antes e depois de cada refeição que consigo me manter tão bem neste clima maldito", ele dizia, erguendo o rosto pálido e cansado acima de uma laranjada. Agora ele estava gargarejando: parecia o barulho do encanamento.

Wilson sentou na beirada da cama e descansou. Tinha deixado a porta aberta para refrescar e do outro lado do corredor avistava o interior do banheiro. O indiano de turbante estava sentado na borda da banheira completamente vestido. Devolveu a Wilson um olhar enigmático e fez uma mesura. "Um momento, senhor", gritou. "Se o senhor pudesse vir até aqui..." Irritado, Wilson fechou a porta. Então fez outra tentativa com a faixa do traje.

Uma vez ele vira um filme — era *Lanceiros da Índia*? — no qual a faixa estava soberbamente disciplinada. Um nativo segurava o rolo e um oficial impecável girava como um pião, de forma que a faixa era enrolada nele, lisa e justa. Outro criado ficava ao lado com bebidas geladas, e ao fundo era abanado um grande leque feito de folhas de palmeira. Aparentemente era mais fácil lidar com essas coisas na Índia. No entanto, fazendo mais um esforço, Wilson conseguiu enrolar a coisa irritante em volta da cintura. Mas ficou apertada demais e bastante amarrotada, e a ponta foi enfiada muito perto da frente e, portanto, não poderia ser ocultada pelo paletó. Ele contemplou melancolicamente sua imagem no que restava do espelho. Alguém bateu na porta.

"Quem é?", gritou Wilson, imaginando por um momento que o indiano tivera a ousada impertinência de insistir... mas quando a porta se abriu era só Harris: o indiano permanecia sentado na banheira do outro lado do corredor, embaralhando suas cartas de recomendação.

"Vai sair, camarada?", perguntou Harris, decepcionado.

"Sim."

"Parece que todo mundo vai sair esta noite. A mesa vai ser toda minha." E acrescentou, com tristeza: "E também é a noite do curry".

"Pois é. Lamento perdê-lo."

"Só porque você não tem comido isso há dois anos, meu velho, toda quinta-feira à noite." Ele olhou para a faixa. "Não está certa, camarada."

"Sei que não está. Mas é o melhor que consigo fazer."

"Nunca uso isso. É evidente que faz mal ao estômago. Dizem que absorve o suor, mas não é aí que eu suo, camarada. Eu preferiria usar suspensórios, só que o elástico estraga com o tempo, então para mim um cinto de couro é suficiente. Não sou esnobe. Onde você vai jantar, camarada?"

"Na casa de Tallit."

"Como é que você o conheceu?"

"Ele esteve no escritório ontem para pagar sua conta e me convidou para jantar."

"Você não precisa usar traje a rigor para um sírio, camarada. Pode tirar tudo."

"Tem certeza?"

"Claro que tenho. Não ia servir para nada. Completamente errado." E acrescentou: "Você vai ter um bom jantar, mas tome cuidado com os doces. O preço da vida é a eterna vigilância. Fico imaginando o que ele quer de você". Wilson começou a tirar a roupa, enquanto Harris falava. Ele era um bom ouvinte. Seu cérebro era como uma peneira através da qual o refugo caía o dia inteiro. Sentado na cama só de cueca, ele ouvia Harris: "... tome cuidado com o peixe. Eu nunca toco nele...", mas as palavras não o impressionavam. Puxando a calça branca de algodão grosso acima dos joelhos sem pelos, ele dizia consigo:

The poor sprite is
Imprisoned for some fault of his
In a body like a grave.

Sua barriga roncava e se revolvia como sempre acontecia um pouco antes da hora de jantar.

From you he only dares to crave,
For his service and his sorrow,
A smile to-day, a song to-morrow, *

* Versos de "To a Lady, with a Guitar", poema de Shelley. Em tradução livre: "O pobre duende está/ Preso por algum malfeito/ Em um corpo que é como um túmulo./ A você ele só ousa implorar,/ Para seu benefício e para seu pesar,/ Um sorriso hoje, uma canção amanhã,". (N.T.)

Wilson olhou para o espelho e passou os dedos pela pele macia, demasiadamente macia. O rosto devolveu-lhe o olhar, rosado e saudável, rechonchudo e desesperançado. Harris continuava, satisfeito: "Uma vez eu disse a Scobie", e de imediato o aglomerado de palavras se alojou na peneira de Wilson. E ele ponderou em voz alta: "Eu me pergunto como é que ele foi casar com ela".

"É isso que todos nós nos perguntamos, camarada. Scobie não é mau sujeito."

"Ela é boa demais para ele."

"Louise?", exclamou Harris.

"É claro. Quem mais poderia ser?"

"Gosto não se discute. Vá lá e conquiste, camarada."

"Eu preciso ir."

"Tome cuidado com os doces", continuou Harris, com um pequeno surto de energia, "Deus sabe que eu não me incomodaria em ter alguma coisa para tomar cuidado em vez do curry da quinta-feira. Hoje é quinta-feira, não é?"

"É."

Eles saíram para o corredor e entraram no raio de visão do indiano.

"Você vai ter de deixá-lo ler sua sorte mais cedo ou mais tarde, camarada", disse Harris. "Ele faz isso com todo mundo. Não vai lhe dar sossego enquanto não ler a sua."

"Não acredito em adivinhação", mentiu Wilson.

"Nem eu, mas ele é muito bom. Leu minha sorte na semana em que cheguei. Disse que eu ia ficar aqui mais de dois anos e meio. Eu pensei que depois de dezoito meses teria uma licença. Agora sei que não é bem assim."

Da banheira, o indiano observava com ar de triunfo. E disse: "Tenho uma carta do diretor da Agricultura. E uma de D. C. Parkes".

"Está bem", disse Wilson. "Leia minha sorte, mas que seja rápido."

"Prefiro cair fora, camarada, antes que comecem as revelações."

"Eu não tenho medo", disse Wilson.

"Quer se sentar na banheira, senhor?", o indiano o convidou, cortês. Segurou a mão de Wilson. "É uma mão muito interessante, senhor", disse, inconvincente, sopesando-a.

"Quanto você cobra?"

"Depende do posto, senhor. De uma pessoa como o senhor eu cobraria dez xelins."

"É um pouco exagerado."

"Os oficiais subalternos pagam cinco xelins."

"Eu estou na classe dos cinco xelins", disse Wilson.

"Ah, não, senhor. O diretor de Agricultura me deu uma libra."

"Eu sou apenas um contador."

"Isso é o que o senhor diz. O comissário distrital adjunto e o major Scobie me deram dez xelins."

"Está bem", disse Wilson. "Aqui estão os dez xelins. Continue."

"O senhor está aqui há uma ou duas semanas", disse o indiano. "Às vezes, à noite, o senhor fica impaciente. Acha que não faz progressos suficientes."

"Com quem?", perguntou Harris, recostado na soleira da porta.

"O senhor é muito ambicioso. É um sonhador. Lê muita poesia."

Harris deu uma risadinha e Wilson, erguendo os olhos do dedo que traçava as linhas na palma de sua mão, fitou o quiromante com apreensão.

O indiano continuou, inflexível. Seu turbante estava inclinado sob o nariz de Wilson e cheirava à comida rançosa — em suas dobras ele provavelmente escondia coisas desviadas da despensa. "O senhor é um homem secreto. Não conta a seus amigos sobre sua poesia... exceto a um. Um", ele repetiu. "O senhor é muito tímido. Deveria tomar coragem. O senhor tem uma longa linha do êxito."

"Vá lá e conquiste, camarada", repetiu Harris.

Sem dúvida tudo aquilo era autossugestão. Se alguém acreditasse bastante em alguma coisa, ela se tornaria realidade. A timidez seria vencida. O erro em uma leitura seria ocultado.

"Você não me disse coisas que valham dez xelins", disse Wilson. "Isso é sorte para cinco xelins. Diga-me alguma coisa precisa, alguma coisa que vai acontecer." Constrangido, ele mudou sua posição na borda pontuda da banheira e ficou observando uma barata que parecia uma grande bolha de sangue achatada na parede. O indiano se curvou, apoiado nas duas mãos. E disse: "Vejo grande êxito. O governo vai ficar muito satisfeito com o senhor".

"*Il pense* que você é *un bureaucrat*", disse Harris.

"Por que o governo vai ficar satisfeito comigo?", perguntou Wilson.

"O senhor vai capturar seu homem."

"Ora", disse Harris, "acho que ele pensa que você é um novo policial."

"Parece que sim", disse Wilson. "Não adianta perder mais tempo."

"E sua vida privada também será um grande êxito. O senhor vai conquistar a dama do seu coração. Vai viajar. Tudo vai ser excelente. Para o senhor", ele acrescentou.

"Uma verdadeira sorte de dez xelins."

"Boa noite", disse Wilson. "Não vou lhe dar uma carta de recomendação por causa disso." Ele se levantou da banheira e a barata disparou para se esconder. "Não consigo suportar essas coisas", continuou, esgueirando-se pela porta. No corredor, virou-se e repetiu: "Boa noite".

"Eu também não conseguia quando cheguei, camarada. Mas desenvolvi um sistema. Entre no meu quarto e eu lhe mostrarei."

"Mas eu preciso sair."

"Ninguém será pontual na casa de Tallit." Harris abriu sua porta e Wilson desviou o olhar, com uma espécie de vergonha diante da primeira visão daquela desordem. No seu próprio quarto ele nunca teria se exposto daquele jeito — o copo sujo com a escova de dentes, a toalha em cima da cama.

"Olhe aqui, camarada."

Aliviado, ele fixou os olhos em alguns símbolos escritos a lápis na parede: a letra H, e abaixo dela uma fileira de algarismos alinhados com datas, como num livro-caixa. Depois as letras P.E., e embaixo mais algarismos. "É meu escore de baratas, camarada. Ontem foi um dia médio: quatro. Meu recorde é nove. Isso faz a gente gostar dos bichinhos."

"O que significa P.E.?"

"Pelo esgoto, camarada. É quando eu tento matá-las na pia e elas escapam pelo cano do esgoto. Não seria justo contá-las como mortas, não é?"

"Não."

"E também não adiantaria a gente se enganar. Perderia a graça. O problema é que às vezes é cansativo a pessoa jogar contra ela mesma. Por que não fazemos uma competição, camarada? É preciso habilidade, sabe. Elas com certeza ouvem a gente chegar e são muito rápidas. Todas as noites eu tento surpreendê-las com uma lanterna."

"Não seria má ideia fazer uma tentativa, mas agora eu preciso sair."

"Pois então vou fazer o seguinte: só começo a caçada quando você voltar da casa de Tallit. Teremos cinco minutos antes de ir dormir. Só cinco minutos."

"Como quiser."

"Vou descer com você, camarada. Já estou sentindo o cheiro do curry. Sabe que eu quase ri quando o velho idiota o confundiu com o novo policial?"

"Ele errou a maioria das coisas, não foi?", disse Wilson. "Eu me refiro à poesia."

2

Para Wilson, que a via pela primeira vez, a sala de estar da casa de Tallit tinha a aparência de um salão de baile campestre. A mobília toda encostada nas paredes: cadeiras duras com espaldares altos e desconfortáveis, e nos cantos os acompanhantes sentados: velhas senhoras com vestidos de seda preta, metros e metros de seda, e um homem muito velho usando uma boina para fumar. Eles o observaram intensamente, em absoluto silêncio, e ele, fugindo aos olhares, só viu paredes nuas, com exceção dos cantos, onde, em uma montagem com fitas e laços, estavam pregados cartões-postais franceses sentimentais: mocinhos cheirando flores malva, um lustroso ombro rosado, um beijo apaixonado.

Wilson descobriu que só havia um outro convidado além dele, o padre Rank, que usava uma batina comprida. Eles sentaram em cantos opostos da sala, entre os acompanhantes, os quais, como explicou o padre Rank, eram todos parentes de Tallit: os avós e os pais, dois tios, o que talvez fosse uma tia-bisavó e uma prima. Em algum lugar fora de vista, a mulher de Tallit preparava pratinhos que eram entregues aos dois convidados pelo irmão mais novo e pela irmã de Tallit. Além de Tallit, nenhum deles falava inglês, e Wilson estava constrangido pelo modo como o padre Rank discutia sobre seu anfitrião e a família dele num tom que ressoava pela sala. "Não, obrigado", dizia o padre Rank, recusando um doce com um movimento da cabeça grisalha e desgrenhada. "Eu o aconselho a tomar cuidado com estes, sr. Wilson. Tallit é um bom sujeito, mas nunca vai aprender o que um estômago ocidental pode comer. Esses velhos têm estômago de avestruz."

"Para mim isso é muito interessante", disse Wilson, percebendo o olhar de uma avó do outro lado da sala, balançando a cabeça e sorrindo para ela. A avó obviamente pensou que ele queria mais doces e, irritada, chamou a neta. "Não, não", disse

Wilson em vão, sacudindo a cabeça e sorrindo para ela. A centenária ergueu o lábio de uma gengiva sem dentes e fez um sinal feroz para o irmão mais novo de Tallit, que correu para servir a Wilson mais um prato. "Esse é bastante seguro", gritou o padre Rank. "Só açúcar, glicerina e um pouco de farinha de trigo." Durante o tempo todo, os copos deles eram abastecidos e reabastecidos com uísque.

"Eu queria que você me confessasse onde arranja esse uísque, Tallit", dizia o padre Rank com malícia, e Tallit sorria exultante e corria ágil de um canto a outro da sala, uma palavrinha com Wilson, outra com o padre Rank. Com sua calça branca, seu cabelo preto emplastrado, seu rosto estrangeiro cinzento e reluzente e um olho vítreo como o de fantoche, Tallit lembrava a Wilson um jovem dançarino de balé.

"Então o *Esperança* foi embora", gritou o padre Rank do outro lado da sala. "Você acha que eles encontraram alguma coisa?"

"Houve um rumor no escritório", disse Wilson, "a respeito de alguns diamantes."

"Diamantes, pois sim!", disse o padre Rank. "Eles nunca vão encontrar nenhum diamante. Não sabem onde procurar, sabem, Tallit?" E explicou a Wilson: "Os diamantes são um assunto penoso para Tallit. No ano passado ele foi enganado com diamantes falsos. Yusef o enganou, hein, Tallit, seu malandrinho. Você não é assim tão esperto, hein? Você, um católico, ludibriado por um maometano. Eu tive vontade de torcer seu pescoço".

"Isso seria uma maldade", disse Tallit, parado a meio caminho entre Wilson e o padre.

"Estou aqui há poucas semanas", disse Wilson, "e todos falam comigo a respeito de Yusef. Dizem que ele passa diamantes falsos, contrabandeia os verdadeiros, vende bebida de má qualidade, estoca algodão esperando uma invasão francesa, seduz as irmãs de caridade do hospital militar."

"É um imoral", disse o padre Rank, com uma espécie de satisfação. "Não que o senhor possa acreditar em nada que ouve neste lugar. Senão, todos estariam vivendo com a mulher de algum outro, e todo policial que não estivesse recebendo dinheiro de Yusef seria subornado aqui pelo Tallit."

"Yusef é um homem muito ruim", disse Tallit.

"Por que as autoridades não o prendem?"

"Estou aqui há vinte e dois anos", disse o padre Rank, "e nunca soube de nada provado contra um sírio. Ah, muitas vezes eu vejo policiais bem contentes, exibindo seus semblantes felizes, prestes a atacar — e penso comigo mesmo: por que me dar o trabalho de perguntar a eles do que se trata? Só vão atacar o ar."

"O senhor deveria ter sido policial, padre."

"Ah", disse o padre Rank, "quem sabe? Há mais policiais nesta cidade do que os que vemos… é o que dizem."

"Quem diz?"

"Cuidado com esses doces", disse o padre Rank, "eles são inofensivos se forem comidos com moderação, mas o senhor já comeu quatro. Escute aqui, Tallit, o senhor Wilson parece estar com fome. Você não pode trazer os assados?"

"Assados?"

"O banquete", explicou o padre Rank. Sua jovialidade ecoava pela sala. Durante vinte e dois anos, aquela voz rira, gracejara, estimulara as pessoas com bom humor, ao longo dos meses de chuva e de seca. Será que sua alegria teria consolado alguma alma? Wilson se perguntava: teria ela pelo menos consolado a si própria? Ela era como o ruído que se ouvia percutindo nos ladrilhos em um banheiro público: as risadas e a água salpicada por desconhecidos no aquecimento a vapor.

"É claro, padre Rank. Imediatamente, padre Rank." Sem ser convidado, o padre Rank levantou-se da cadeira e sentou-se a uma mesa que, como as cadeiras, estava encostada à parede. Havia apenas alguns lugares postos, e Wilson hesitou. "Venha. Sente-se, senhor Wilson. Somente os velhos vão comer conosco... e Tallit, é claro."

"O senhor estava falando a respeito de um boato?", perguntou Wilson.

"Minha cabeça é uma colmeia de boatos", disse o padre Rank, fazendo um gesto jocoso de desespero. "Se um homem me conta alguma coisa, presumo que ele quer que eu a passe adiante. É uma função útil, o senhor sabe, em uma época como esta, quando tudo é segredo oficial, lembrar às pessoas que suas línguas foram feitas para falar e que a verdade deve ser dita. Olhe o Tallit agora", continuou o padre Rank. Tallit estava levantando o canto de sua cortina de blecaute e olhando para a rua escura. "Como vai Yusef, seu malandrinho?", perguntou o padre. "Yusef tem um casarão do outro lado da rua e Tallit o deseja, não é, Tallit? E o jantar, Tallit? Estamos com fome."

"Está aqui, padre, está aqui", disse ele, retirando-se da janela. Ele sentou-se calado ao lado da centenária, e sua irmã serviu os pratos.

"Sempre se come bem na casa de Tallit", disse o padre Rank.

"Yusef também está recebendo visitas esta noite."

"Um padre não deve ser exigente", disse o padre Rank, "mas acho seu jantar mais digerível." Sua risada rouca vibrou pela sala.

"Será que é tão ruim assim ser visto na casa de Yusef?"

"É, sr. Wilson. Se eu o visse ali, diria comigo: 'Yusef precisa muito de informações sobre os tecidos de algodão... quais serão as importações no próximo mês, digamos, o que vai chegar por mar... e está disposto a pagar por essa informação'. Se eu visse uma moça entrando, pensaria que era uma pena, uma grande pena." Ele experimentou seu prato e riu de novo. "Mas se Tallit entrasse lá, eu esperaria ouvir gritos de socorro."

"E se o senhor visse um policial?", perguntou Tallit.

"Eu ficaria muito surpreso", disse o padre. "Nenhum deles seria tolo de fazer isso, depois do que aconteceu com Bailey."

"Na outra noite, um carro da polícia trouxe Yusef para casa", disse Tallit. "Eu vi muito bem daqui."

"Um dos motoristas ganhando um dinheirinho por fora", disse o padre Rank.

"Eu acho que vi o major Scobie. Ele teve o cuidado de não sair do carro. É claro que eu não tenho certeza absoluta. Mas *parecia* o major Scobie."

"Preciso controlar minha língua", disse o padre. "Sou mesmo um tolo tagarela. Ora, se fosse Scobie, eu não pensaria duas vezes no assunto." Seus olhos vaguearam pela sala. "Nem duas vezes", ele disse. "Na coleta do domingo seguinte, eu diria que tudo estava bastante correto, absolutamente correto", e ele balançava seu grande sino sem som, para a frente e para trás, hô, hô, hô, como um leproso proclamando sua desgraça.

3

A LUZ AINDA ESTAVA ACESA no quarto de Harris quando Wilson voltou para o hotel. Estava cansado e aflito, e procurou caminhar nas pontas dos pés, mas Harris o ouviu. "Estava esperando você, camarada", ele disse, agitando uma lanterna elétrica. Usava suas botas de cano alto para se proteger dos mosquitos por fora do pijama e parecia um supervisor de defesa antiaérea atormentado.

"Já é tarde. Pensei que você estivesse dormindo."

"Eu não podia dormir enquanto não fizéssemos nossa caçada. Estou gostando cada vez mais da ideia, camarada. Poderíamos estabelecer um prêmio mensal. Já estou vendo a hora em que outras pessoas vão querer se juntar a nós."

"Poderia haver um troféu de prata", disse Wilson com ironia.

"Já aconteceram coisas mais estranhas, camarada. O Campeonato de Baratas."

Ele foi na frente, pisando de leve no assoalho até o meio do quarto: a cama de ferro sob um mosquiteiro acinzentado, a poltrona com encosto reclinável, a penteadeira abarrotada de números antigos da revista *Picture Post*. Wilson ficou outra vez chocado ao perceber que um quarto podia ser ainda mais triste que o seu.

"Jogaremos em nossos quartos em noites alternadas, camarada."

"Que arma devo usar?"

"Pode pegar emprestado um dos meus chinelos." Uma tábua rangeu sob o pé de Wilson, e Harris se virou para adverti-lo. "Elas têm ouvidos, como os ratos", disse.

"Estou um pouco cansado. Você não acha que hoje…?"

"Só cinco minutos, camarada. Eu não conseguiria dormir sem ter feito uma caçada. Olhe ali uma… em cima da penteadeira. Você pode dar o primeiro golpe", mas, quando a sombra do chinelo caiu sobre a parede de gesso, o inseto disparou.

"Não adianta fazer assim, camarada. Veja como *eu* faço." Harris espreitou sua presa. A barata estava a meia altura da parede, e ele, andando na ponta dos pés pelo assoalho rangente, começou a mover o facho da lanterna para a frente e para trás, por cima da barata. Então, de repente, golpeou, deixando uma mancha de sangue. "Uma!", ele disse. "É preciso hipnotizá-las."

Eles andaram com cuidado por todo o quarto, oscilando suas lanternas, dando pisões e ocasionalmente se descontrolando e atacando com violência os cantos: o entusiasmo da caçada inflamava a imaginação de Wilson. A princípio, eles se trataram com "espírito esportivo"; gritavam "Belo golpe" ou "Que azar", mas uma vez, perseguindo a mesma barata, colidiram ao mesmo tempo contra o revestimento de madeira da parede, num momento em que a contagem estava empatada, e ficaram enraivecidos.

"Não adianta perseguirmos a mesma barata, camarada", disse Harris.

"Mas eu a vi primeiro."

"Você perdeu a sua, camarada. Essa era minha."

"Era a mesma. Ela fez uma pirueta."

"Ah, não."

"Seja como for, não há motivo para eu não caçar a mesma. Você a empurrou para o meu lado. Fez uma jogada ruim."

"Isso não é permitido pelas regras", disse Harris, impaciente.

"Talvez não pelas suas regras."

"Que diabo", disse Harris, "quem inventou o jogo fui eu."

Havia uma barata em cima do sabonete marrom na pia. Wilson a espreitou e arremessou o sapato, a uma distância de dois metros. O sapato atingiu em cheio o sabonete e a barata caiu dentro da pia: Harris abriu a torneira e a barata foi levada pela água. "Belo tiro, meu velho", ele disse, conciliatório. "Uma P.E."

"Não tem nada de P.E.", exclamou Wilson. "Ela já estava morta quando você abriu a torneira."

"Você não pode ter certeza disso. Talvez ela estivesse apenas inconsciente… em choque. De acordo com as regras, é P.E."

"Lá vem você outra vez com suas regras."

"Nesta cidade, minhas regras são as regras do marquês de Queensberry."

"Mas não vão ser por muito tempo", ameaçou Wilson. Ele saiu e bateu a porta com força, fazendo vibrar as paredes do seu quarto. Seu coração pulsava acelerado por causa da raiva e da noite quente: o suor lhe escorria das axilas. Mas, de pé ao lado da cama, vendo em volta a réplica do quarto de Harris, a pia, a mesa, o mosquiteiro cinzento, até mesmo a barata grudada na parede, a raiva aos poucos se esvaiu, dando lugar à solidão. Era como brigar com sua própria imagem no espelho. Fui um estúpido, ele pensou. O que me fez agir tão impulsivamente? Perdi um amigo.

Naquela noite ele demorou muito a dormir e, quando por fim adormeceu, sonhou que tinha cometido um crime, de modo que acordou ainda com o peso da sensação de culpa. Ao descer para tomar café, parou diante da porta de Harris. Não se ouvia nenhum som. Ele bateu, mas não houve resposta. Abriu um pouco a porta e viu, obscuramente, através do mosquiteiro cinzento, a cama deprimente de Harris. Perguntou baixinho: "Você está acordado?".

"O que foi?"

"Peço desculpas, Harris, pelo que houve ontem à noite."

"A culpa foi minha, camarada. Eu estava meio febril. Isso me deixou irritado. Suscetível."

"Não, a culpa foi minha. Você tem toda a razão. Era *mesmo* P.E."

"Vamos resolver isso no cara ou coroa, camarada."

"Virei hoje à noite."

"Ótimo."

Mas, depois do café, alguma coisa desviou seus pensamentos de Harris. Ao descer para a cidade ele estivera na sala do comissário e, ao sair, dera com Scobie.

"Olá", disse Scobie, "o que você está fazendo aqui?"

"Entrei para falar com o comissário sobre um passe. Há tantos passes para que a gente possa andar nesta cidade, senhor. Eu queria um para o cais."

"Quando você vai nos visitar de novo, Wilson?"

"O senhor não precisa ser importunado por estranhos."

"Tolice. Louise gostaria de outra conversa sobre livros. Eu não os leio, sabe, Wilson."

"Suponho que o senhor não tenha muito tempo."

"Ah, há muito tempo de sobra num país como este", disse Scobie. "O problema é que eu não tenho muito gosto pela leitura. Venha comigo um instante à minha sala, enquanto telefono para Louise. Ela vai ficar contente em vê-lo. Eu gostaria que você aparecesse e a levasse para um passeio. Ela não faz muito exercício."

"Eu adoraria", disse Wilson, enrubescendo rapidamente nas sombras. Ele olhou em volta: aquela era a sala de Scobie. Examinou-a como um general examinaria um campo de batalha, e, no entanto, era difícil considerar Scobie inimigo. As algemas enferrujadas rangeram na parede enquanto Scobie se recostava na cadeira da escrivaninha e discava.

"Está livre esta noite?"

Ele recobrou a atenção subitamente, consciente de que Scobie o observava: os olhos levemente saltados, levemente avermelhados, fixos nele, em uma espécie de especulação. "Eu me pergunto por que você veio para cá", disse Scobie. "Você não é esse tipo de pessoa."

"Essas coisas acontecem por acaso", mentiu Wilson.

"Não para mim", disse Scobie. "Sempre fui de planejar. Como você está vendo, planejo até para os outros." Ele começou a falar ao telefone. Sua entonação mudou: era como se estivesse lendo um papel — um papel que exigia ternura e paciência, que já fora lido tantas vezes que os olhos dele estavam inexpressivos acima da boca. Pondo o fone no gancho, disse: "Ótimo. Então está combinado".

"A meu ver, é um plano muito bom", disse Wilson.

"Meus planos sempre começam muito bem", disse Scobie. "Vocês dois vão passear e quando voltarem terei bebidas prontas para os dois. Fique para jantar", ele continuou, com uma ponta de ansiedade. "Ficaremos felizes com sua companhia."

Depois que Wilson saiu, Scobie foi à sala do comissário. "Eu estava vindo vê-lo, senhor, quando encontrei Wilson", ele disse.

"Ah, sim, Wilson", disse o comissário. "Ele veio dar uma palavrinha comigo sobre um dos estivadores deles."

"Entendo." As persianas estavam abaixadas na sala para bloquear o sol da manhã. Um sargento passou, levando, além de um arquivo, o odor do zoológico que ficava atrás. O dia estava carregado da chuva que não caíra: às oito e meia da manhã o corpo já estava encharcado de suor. “Ele me contou que tinha vindo falar sobre um passe”, disse Scobie.

“Ah, sim”, disse o comissário. “Isso também.” Ele pôs um mata-borrão sob o punho para que absorvesse o suor enquanto escrevia. “Sim, também havia alguma coisa sobre um passe, Scobie.”

CAPÍTULO 2

I

A SRA. SCOBIE SEGUIA NA FRENTE, subindo em direção à ponte sobre o rio, que ainda conservava os dormentes de uma ferrovia abandonada.

"Eu nunca teria encontrado esta trilha sozinho", disse Wilson, um pouco ofegante em razão do peso de sua gordura.

"É meu passeio preferido", disse Louise Scobie.

No morro seco e poeirento acima da trilha, um velho estava sentado na soleira da porta de uma cabana sem fazer nada. Uma garota com seios pequenos em forma de crescente descia na direção deles, equilibrando um balde de água na cabeça; uma criança vestida só com um colar de contas vermelhas em volta da cintura brincava entre as galinhas em um quintalzinho coberto de pó; trabalhadores carregando machados atravessavam a ponte no fim do dia de trabalho. Era a hora do relativo frescor, a hora da paz.

"Você nem imaginaria, não é, que a cidade está bem atrás de nós?", disse a sra. Scobie. "E a algumas centenas de metros, lá em cima do morro, os criados estão preparando as bebidas."

A trilha serpenteava, subindo o morro. Lá embaixo, Wilson via a enorme extensão do porto. Um comboio estava se reunindo no ancoradouro; barquinhos se moviam como moscas entre os navios; acima deles, árvores pálidas e o mato queimado ocultavam o topo do morro. Wilson tropeçou uma ou duas vezes quando seus dedos dos pés se engancharam nas saliências deixadas pelos dormentes.

"Isso está exatamente como eu pensei que ficaria", disse Louise Scobie.

"Seu marido adora este lugar, não é?"

"Ah, acho que às vezes ele tem um olhar seletivo. Só vê o que quer. Parece que ele não enxerga o esnobismo, nem ouve os boatos."

"Ele enxerga você", disse Wilson.

"Graças a Deus ele não enxerga, porque eu peguei a doença."

"Você não é esnobe."

"Ah, sou, sim."

"Mas *eu* fui aceito por você", disse Wilson, enrubescendo e contorcendo o rosto em um cuidadoso assobio descuidado. Mas não conseguiu assobiar. Os lábios rechonchudos sopraram ar vazio, como um peixe.

"Pelo amor de Deus", disse Louise, "não se humilhe."

"Eu não sou realmente humilde", disse Wilson. Ele ficou de lado para deixar um trabalhador passar. "Tenho ambições desmedidas", explicou.

"Em dois minutos", disse Louise, "chegaremos ao melhor ponto... de onde não se pode ver nenhuma casa."

"É muito gentil de sua parte me mostrar...", murmurou Wilson, tropeçando outra vez na trilha. Ele não sabia jogar conversa fora: com uma mulher ele podia ser romântico, nada mais.

"Lá", disse Louise, mas ele mal teve tempo de contemplar a vista — as colinas verdes e agrestes descendo até a grande baía, plana e reluzente —, e ela já queria voltar, pelo caminho que eles tinham acabado de trilhar. "Henry logo vai estar em casa", ela disse.

"Quem é Henry?"

"Meu marido."

"Eu não sabia o nome dele. Ouvi você chamá-lo por outro nome... algo parecido com Ticki."

"Pobre Henry", ela disse. "Como ele odeia esse apelido... Eu tento não chamá-lo assim quando estamos com outras pessoas, mas esqueci. Vamos."

"Não podemos ir só mais um pouquinho... até a estação de trem?"

"Eu queria trocar de roupa", disse Louise, "antes de escurecer. Os ratos começam a chegar depois que escurece."

"Na volta vamos descer o tempo todo."

"Vamos nos apressar, então", disse Louise. Ele a seguiu. Magra e desajeitada, ela lhe parecia ter uma espécie de beleza de ondina. Fora gentil com ele, aguentara sua companhia, e, automaticamente, à primeira gentileza de uma mulher, o amor brotava. Ele não tinha nenhuma aptidão para a amizade ou para a igualdade. Em sua mente romântica, humilde, ambiciosa, ele só conseguia conceber um relacionamento com uma garçonete, uma lanterninha de cinema, a filha de uma proprietária de terras em Battersea ou uma rainha — e ali estava uma rainha. Seguindo-a de perto, ele começou a murmurar de novo — "tão bom" —, entre arfadas, seus joelhos gorduchos colidindo na trilha pedregosa. De repente a luz mudou: o solo de laterito adquiriu um tom rosado translúcido morro abaixo, até a vasta planura da água da baía. Havia algo de acaso feliz na luz do anoitecer, como se ela não tivesse sido planejada.

"É aqui", disse Louise, e eles se curvaram e tomaram fôlego outra vez, encostados na parede de madeira da estaçãozinha abandonada, observando a luz desaparecer com a mesma rapidez com que surgira.

Por uma porta aberta — teria sido a sala de espera ou o escritório do chefe da estação? — entravam e saíam galinhas. A poeira nas janelas parecia o vapor deixado apenas um momento antes por um trem que passara. No guichê eternamente fechado alguém desenhara com giz uma tosca figura fálica. Wilson pôde vê-la por cima do ombro esquerdo de Louise quando ela voltou a se curvar para tomar fôlego. "Eu costumava vir aqui todos os dias", disse ela, "até que eles estragaram o lugar."

"Eles?"

"Graças a Deus logo vou estar longe daqui", ela disse.

"Por quê? Você vai embora?"

"Henry vai me mandar para a África do Sul."

"Ah, Deus", exclamou Wilson. A notícia, tão inesperada, foi como uma pontada de dor, e fez seu rosto se contorcer.

Ele tentou ocultar a absurda exposição. Ninguém melhor do que ele sabia que seu rosto não era feito para expressar agonia ou paixão.

"O que ele vai fazer sem você?"

"Ele vai se arranjar."

"Ele vai se sentir terrivelmente solitário", disse Wilson — ele, ele, ele, ressoando em seu ouvido como um eco enganoso, eu, eu, eu.

"Ele vai ficar mais feliz sem mim."

"Ele não poderia."

"Henry não me ama", ela disse suavemente, como se estivesse ensinando a uma criança, usando as palavras mais simples para explicar um assunto difícil, simplificando... Apoiou a cabeça no guichê e sorriu para ele, como se dissesse: é realmente bastante fácil depois que se entende. "Ele vai ficar mais feliz sem mim", repetiu. Uma formiga moveu-se da grade de madeira para o pescoço de Louise e ele chegou mais perto para afastá-la com um piparote. Não havia outro motivo. Quando afastou a boca da boca dela, a formiga ainda estava lá. Ele a deixou correr para seu dedo. O gosto do batom era algo que ele nunca sentira e que sempre recordaria. Parecia-lhe que havia sido cometido um ato que alterava o mundo inteiro.

"Eu o odeio", ela disse, retomando a conversa exatamente onde fora interrompida.

"Você não deve ir", ele implorou. Uma gota de suor desceu por seu olho direito e ele a enxugou com a mão; no guichê, ao lado do ombro dela, seus olhos captaram de novo a garatuja fálica.

"Eu teria ido antes se não fosse o dinheiro, meu querido. Ele tem de consegui-lo."

"Onde?"

"Isso é assunto de homem", ela disse, provocativa, e ele a beijou outra vez; suas bocas se encaixaram como bivalves, e então ela recuou e ele ouviu o vaivém da risada triste do padre Rank subindo pela trilha. "Boa noite, boa noite", gritou o padre. Ele aumentou a passada, enganchou um pé na batina e tropeçou. "Está vindo uma tempestade", ele disse. "É preciso correr", e seu "hô, hô, hô" foi sumindo melancolicamente ao longo do leito da ferrovia, sem confortar ninguém.

"Ele não viu quem nós éramos" disse Wilson.

"É claro que viu. Que importância tem isso?"

"Ele é o maior fofoqueiro da cidade."

"Mas só faz fofocas sobre coisas que interessam", ela disse.

"Isto não interessa?"

"Claro que não", ela disse. "Por que deveria?"

"Estou apaixonado por você, Louise", disse Wilson, tristonho.

"Esta é a segunda vez que nos encontramos."

"Não acho que isso faça diferença. Você gosta de mim, Louise?"

"Claro que gosto, Wilson."

"Eu não queria que você me chamasse de Wilson."

"Você tem outro nome?"

"Edward."

"Você quer que eu o chame de Teddy? Ou Ursinho? Essas coisas nos afetam antes de nos darmos conta. De repente você está chamando alguém de Ursinho ou Ticki, e o nome verdadeiro parece sem graça e formal, e logo as pessoas passam a odiá-lo por isso. Vou continuar com Wilson."

"Por que você não o deixa?"

"Eu vou deixá-lo. Eu já lhe disse. Vou para a África do Sul."

"Eu a amo, Louise", ele disse outra vez.

"Quantos anos você tem, Wilson?"

"Trinta e dois."

"Um jovenzinho de trinta e dois, e eu sou uma velha de trinta e oito."

"Isso não importa."

"A poesia que você lê é romântica demais, Wilson. Importa, sim. Importa muito mais que o amor. O amor não é um fato como a idade e a religião..."

Do outro lado da baía as nuvens surgiram: acumularam-se tenebrosas sobre Bullom e então rasgaram o céu, subindo verticalmente: o vento empurrou os dois de volta à estação. "Tarde demais", disse Louise, "estamos presos."

"Quanto tempo isso vai durar?"

"Meia hora."

Um punhado de chuva foi lançado no rosto deles, depois a água caiu. Eles ficaram de pé dentro da estação e ouviam a água arremessada contra o telhado. Estavam no escuro, e as galinhas andavam a seus pés.

"Isso é horrível", disse Louise.

Ele fez um gesto em direção à mão dela e tocou-lhe o ombro. "Ah, pelo amor de Deus, Wilson", ela disse, "não vamos ficar nos agarrando." Ela tinha que falar alto para que sua voz se sobressaísse ao som do trovão sobre o telhado de zinco.

"Desculpe... eu não queria..."

Ele podia ouvi-la se afastando para mais longe e ficou contente com a escuridão, que escondia sua humilhação. "Eu gosto de você, Wilson", ela disse, "mas não sou uma irmã de caridade que espera ser atacada quando se vir no escuro com um homem. Você não tem nenhuma responsabilidade em relação a mim, Wilson. Eu não o quero."

"Eu a amo, Louise."

"Sim, sim, Wilson. Você já me disse. Você acha que há cobras aqui — ou ratos?"

"Não faço a mínima ideia. Quando você vai para a África do Sul, Louise?"

"Quando Ticki conseguir juntar o dinheiro."

"Custa muito caro. Talvez você não consiga ir."

"Ele vai dar um jeito. Disse que ia."

"Seguro de vida?"

"Não, ele já tentou isso."

"Eu queria poder lhe emprestar. Mas sou pobre como um rato de igreja."

"Não fale de ratos aqui. Ticki vai dar um jeito."

Ele começou a ver o rosto dela na escuridão, fino, cinzento, atenuado — era como tentar lembrar os traços de alguém que ele conhecera e que tinha ido embora. Alguém os reconstruiria exatamente assim — o nariz e depois, se a pessoa se concentrasse bastante, as sobrancelhas; os olhos lhe fugiriam.

"Ele fará qualquer coisa por mim."

"Há um instante você disse que ele não a amava", disse Wilson com amargura.

"Ah", ela disse, "mas ele tem um terrível senso de responsabilidade."

Ele fez um movimento e ela gritou, furiosa: "Fique parado. Eu não o amo. Eu amo Ticki".

"Eu só estava mudando de posição", ele disse. Ela começou a rir. "Como isso é engraçado", ela disse. "Faz muito tempo que não acontece nada engraçado comigo. Vou me lembrar deste momento por meses e meses." Mas a Wilson parecia que ele se lembraria da risada dela a vida inteira. Os calções dele adejaram, sob a força da tempestade, e ele pensou: "Em um corpo que é como um túmulo".

2

Quando Louise e Wilson cruzaram o rio e chegaram a Burnside estava muito escuro. Os faróis de um furgão da polícia iluminavam uma porta aberta, figuras se moviam para a frente e para trás carregando pacotes. "O que houve agora?", exclamou Louise, e começou a correr pela estrada. Wilson arquejou atrás dela. Ali saiu da casa carregando na cabeça uma banheira de estanho, uma cadeira dobrável e uma trouxa enrolada em uma toalha velha. "O que foi que aconteceu, Ali?"

"O patrão vai viajar", ele disse, e sorriu alegremente à luz dos faróis.

Na sala de estar, Scobie estava sentado com um copo de bebida na mão. "Que bom que vocês chegaram", ele disse. "Eu achei que teria de deixar um bilhete", e Wilson viu que de fato ele já começara a escrever um. Arrancara uma folha de sua caderneta, e sua caligrafia grande e desajeitada ocupava algumas linhas.

"O que está acontecendo, Henry?"

"Tenho de ir a Bamba."

"Você não pode esperar o trem da quinta-feira?"

"Não."

"Posso ir com você?"

"Desta vez não. Sinto muito, querida. Vou ter de levar Ali e deixar o aprendiz com você."

"O que aconteceu?"

"Há um problema com o jovem Pemberton."

"Sério?"

"Sim."

"Ele é tão tolo. Foi loucura deixá-lo lá como comissário distrital."

Scobie bebeu seu uísque e disse: "Desculpe, Wilson. Sirva-se. Pegue uma garrafa de soda na caixa de gelo. Os criados estão ocupados arrumando a bagagem".

"Quanto tempo você vai ficar, querido?"

"Ah, vou voltar depois de amanhã, se tiver sorte. Por que você não fica com a sra. Halifax?"

"Vou ficar bem aqui, querido."

"Eu levaria o aprendiz e deixaria Ali, mas o aprendiz não sabe cozinhar."

"Você vai se sentir mais feliz com Ali, querido. Será como nos velhos tempos, antes de eu aparecer."

"Acho que vou indo, senhor", disse Wilson. "Desculpe eu ter ficado com a senhora Scobie até tão tarde."

"Ah, não se preocupe, Wilson. O padre Rank passou aqui e me contou que vocês estavam abrigados na antiga estação. Vocês foram muito sensatos. Ele se encharcou. Também devia ter ficado lá… nessa idade ele não precisa de uma febre."

"Posso encher seu copo, senhor? Depois vou embora."

"Henry nunca toma mais de um."

"Mesmo assim, acho que vou tomar. Mas não vá, Wilson. Fique e faça um pouco de companhia a Louise. Tenho de sair depois deste copo. Não vou dormir nada esta noite."

"Por que um dos jovens não pode ir? Você está velho demais para isso, Ticki. Dirigir a noite toda. Por que você não mandou Fraser?"

"O comissário pediu que eu fosse. É um daqueles casos… cuidado, tato, não se pode deixar um jovem cuidar dele." Ele tomou outro uísque e seus olhos se desviaram desanimados quando Wilson o observou. "Tenho de sair."

"Eu nunca vou perdoar Pemberton por isso."

"Não diga bobagens, querida", disse Scobie bruscamente. "Nós perdoaríamos a maioria das coisas se conhecêssemos os fatos." Ele sorriu de má vontade para Wilson. "Um policial deve ser a pessoa mais magnânima do mundo se entender corretamente os fatos."

"Eu gostaria de ajudar, senhor."

"E pode. Fique, beba um pouco com Louise e a distraia. Não é sempre que ela tem chance de falar sobre livros." À palavra livros, Wilson viu a boca de Louise se tensionar, exatamente da mesma forma como vira, apenas um momento antes, Scobie se sobressaltar ao ouvir o nome Ticki, e pela primeira vez percebeu a dor inevitável em qualquer relacionamento humano — dor sofrida e dor infligida. Que tolice era alguém ter medo da solidão.

"Adeus, querida."

"Adeus, Ticki."

"Tome conta de Wilson. Não o deixe ficar sem bebida. E não vá ficar triste."

Quando ela beijou Scobie, Wilson permaneceu junto à porta, com o copo na mão, e lembrou-se da estação abandonada no alto do morro e do gosto do batom. Durante exatamente uma hora e meia, a marca de sua boca fora a última nos lábios dela. Ele não sentiu ciúme, só o desânimo de alguém que tenta escrever uma carta importante em uma folha de papel úmida e descobre que as letras borram.

Lado a lado, eles observaram Scobie atravessar a estrada até o furgão da polícia. Ele bebera mais uísque do que estava acostumado, e talvez fosse isso que o fizesse tropeçar. "Eles deviam ter mandado alguém mais novo", disse Wilson.

"Eles nunca mandam. Ele é o único em quem o comissário confia." Eles viram Scobie entrar com dificuldade no carro, e ela prosseguiu, tristemente: "Ele não é o típico subalterno? O homem que sempre faz o trabalho?".

O policial negro que dirigia o carro ligou o motor e tentou engatar a marcha sem pisar na embreagem. "Não deram a ele nem um bom motorista", disse ela. "O motorista bom deve ter levado Fraser e os outros para dançar no clube." O furgão deu um solavanco e saiu disparado do pátio. "Bem, é isso, Wilson", disse Louise.

Ela pegou o bilhete que Scobie tencionava deixar e leu em voz alta. *Minha querida, tive de ir para Bamba. Não conte isso a ninguém. Aconteceu uma coisa horrível. O pobre Pemberton...*

"O pobre Pemberton" ela repetiu, furiosa.

"Quem é Pemberton?"

"Uma criança de vinte e cinco anos. Sempre fazendo bagunça. Era comissário distrital adjunto em Bamba, mas quando Butterworth adoeceu, passaram o cargo para ele. Qualquer pessoa poderia tê-los avisado que haveria problemas. E quando os problemas acontecem, é claro que quem tem de viajar uma noite inteira é Henry..."

"É melhor eu ir embora agora, não é?", perguntou Wilson. "Você deve querer trocar de roupa."

"Ah, sim, é melhor você ir... antes que todos fiquem sabendo que ele saiu e nós ficamos sozinhos cinco minutos em uma casa com uma cama. Sozinhos se não contarmos o aprendiz, o cozinheiro e os parentes e amigos deles, é claro."

"Eu queria poder lhe ajudar."

"Você pode", ela disse. "Pode subir e ver se há algum rato no quarto. Não quero que o aprendiz perceba que estou nervosa. E feche a janela. Eles entram por lá."

"Vai ficar muito quente para você."

"Eu não me importo."

Ele entrou no quarto, parou junto à porta e bateu palmas baixinho, mas nenhum rato se moveu. Depois, depressa, furtivamente, como se não tivesse o direito de estar ali, foi até a janela e a fechou. Havia um leve cheiro de pó de arroz no quarto — parecia-lhe o aroma mais memorável que já sentira. Ele parou de novo junto à porta, contemplando o quarto inteiro — a fotografia da criança, os potes de creme, o vestido para a noite, estendido na cama por Ali. Na Inglaterra o haviam instruído sobre como memorizar, reconhecer o detalhe importante, colher a prova certa, mas seus empregadores nunca lhe informaram que ele se veria num país tão estranho como aquele.

PARTE TRÊS

CAPÍTULO 1

I

O FURGÃO DA POLÍCIA tomou lugar na longa fila de caminhões do exército que esperavam a balsa. Seus faróis lembravam uma pequena aldeia na noite. As árvores chegavam até as duas beiras da estrada, exalando um cheiro de calor e chuva, e em algum lugar no final da coluna um motorista cantava — a voz lamentosa e monótona subia e descia, como o vento passando por um buraco de fechadura. Scobie dormia e acordava, dormia e acordava. Quando despertava, pensava em Pemberton e se perguntava como se sentiria se fosse o pai dele — aquele gerente de banco idoso cuja esposa morrera ao dar à luz Pemberton —, mas quando dormia voltava aos poucos a um sonho de perfeita felicidade e liberdade. Caminhava por um prado amplo e fresco, com Ali atrás de si: não havia mais ninguém no sonho, e Ali nunca falava. Pássaros passavam no alto, e uma vez, quando ele se sentou, uma cobrinha verde surgiu entre a grama, subiu sem medo por sua mão e seu braço e, antes de descer de novo para a grama, tocou sua bochecha com uma língua fria, amistosa, distante.

Numa das vezes em que abriu os olhos, Ali estava de pé a seu lado esperando que ele acordasse. "O patrão gosta de cama", ele disse, gentil mas com firmeza, apontando para a cama de campanha que montara na beira da trilha, coberta por um mosquiteiro amarrado nos galhos de uma árvore. "Duas, três horas", disse Ali. "Muitos caminhões." Scobie obedeceu e se deitou, e de imediato voltou àquele prado tranquilo onde nunca acontecia nada. Quando acordou de novo, Ali ainda estava lá, desta vez com uma xícara de chá e um prato de biscoitos. "Uma hora", disse Ali.

Então chegou finalmente a vez do furgão da polícia. Eles desceram pela ladeira vermelha de laterito até a balsa e avançaram pouco a pouco pelo rio estígio, em direção à floresta na outra margem. Os dois homens que puxavam a corda da balsa usavam apenas cintas, como se tivessem deixado as roupas na margem onde a vida acabava, e um terceiro marcava o compasso para eles, usando como instrumento naquele mundo intermediário uma lata vazia de sardinha. A voz lamentosa e incansável do cantor ia aos poucos ficando para trás.

Essa era só a primeira das três balsas em que eles tinham de embarcar, e a cada vez a mesma fila se formava. Scobie não conseguiu mais dormir direito; sua cabeça começou a doer por causa dos solavancos do furgão: ele tomou uma aspirina e esperou que funcionasse. Não precisava de uma febre quando estava tão longe de casa. Agora o que o preocupava não era Pemberton — deve-se deixar que os mortos sepultem seus próprios mortos —, era a promessa que havia feito a Louise. Duzentas libras eram uma soma tão pequena: a variação dos números ressoava em sua cabeça dolorida como o repique de um sino: 200 002 020: preocupava-o não conseguir encontrar uma quarta combinação: 002 200 020.

Eles tinham ultrapassado a extensão de choças com teto de lata e as deterioradas cabanas de madeira dos colonos; as aldeias que atravessavam agora eram florestas de taipa: nenhuma luz em parte alguma: as portas estavam fechadas e os postigos levantados, e apenas os olhos de umas poucas cabras observavam os faróis do comboio. 020 002 200 200 002 020. Ali, agachado na carroceria do furgão, passou um braço por cima do ombro do patrão segurando uma caneca de chá quente — de alguma maneira, ele fervera mais água no chassi cambaleante. Louise tinha razão: era como nos velhos tempos. Se se sentisse mais jovem, se não houvesse nenhum problema de 200 020 002, ele estaria feliz. A morte do pobre Pemberton não o teria perturbado — isso era apenas um dever, e ele nunca gostara de Pemberton.

"Minha cabeça está me deixando enjoado, Ali."

"O patrão toma muita aspirina."

"Você se lembra, Ali, daquela caminhada de duzentos 002 que fizemos há doze anos em dez dias, pela fronteira? Dois dos carregadores estavam doentes..."

No espelho do motorista ele viu Ali balançar a cabeça, radiante. Parecia-lhe que aquilo era tudo que ele precisava em termos de amor ou amizade. Ele podia ser feliz no mundo sem nada mais que isso — o furgão rangendo, o chá quente nos lábios, a força úmida e opressiva da floresta, até a dor de cabeça, a solidão. Se eu pudesse apenas providenciar a felicidade dela primeiro, ele pensou, e na noite confusa esqueceu por ora o que a experiência lhe ensinara — que nenhum ser humano pode realmente entender outro ser humano, que ninguém pode providenciar a felicidade do outro.

"Mais uma hora", disse Ali, e ele percebeu que a escuridão diminuía. "Mais uma caneca de chá, Ali, e ponha um pouco de uísque nela." O comboio tinha se separado deles quinze minutos antes, quando o furgão da polícia se desviara da estrada principal e, por uma estrada vicinal, avançara floresta adentro. Ele fechou os olhos e tentou afastar o pensamento do repique interrompido dos números, para se concentrar na desagradável tarefa. Em Bamba havia apenas um sargento de polícia, um nativo, e, antes de ouvir seu relatório mal escrito, Scobie gostaria de saber com clareza o que tinha acontecido. Seria melhor, ele considerava com relutância, ir primeiro à Missão e falar com o padre Clay.

O padre estava acordado esperando por ele na desoladora casinha europeia entre as cabanas de taipa, construída com tijolos de laterito para parecer um presbitério vitoriano. Um lampião com manga de vidro iluminava o ruivo cabelo curto e o jovem rosto sardento de Liverpool do padre. Ele não conseguia ficar parado por mais de alguns minutos de cada vez, então se levantava, andava por seu quartinho, desde a oleogravura medonha até a estátua de gesso, e voltava. "Eu o via tão pouco", ele lamentou, movendo as mãos como se estivesse no altar. "Ele só se importava com cartas e bebida. Eu não bebo e nunca joguei cartas — a não ser Demon, o senhor sabe, a não ser Demon, mas este é um tipo de jogo de paciência. É terrível, é terrível."

"Ele se enforcou?"

"Sim. O criado dele veio falar comigo ontem. Ele não o vira desde a noite anterior, mas isso era muito comum depois de uma bebedeira, o senhor sabe, uma bebedeira. Eu disse a ele que fosse à polícia. Foi uma atitude correta, não foi? Não havia nada que eu pudesse fazer. Nada. Ele estava morto."

"Bastante correta. O senhor se importaria de me dar um copo de água e uma aspirina?"

"Deixe-me dissolver a aspirina para o senhor. Sabe, major Scobie, durante semanas e meses não acontece absolutamente nada aqui. Fico só andando, para lá e para cá, para lá e para cá, e então, de repente… é terrível." Seus olhos estavam vermelhos e insones: a Scobie ele parecia uma dessas pessoas inteiramente inadaptadas à solidão. Não havia livros ali, exceto uma pequena estante com o breviário do padre e alguns folhetos religiosos. Ele era um homem sem recursos. Começou outra vez a caminhar de um lado para o outro e, de repente, voltando-se para Scobie, disparou uma pergunta animada: "Não podemos ter esperança de que seja assassinato?".

"Esperança?"

"O suicídio", disse o padre Clay, "é uma coisa terrível demais. Exclui um homem da misericórdia. Fiquei pensando nisso a noite inteira."

"Ele não era católico. Talvez isso faça alguma diferença. Ignorância invencível, não é?"

"É isso que eu tento pensar." A meio caminho entre a oleogravura e a estatueta, ele parou de súbito e deu um passo para o lado, como se tivesse encontrado outra pessoa naquela sua minúscula parada. Então, depressa, olhou disfarçadamente para Scobie, para ver se ele percebera.

"O senhor vai muito ao porto?", perguntou Scobie.

"Passei lá uma noite, há nove meses. Por quê?"

"Todo mundo precisa variar um pouco. O senhor tem muitos convertidos aqui?"

"Quinze. Tento me convencer de que o jovem Pemberton teve tempo... tempo, sabe, enquanto morria, para se dar conta..."

"É difícil pensar com clareza quando se está sendo estrangulado, padre." Scobie tomou um gole da aspirina e os grãos ácidos ficaram grudados em sua garganta. "Se foi assassinato, basta o senhor mudar o pecador mortal, padre", ele disse, em uma tentativa de gracejo que se perdeu entre o quadro sagrado e a estátua sagrada.

"Um assassino tem tempo...", disse o padre Clay. E acrescentou, melancólico, nostálgico: "Algumas vezes atendi aos presos na cadeia de Liverpool".

"O senhor tem alguma ideia do motivo que o levou a fazer isso?"

"Eu não o conhecia muito bem. Nós não nos dávamos."

"Os únicos homens brancos que havia aqui. É uma pena."

"Ele se ofereceu para me emprestar livros, mas não eram do tipo de livro que gosto de ler... histórias de amor, romances..."

"O que o senhor lê, padre?"

"Qualquer coisa sobre os santos, major Scobie. Minha grande devoção é pela santa Teresinha."

"Ele bebia muito, não é? Onde conseguia a bebida?"

"Na loja de Yusef, eu suponho."

"Sim. Será que ele estava endividado?"

"Não sei. É terrível, é terrível."

Scobie acabou de tomar a aspirina. "Acho melhor eu ir andando." Lá fora já estava claro, e havia uma estranha inocência naquela luz suave, clara e fresca, antes da subida do sol.

"Vou com o senhor, major Scobie."

O sargento da polícia estava sentado em uma espreguiçadeira do lado de fora do bangalô do comissário distrital. Levantou-se, fez uma continência grosseira e, prontamente, com sua voz abafada e irregular, começou a ler seu relatório: "Às três e trinta da tarde de ontem, senhor, fui acordado pelo criado do comissário distrital, que informou que o comissário distrital Pemberton, senhor...".

"Está bem, sargento. Vou entrar e dar uma olhada em tudo." O funcionário mais graduado esperava por ele junto à porta.

A sala de estar do bangalô obviamente já fora um dia o orgulho do comissário — isso devia ter ocorrido na época de Butterworth. Havia na mobília um ar de elegância e orgulho pessoal; não fora fornecida pelo governo. Na parede havia gravuras setecentistas da antiga colônia, e em uma estante estavam os livros deixados por Butterworth — Scobie reparou em alguns títulos e autores: *História constitucional*, de Maitland, sir Henry Maine, *Sacro Império Romano*, de Bryce, poemas de Hardy e *Doomsday Records of Little Withington*, em edição particular. Mas em tudo isso havia vestígios de Pemberton: um vistoso pufe de couro do chamado artesanato nativo, as marcas de pontas de cigarro nas cadeiras, uma pilha dos livros que não tinham agradado ao padre Clay — Somerset Maugham, Edgar Wallace, dois Horlers e, aberto em cima do sofá, *A morte ri dos serralheiros*. A sala não fora espanada corretamente e os livros de Butterworth tinham manchas de umidade.

"O corpo está no quarto, senhor", disse o sargento.

Scobie abriu a porta e entrou — o padre Clay o seguiu. O corpo fora deitado na cama e coberto por um lençol até o rosto. Quando Scobie puxou o lençol até o ombro, teve a impressão de estar olhando para uma criança de camisola dormindo tranquilamente: as espinhas eram espinhas de puberdade, e o rosto morto não parecia carregar nenhuma marca de experiência além daquela adquirida na sala de aula ou no campo de futebol. "Pobre criança", ele disse em voz alta. As orações piedosas do padre Clay o irritavam. Parecia-lhe que sem dúvida deveria haver misericórdia para alguém tão imaturo. Ele perguntou abruptamente: "Como ele fez isso?".

O sargento apontou para o trilho de pendurar quadros que Butterworth fixara meticulosamente — nenhum empreiteiro que trabalhasse para o governo teria pensado nisso. Um quadro — um antigo rei nativo recebendo missionários, sob um pálio real — estava apoiado na parede e uma corda permanecia torcida sobre o gancho de bronze do quadro. Quem esperaria que o precário dispositivo não desabasse? Ele deve pesar muito pouco, pensou, e lembrou-se dos ossos de uma criança, leves e frágeis como os de um pássaro. Ao ficar pendurado, seus pés deviam estar a apenas uns quarenta centímetros do chão.

"Ele deixou algum papel?", Scobie perguntou ao funcionário. "Eles normalmente fazem isso. Homens que vão morrer tendem a revelar seus pensamentos mais íntimos."

"Sim, senhor, no escritório."

Bastava uma inspeção casual para perceber como o escritório tinha sido malconservado. O arquivo estava aberto: as bandejas sobre a escrivaninha estavam cheias de papéis empoeirados, mais um sinal de negligência. O funcionário nativo obviamente adotara os mesmos procedimentos do chefe. "Ali, senhor, em cima do bloco de papel."

Scobie leu, em uma caligrafia tão imatura quanto o rosto, um texto que centenas de seus contemporâneos de escola deviam estar redigindo pelo mundo inteiro: *Querido papai, perdoe-me todo este aborrecimento. Parece que não há nada mais a fazer. É uma pena eu não estar no exército, porque então eu poderia ser morto. Não vá pagar o dinheiro que estou devendo — o sujeito não o merece. Podem tentar arrancá-lo do senhor. Se não fosse por isso, eu nem o mencionaria. É um assunto terrível para o senhor, mas não há como evitá-lo. Seu filho afetuoso.* A assinatura era "Dicky". Parecia uma carta da escola explicando um boletim com notas baixas.

Ele entregou a carta ao padre Clay. "O senhor não vai me dizer que há alguma coisa imperdoável aí, padre. Se o senhor ou eu fizéssemos isso, seria desespero — no nosso caso, admito qualquer coisa. Estaríamos danados porque sabemos, mas ele não sabe nada."

"A Igreja ensina..."

"Nem mesmo a Igreja pode me ensinar que Deus não tem piedade dos jovens...", Scobie interrompeu-se abruptamente. "Sargento, trate de mandar cavar depressa uma cova, antes que o sol esquente demais. E procure qualquer conta que ele devia. Quero ter uma palavrinha com alguém sobre isso." Quando se virou para a janela, a luz o ofuscou. Ele pôs a mão sobre os olhos e disse: "Peço a Deus que minha cabeça...", e estremeceu. "Vou ter de tomar remédio se esta dor não passar. Se o senhor não se incomodar de Ali armar a minha cama em sua casa, padre, vou tentar me livrar dela com um suadouro."

Ele tomou uma dose grande de quinino e ficou deitado nu entre os cobertores. À medida que o sol subia, parecia-lhe às vezes que as paredes de pedra do quartinho com aspecto de cela suavam de frio e às vezes que eram cozidas pelo calor. A porta estava aberta, e Ali ficou agachado no degrau da entrada, entalhando um pedaço de madeira. Ocasionalmente ele enxotava aldeões que falavam alto dentro da área de silêncio do quarto do doente. A *peine forte et dure* pesava sobre a testa de Scobie: ocasionalmente o forçava a dormir.

Mas nesse sono não havia nenhum sonho agradável. Pemberton e Louise eram obscuramente ligados. Ele lia vezes sem conta uma carta constituída só de variações sobre o número 200, e a assinatura embaixo às vezes era "Dicky", às vezes "Ticki"; ele tinha a sensação do tempo passando e de sua própria imobilidade entre os cobertores — havia alguma coisa que ele tinha de fazer, alguém que ele tinha de salvar, Louise, ou Dicky, ou Ticki, mas ele estava amarrado à cama e eles punham pesos sobre sua testa, como se põem pesos sobre papéis soltos. Uma vez o sargento veio até a porta e Ali o enxotou, uma vez foi o padre Clay que entrou na ponta dos pés e pegou um folheto de uma prateleira, e uma vez, mas poderia ter sido um sonho, Yusef veio até a porta.

Por volta das cinco da tarde ele acordou sentindo-se seco, frio e fraco, e chamou Ali. "Eu sonhei que via Yusef."

"Yusef veio para vê-lo, senhor."

"Diga a ele que estou disponível agora." Ele se sentia cansado e seu corpo todo doía: virou o rosto para a parede de pedra e imediatamente adormeceu. No sono, Louise chorava em silêncio a seu lado; ele estendeu a mão e tocou de novo na parede de pedra — "Tudo vai se arranjar. Tudo. Ticki promete". Quando acordou, Yusef estava a seu lado.

"Um acesso de febre, major Scobie. Lamento vê-lo doente."

"Lamento vê-lo de qualquer maneira, Yusef."

"Ah, o senhor sempre zomba de mim."

"Sente-se, Yusef. O que você tinha a tratar com Pemberton?"

Yusef acomodou suas enormes ancas na cadeira dura e, percebendo que sua braguilha estava aberta, baixou a mão grande e cabeluda para arrumá-la. “Nada, major Scobie.”

“É uma estranha coincidência que você esteja aqui exatamente no momento em que ele se suicida.”

“Para mim é obra do destino.”

“Ele lhe devia dinheiro, não é?”

“Devia dinheiro ao gerente de minha loja.”

“Que espécie de pressão você estava fazendo sobre ele, Yusef?”

“Major, macaco velho não pula em galho seco. Se o comissário distrital quer comprar na minha loja, como meu gerente pode parar de vender a ele? Se ele fizer isso, o que vai acontecer? Mais cedo ou mais tarde vai haver uma bela confusão. O comissário provincial vai descobrir. O comissário distrital vai ser mandado para casa. Se ele não parar de vender, o que acontece então? O comissário distrital acumula contas e mais contas. Meu gerente fica com medo de mim, pede ao comissário distrital que pague... e desse jeito há uma confusão. Quando se tem um comissário distrital como o pobre jovem Pemberton, um dia vai haver uma confusão, não importa o que se faça. E quem está errado é sempre o sírio.”

“Há muita coisa no que você está dizendo, Yusef.” A dor estava começando outra vez. “Passe-me esse uísque e o quinino, Yusef.”

“O senhor não está tomando quinino demais, major Scobie? Lembre-se da água negra.”

“Não quero ficar preso aqui durante dias. Quero acabar com isso de uma vez. Tenho muitas coisas a fazer.”

“Sente-se um momento, major, e me deixe ajeitar seus travesseiros.”

“Você não é um mau sujeito, Yusef.”

“Seu sargento andou procurando contas”, disse Yusef, “mas não conseguiu encontrar nenhuma. Aqui estão as promissórias.

Do cofre de meu gerente." Ele bateu na coxa com um pequeno maço de papéis.

"Entendo. O que você vai fazer com elas?"

"Queimá-las", disse Yusef. Sacou um isqueiro e pôs fogo na ponta dos papéis. "Pronto", ele disse. "Ele pagou, pobre rapaz. Não há nenhum motivo para incomodar o pai dele."

"Por que você veio aqui?"

"Meu gerente ficou preocupado. Eu ia propor um acordo."

"É preciso ter cuidado antes de te cutucar com a vara curta, Yusef."

"Meus inimigos precisam. Meus amigos não. Eu faria muita coisa pelo senhor, major Scobie."

"Por que você sempre me chama de amigo, Yusef?"

"Major Scobie", disse Yusef, e inclinou para a frente sua grande cabeça branca, cheirando a tônico capilar, "a amizade é uma coisa na alma. É uma coisa que a gente sente. Não é uma retribuição por alguma coisa. O senhor se lembra de quando me levou ao tribunal dez anos atrás?"

"Sim, sim." Scobie desviou o rosto da luz que entrava pela porta.

"O senhor quase me pegou daquela vez, major Scobie. Era uma questão de taxas de importação, o senhor se lembra. O senhor poderia ter me pegado se tivesse dito a seu policial para dizer alguma coisa um pouco diferente. Eu fiquei pasmado, major Scobie, de sentar em um tribunal de polícia e ouvir fatos verdadeiros da boca de policiais. O senhor deve ter tido muita dificuldade para descobrir o que era verdade e para fazer eles contarem a verdade. Então eu disse a mim mesmo: 'Yusef, veio um Daniel para a Polícia Colonial'."

"Eu gostaria que você não falasse tanto, Yusef. Não estou interessado na sua amizade."

"Suas palavras são mais duras que seu coração, major Scobie. Quero lhe explicar por que na minha alma sempre me senti seu amigo. O senhor fez com que eu me sentisse seguro. O senhor não forjaria uma prova contra mim. O senhor precisa de fatos, e eu tenho certeza de que os fatos vão estar sempre a meu favor." Ele limpou as cinzas de sua calça branca, deixando mais uma mancha cinzenta. "Esses são fatos. Eu queimei todas as promissórias."

"Mas eu ainda posso encontrar vestígios, Yusef, de qualquer acordo que você pretendia fazer com Pemberton. Este posto controla uma das principais rotas através da fronteira de... Que diabo, não consigo me lembrar dos nomes com a cabeça desse jeito."

"Contrabandistas de gado. Eu não estou interessado em gado."

"Outras coisas costumam voltar pelo caminho inverso."

"O senhor ainda está sonhando com diamantes, major Scobie. Todo mundo enlouqueceu por causa de diamantes desde que a guerra começou."

"Não tenha tanta certeza, Yusef, de que eu não vou descobrir alguma coisa quando examinar o escritório de Pemberton."

"Eu tenho toda a certeza, major Scobie. O senhor sabe que eu não sei ler nem escrever. Nada é escrito no papel. Tudo fica sempre na minha cabeça." Enquanto Yusef falava, Scobie caiu no sono — um desses sonos leves que duram poucos segundos e são suficientes apenas para refletir uma preocupação. Louise caminhava na direção dele com as duas mãos estendidas e um sorriso que ele não via em seu rosto fazia anos. Ela dizia: "Estou tão feliz, tão feliz", e ele despertou de novo e ouviu a voz de Yusef, que continuava, calmante: "São só seus amigos que não confiam no senhor, major Scobie. Eu confio. Até aquele patife do Tallit confia".

Ele precisou de um momento para focalizar esse outro rosto. Seu cérebro se ajustou dolorosamente, da expressão "tão feliz" à expressão "não confiam". "Do que você está falando, Yusef?", ele perguntou. Podia sentir o mecanismo de seu cérebro estalando, rangendo, raspando, as engrenagens não se encaixando, tudo dolorido.

"Em primeiro lugar, há o Comissariado."

"Eles precisam de um homem jovem", disse ele, automaticamente, e pensou: se eu não estivesse com febre, jamais discutiria um assunto como esse com Yusef.

"Depois, o agente especial que mandaram de Londres..."

"Você deve voltar quando eu estiver com a cabeça mais desanuviada. Não sei de que diabo você está falando."

"Mandaram um agente especial de Londres para investigar os diamantes... eles estão loucos por causa dessa história de diamantes... só o comissário deve saber sobre ele... nenhum dos outros oficiais, nem o senhor."

"Que disparate você está dizendo, Yusef. Esse homem não existe."

"Todo mundo imagina, menos o senhor."

"É absurdo demais. Você não devia dar ouvidos a boatos, Yusef."

"E uma terceira coisa. Tallit anda espalhando por toda parte que o senhor me visita."

"Tallit! Quem acredita no que Tallit diz?"

"Todo mundo em toda parte acredita no que é ruim."

"Vá embora, Yusef. Por que você quer me deixar preocupado agora?"

"Eu só quero que o senhor entenda, major Scobie, que pode contar comigo. Tenho amizade pelo senhor em minha alma. Isso é verdade, major Scobie, é verdade." O cheiro do tônico capilar ficou mais forte quando ele se inclinou sobre a cama. Os olhos castanhos fundos estavam úmidos com o que parecia ser emoção. "Deixe-me ajeitar seu travesseiro, major Scobie."

"Ah, pelo amor de Deus, não se aproxime", disse Scobie.

"Eu sei como são as coisas, major Scobie, e se eu puder ajudar... Sou um homem rico."

"Não estou atrás de suborno, Yusef", ele disse, fatigado, e virou a cabeça para escapar do odor.

"Não estou lhe oferecendo suborno, major Scobie. Um empréstimo a qualquer momento, a uma taxa de juro razoável — quatro por cento ao ano. Sem condições. Se tiver fatos, o senhor pode me prender no dia seguinte. Quero ser seu amigo, major Scobie. O senhor não precisa ser meu amigo. Há um poeta sírio que escreveu: 'De dois corações, um está sempre quente e o outro está sempre frio: o coração frio é mais precioso que diamantes: o coração quente não tem valor e é jogado fora'."

"A mim parece um poema muito ruim. Mas eu não posso julgar."

"Para mim é uma coincidência feliz estarmos aqui juntos. Na cidade há muitas pessoas espionando. Mas aqui, major Scobie, eu posso lhe dar uma verdadeira ajuda. Posso lhe trazer mais cobertores?"

"Não, não, basta me deixar sozinho."

"Major Scobie, eu detesto ver um homem com suas qualidades ser tratado tão mal."

"Não acho provável que jamais chegue o dia em que eu precise de *sua* piedade, Yusef. Mas se você quiser fazer alguma coisa por mim, vá embora e me deixe dormir."

Quando ele dormiu, no entanto, os sonhos desagradáveis voltaram. Louise chorava no andar de cima, e ele, sentado a uma mesa, escrevia sua última carta. "É um assunto terrível para você, mas não há como evitá-lo. Seu marido afetuoso, Dicky", e depois, quando se virou para procurar uma arma ou uma corda, ocorreu-lhe de repente que esse era um ato que ele jamais poderia praticar. O suicídio estava para sempre além de sua capacidade — ele não podia se condenar pela eternidade —, nenhuma causa era suficientemente importante. Ele rasgou a carta e subiu correndo a escada para dizer a Louise que, afinal, tudo estava bem, mas ela havia parado de chorar, e o silêncio que brotava do interior do quarto o aterrorizou. Ele tentou abrir a porta, mas estava trancada. Gritou, "Louise, está tudo bem. Eu reservei sua passagem", mas não houve resposta. Gritou de novo, "Louise", e então uma chave girou e a porta se abriu lentamente, e com um pressentimento de desastre irremediável ele viu, parado junto à porta, o padre Clay, que disse: "A Igreja ensina...". Então ele acordou outra vez, no pequeno quarto de pedra que era como um túmulo.

2

Ele se ausentou por uma semana, pois foram necessários três dias para que a febre passasse e mais dois até que ele estivesse em condições de viajar. Não voltou a ver Yusef.

Já passava de meia-noite quando entrou na cidade. As casas estavam brancas como ossos à luz do luar; as ruas sossegadas estendiam-se dos dois lados como os braços de um esqueleto, e um tênue cheiro adocicado de flores pairava no ar. Se estivesse regressando a uma casa vazia, sabia que estaria contente. Sentia-se cansado e não queria quebrar o silêncio — era demais esperar que Louise estivesse dormindo, demais esperar que as coisas tivessem de algum modo se tornado mais fáceis durante sua ausência, e que a encontrasse livre e feliz como estivera em um de seus sonhos.

Da porta, o aprendiz agitou a lanterna: as rãs coaxavam nas moitas e os vira-latas uivavam para a lua. Ele estava em casa. Louise o enlaçou com os braços: a mesa estava posta para uma ceia tardia: os criados entravam e saíam com suas caixas: ele sorriu, conversou e procurou manter o clima animado. Falou de Pemberton, do padre Clay e mencionou Yusef, mas sabia que mais cedo ou mais tarde teria de perguntar como ela havia passado. Tentou comer, mas estava cansado demais para apreciar a comida.

"Ontem eu limpei o escritório dele e redigi meu relatório... e foi isso." Ele hesitou. "Estas são as minhas novidades." E continou, relutante: "Como andaram as coisas por aqui?". Ele olhou para o rosto dela e logo desviou a vista. Havia uma chance em um milhão de que ela sorrisse e dissesse vagamente "Não andaram mal" e depois passasse a outras coisas, mas a boca que ele vira indicava que ele não teria tanta sorte. Algo de novo acontecera.

Mas a explosão — fosse como fosse — foi adiada. Ela disse: "Ah, Wilson tem sido atencioso".

"Ele é um sujeito simpático."

"Ele é inteligente demais para o emprego que tem. Não consigo imaginar por que ele está lá como um simples escriturário."

"Ele me disse que foi por acaso."

"Acho que não falei com mais ninguém desde que você viajou, a não ser o aprendiz e o cozinheiro. Ah, e a sra. Halifax." Alguma coisa na voz dela disse a ele que havia chegado o momento perigoso. Sempre, inutilmente, ele tentava escapar dele. Espreguiçou-se e disse: "Meu Deus, como estou cansado. A febre me deixou mole como um trapo. Acho que vou dormir. Já é quase uma e meia, e eu tenho de estar na delegacia às oito".

"Ticki, você fez alguma coisa?", ela perguntou.

"Como assim, querida?"

"A respeito da passagem."

"Não se preocupe. Vou dar um jeito, querida."

"Ainda não deu?"

"Não. Estou elaborando várias ideias. É só uma questão de empréstimo." 200, 020, 002 soavam em seu cérebro.

"Meu querido", ela disse, "não se preocupe", e pôs a mão na bochecha dele. "Você está cansado. Teve febre. Não vou atormentá-lo agora." Sua mão, suas palavras derrubaram qualquer defesa: ele esperava lágrimas, mas agora descobria que elas estavam em seus próprios olhos. "Vá dormir, Henry", ela disse.

"Você não vai subir?"

"Ainda tenho umas coisinhas para fazer."

Ele se deitou de costas sob o mosquiteiro e esperou por ela. Ocorreu-lhe, como jamais lhe ocorrera durante anos, que ela o amava. Pobrezinha, ela o amava: era uma pessoa de estatura humana com seu próprio senso de responsabilidade, não apenas o objeto dos cuidados e da bondade dele. A sensação de derrota se aprofundou nele. Durante toda a viagem de volta de Bamba ele havia encarado um fato — que só havia na cidade um homem capaz de lhe emprestar, e disposto a lhe emprestar, as duzentas libras, e que era um homem de quem ele não devia tomar dinheiro emprestado. Teria sido mais seguro aceitar o suborno do capitão português. Aos poucos, e com consternação, ele decidira dizer a ela simplesmente que o dinheiro não podia ser obtido, que de qualquer forma ela deveria ficar durante os próximos seis meses, até que ele tirasse licença. Se não estivesse tão cansado, teria lhe contado no momento em que ela perguntara, e agora estaria tudo terminado, mas ele havia se esquivado e ela fora gentil, e decepcioná-la agora seria mais difícil que nunca. Toda a casa estava em silêncio, mas lá fora os vira-latas meio mortos de fome ladravam e ganiam. Ele escutava, apoiado no cotovelo; sentia-se estranhamente emasculado, deitado na cama sozinho esperando que Louise se juntasse a ele. Ela sempre fora a primeira a deitar-se. Ele se sentia inquieto, apreensivo, e de repente se lembrou do sonho, de como ficara escutando do lado de fora da porta, e batera, e não houvera resposta. Debateu-se para sair de debaixo do mosquiteiro e, com os pés descalços, desceu correndo a escada.

Louise estava sentada à mesa, com um bloco de anotações à frente, mas não tinha escrito nada além de um nome. As formigas aladas batiam na lâmpada e suas asas caíam sobre a mesa. Onde a luz tocava a cabeça dela, ele via os cabelos grisalhos.

"O que foi, querido?"

"Estava tudo tão quieto", ele disse, "que eu pensei que havia acontecido alguma coisa. Tive um sonho ruim com você ontem à noite. O suicídio de Pemberton me deixou perturbado."

"Que tolice, querido. Nada desse tipo jamais poderia acontecer conosco."

"Sim, é claro. Eu só queria ver você", disse ele, tocando os cabelos dela. Por cima do ombro de Louise ele leu as únicas palavras que ela havia escrito: "Querida sra. Halifax...".

"Você está sem sapatos", ela disse. "Vai acabar pegando carrapatos."

"Eu só queria ver você", ele repetiu, e se perguntou se as manchas no papel eram suor ou lágrimas.

"Escute, querido", ela disse, "você não precisa mais se preocupar. Eu já o atormentei demais. É como a febre, sabe? Vai e volta. Bem, agora passou... por enquanto. Sei que você não pode conseguir o dinheiro. A culpa não é sua. Se não fosse aquela operação estúpida... As coisas são assim mesmo, Henry."

"O que tudo isso tem a ver com a sra. Halifax?"

"Ela e outra mulher têm um camarote de dois lugares no próximo navio e a outra mulher desistiu. Ela pensou que talvez eu pudesse aproveitar... se o marido dela falasse com o agente."

"Isso é daqui a uns quinze dias", ele disse.

"Querido, desista de tentar. É melhor desistir. De qualquer modo, eu tinha de informar à sra. Halifax amanhã. E vou informar a ela que não vou."

Ele falou depressa — queria que as palavras saíssem sem possibilidade de reconsideração. "Escreva e diga a ela que você pode ir."

"Ticki", ela disse, "o que você quer dizer?" Seu rosto se endureceu. "Ticki, por favor, não prometa algo que não pode acontecer. Eu sei que você está cansado e com medo de que eu faça uma cena. Mas não vai haver cena. Eu não quero decepcionar a sra. Halifax."

"E não vai. Sei onde posso conseguir o dinheiro emprestado."

"Por que você não me contou quando chegou?"

“Eu queria lhe dar o bilhete. Uma surpresa.”

Ela não estava tão feliz quanto ele previra: sempre via um pouco mais longe do que ele esperava. “E você não está mais preocupado?”, ela perguntou.

“Não estou mais preocupado. Você está feliz?”

“Ah, sim”, ela disse, desorientada. “Estou feliz, querido.”

3

O NAVIO DE PASSAGEIROS chegou no sábado à noite: da janela do quarto eles podiam ver sua longa forma cinzenta mover-se furtivamente até o ancoradouro, além das palmeiras. Eles o observavam com o coração esmorecido — a felicidade nunca é realmente tão bem-vinda quanto a imutabilidade —, de mãos dadas observavam sua separação ancorar na baía.

“Bem”, disse Scobie, “isso significa que é amanhã à tarde.”

“Querido”, ela disse, “quando este período acabar, vou ser boa com você de novo. O problema é que eu não conseguia mais aguentar esta vida.”

Eles ouviram um barulho lá embaixo quando Ali, que também estivera observando o mar, começou a arrastar baús e caixas. Era como se a casa estivesse desabando em torno deles, e os urubus levantaram voo do teto, chacoalhando o zinco deteriorado, como se sentissem o tremor nas paredes. “Enquanto você arruma suas coisas lá em cima”, disse Scobie, “vou empacotar seus livros.” Era como se nas duas semanas anteriores eles tivessem brincado de infidelidade, e agora fossem apanhados pelas garras do processo de divórcio: a divisão de uma vida em duas: a partilha dos tristes despojos.

“Você quer ficar com esta fotografia, Ticki?” Ele olhou de esguelha o rosto de primeira comunhão e disse: “Não. Fique com ela”.

"Vou lhe deixar esta nossa com os Ted Bromley."

"Sim, deixe essa." Ele a observou por um momento enquanto ela estendia suas roupas e então desceu a escada. Um a um, tirou os livros e os espanou: a Antologia de Poesia da Oxford, os Woolfs, os poetas jovens. No fim, as prateleiras ficaram quase vazias: os livros dele ocupavam muito pouco espaço.

No dia seguinte cedo, foram juntos à missa. Ajoelhados juntos na balaustrada da comunhão, pareciam afirmar que não se tratava de separação. Ele pensou: rezei pedindo paz e agora vou recebê-la. É terrível o modo como uma prece é atendida. É melhor que seja boa, paguei um preço alto por ela. Enquanto caminhavam de volta para casa, Scobie perguntou a ela, ansioso: "Você está feliz?".

"Sim, Ticki, e você?"

"Eu fico feliz se você estiver feliz."

"Tudo vai ficar bem quando eu estiver a bordo e me instalar. Acho que vou beber um pouco esta noite. Por que você não convida alguém, Ticki?"

"Ah, eu prefiro ficar só."

"Você vai me escrever toda semana."

"É claro."

"E, Ticki, você não vai ter preguiça de ir à missa? Será que você vai quando eu não estiver aqui?"

"É claro."

Wilson subia a rua. Seu rosto brilhava de suor e ansiedade. "Você vai mesmo? Ali me contou em sua casa que você vai embarcar esta tarde."

"Ela vai", disse Scobie.

"Você não me contou que estava assim tão próximo."

"Esqueci", disse Louise, "havia coisas demais a fazer."

"Nunca pensei que você iria mesmo. Se eu não tivesse encontrado Halifax no escritório do agente, nem saberia."

"Bem", disse Louise, "você e Henry vão ter de tomar conta um do outro."

"É inacreditável", disse Wilson, chutando a rua poeirenta. Ficou lá, entre eles e a casa, sem pressa de deixá-los passar. E disse: "Eu não conheço ninguém além de você — e Harris, é claro".

"Você vai ter de começar a conhecer outras pessoas", disse Louise. "Agora você vai ter de nos desculpar. Há muito a fazer."

Como Wilson não se mexeu, eles deram a volta, e Scobie, olhando para trás, acenou para ele com gentileza — ele parecia muito perdido, desprotegido e inadequado na rua empolada. "Pobre Wilson", disse Scobie, "acho que ele está apaixonado por você."

"Ele acha que está."

"É bom para ele que você esteja indo viajar. Pessoas assim se tornam inconvenientes neste clima. Vou tratá-lo bem enquanto você estiver fora."

"Ticki", ela disse, "eu não o veria muito. Não confiaria nele. Há algo de falso nele."

"Ele é jovem e romântico."

"Ele é romântico demais. Conta mentiras. Por que ele diz que não conhece ninguém?"

"Acho que ele não conhece mesmo."

"Ele conhece o comissário. Eu o vi indo para lá uma noite dessas, na hora do jantar."

"É só um modo de falar."

Nenhum dos dois estava com apetite para almoçar, mas o cozinheiro, que queria tornar a ocasião especial, apareceu com um enorme prato de curry que enchia uma bacia no meio da mesa: em volta dele estavam dispostos seus muitos acompanhamentos — banana frita, pimenta vermelha, amendoim, papaia, fatias de laranja, chutney. Eles pareciam estar sentados a quilômetros de distância, separados por uma selva de travessas. A comida esfriava em seus pratos e parecia não haver nada a dizer além de "Não estou com fome", "Tente comer um pouco", "Não consigo provar nada", "Você devia partir bem alimentada", numa infindável e amistosa altercação a respeito de comida. Ali entrava e saía para ver como eles estavam: era como a figura de um relógio que sai para registrar o bater das horas. Parecia horrível a ambos que fossem ficar contentes quando a separação se completasse; poderiam se acomodar quando aquela despedida tosca terminasse, para viver uma vida diferente que de novo excluiria qualquer mudança.

"Você tem certeza de que pegou tudo?" Essa era outra variante que possibilitava a eles ficarem ali sentados sem comer, mas ocasionalmente lambiscando alguma coisa fácil de engolir, repassando tudo que pudesse ter sido esquecido.

"É uma sorte termos só um quarto. Vão ter de deixar você ficar com a casa."

"Eles podem me obrigar a cedê-la a um casal."

"Você vai escrever toda semana?"

"É claro que vou."

Já passara tempo suficiente: eles podiam se persuadir de que tinham almoçado. "Se você não consegue comer mais, é melhor eu levá-la. O sargento providenciou carregadores no cais." Agora eles não conseguiam dizer mais nada que não fosse formal; a irrealidade encobria seus movimentos. Embora pudessem se tocar, era como se já tivessem entre eles todo o litoral de um continente; suas palavras pareciam as frases afetadas de um correspondente sem talento.

Foi um alívio estarem a bordo e não mais sozinhos. Halifax, do Departamento de Obras Públicas, transbordava de falsa bonomia. Fazia gracejos de duplo sentido e dizia às duas mulheres que bebessem muito gim. "É bom para o intestino", dizia. "A primeira coisa que para de funcionar num navio são os intestinos. Uma boa quantidade de gim à noite e uma dose pequena pela manhã." As duas mulheres passavam em revista o camarote. Estavam ali na sombra como habitantes de cavernas; falavam em um tom baixo que os homens não podiam ouvir: não eram mais esposas — eram irmãs, pertenciam a uma raça diferente. "Você e eu estamos sobrando, meu velho", disse Halifax. "Elas vão ficar bem agora. Vou desembarcar."

"Vou com você." Tudo fora irreal, mas de repente ele sentia uma dor verdadeira, o momento da morte. Como um prisioneiro, não havia acreditado no julgamento: fora um sonho: a condenação fora um sonho, assim como a viagem no caminhão, e de repente ele estava ali de costas para a parede vazia e era tudo verdade. Era preciso se preparar para terminar corajosamente. Eles foram até o fim do corredor, deixando os Halifax no camarote.

"Adeus, querida."

"Adeus. Ticki, você vai escrever toda..."

"Sim, querida."

"Sou uma desertora execrável."

"Não, não. Aqui não é lugar para você."

"Teria sido diferente se eles o tivessem nomeado comissário."

"Vou passar minha licença com você. Se precisar de dinheiro antes, diga. Eu consigo ajeitar as coisas."

"Você sempre ajeitou as coisas para mim. Ticki, você vai ficar contente de não precisar mais enfrentar as minhas cenas."

"Tolice."

"Você me ama, Ticki?"

"O que você acha?"

"Diga. A gente gosta de ouvir... mesmo que não seja verdade."

"Eu a amo, Louise. E é claro que é verdade."

"Se eu não aguentar ficar lá sozinha, Ticki, vou voltar."

Eles se beijaram e subiram para o tombadilho. Dali o porto era sempre belo; a fina camada de casas cintilava ao sol como quartzo ou jazia à sombra dos grandes morros verdes e ondulados. "Você está bem acompanhada", disse Scobie. Os contratorpedeiros e as corvetas os rodeavam como cachorros: bandeiras de sinalização drapejavam e um heliógrafo lampejava. Os barcos de pesca descansavam na ampla baía sob suas velas pardas, semelhantes a asas de borboleta. "Você vai se cuidar, não vai, Ticki?"

Halifax gritou atrás deles: "Quem vai para terra? Você está com a lancha da polícia, Scobie? Mary está no camarote, senhora Scobie, enxugando as lágrimas e passando pó no rosto para se apresentar aos passageiros".

"Adeus, querida."

"Adeus." Aquele foi o verdadeiro adeus, o aperto de mão com Halifax a observá-los e os passageiros da Inglaterra olhando curiosos. Quando a lancha se afastou, Louise tornou-se de imediato indistinguível. Talvez ela tivesse descido para o camarote para se reunir à sra. Halifax. O sonho acabara: a mudança terminara: a vida tinha começado de novo.

"Odeio essas despedidas", disse Halifax. "Fico contente quando tudo termina. Acho que vou ao Bedford tomar um copo de cerveja. Quer ir comigo?"

"Desculpe. Tenho de entrar em serviço."

"Não seria má ideia uma bela negrinha cuidar de mim agora que estou só", disse Halifax. "Mas você sabe como eu sou, fiel e sincero, incapaz de uma traição", e Scobie sabia que ele era.

Wilson estava à sombra de um depósito de munição coberto por um encerado, olhando para a baía. Scobie parou. Ficou comovido ao ver o triste rosto rechonchudo de menino. "Lamento não o termos visto", ele disse, e contou uma mentira inofensiva: "Louise mandou recomendações".

4

ERA QUASE UMA HORA da madrugada quando ele chegou em casa. A luz estava apagada na área da cozinha e Ali cochilava nos degraus da casa, até que os faróis o acordaram, ao passar por seu rosto adormecido. Ele se levantou de um salto e iluminou com a lanterna a entrada da garagem.

"Está tudo bem, Ali. Vá dormir."

Ele entrou na casa vazia — já se esquecera de como o silêncio podia ser profundo. Muitas vezes ele chegara tarde, quando Louise já estava dormindo, mas então nunca houvera no silêncio precisamente aquele tom de segurança e inexpugnabilidade: seus ouvidos, mesmo não conseguindo captar, sempre procuravam escutar o débil sussurro da respiração de outra pessoa, o mínimo movimento. Agora não havia nada para escutar. Ele subiu a escada e olhou para dentro do quarto. Tudo tinha sido arrumado; não havia o menor sinal da partida ou da presença de Louise: até a fotografia Ali tinha tirado e guardado em uma gaveta. Ele estava realmente sozinho. Um rato andava pelo banheiro, e uma vez o teto de ferro oscilou, quando um urubu tardio pousou para passar a noite.

Scobie sentou na sala de estar e pôs os pés sobre outra cadeira. Ainda não tinha vontade de ir dormir, mas estava com sono — o dia fora cansativo. Agora que estava só, podia se permitir o ato mais irracional e dormir em uma cadeira, não em uma cama. A tristeza aos poucos abandonava sua mente, dando lugar ao contentamento. Ele cumprira seu dever: Louise estava feliz. Ele fechou os olhos.

O som de um carro vindo da estrada e o clarão dos faróis na janela o despertaram. Ele imaginou que fosse um carro da polícia — naquela noite ele era o oficial encarregado, e pensou que havia chegado algum telegrama urgente e provavelmente desnecessário. Abriu a porta e viu Yusef parado no degrau. "Desculpe, major Scobie, eu vi sua luz acesa quando estava passando e pensei..."

"Entre", ele disse, "eu tenho uísque, ou você prefere um pouco de cerveja...?"

Surpreso, Yusef disse: "O senhor é muito hospitaleiro, major Scobie".

"Se conheço um homem o suficiente para pedir a ele dinheiro emprestado, certamente devo ser hospitaleiro."

"Um pouco de cerveja, então, major Scobie."

"O Profeta não proíbe isso?"

"O Profeta não conheceu nem cerveja nem uísque engarrafados, major Scobie. Nós temos de interpretar suas palavras à luz da modernidade." Ele observou Scobie tirar as garrafas da caixa de gelo. "O senhor não tem geladeira, major Scobie?"

"Não. A minha está esperando uma peça sobressalente... Acho que vai ficar esperando até o fim da guerra."

"Não posso permitir isso. Tenho várias geladeiras de reserva. Permita que eu lhe mande uma."

"Ah, posso muito bem me arranjar sem ela, Yusef. Já faço isso há dois anos. Então você ia passando..."

"Bem, não exatamente, major Scobie. Foi só um modo de falar. Na verdade, esperei até ter certeza de que seus criados estavam dormindo e aluguei um carro de uma garagem. Meu carro é muito conhecido. Vim sem motorista. Não queria criar problemas para o senhor, major Scobie."

"Repito, Yusef, que jamais vou ignorar um homem de quem peguei dinheiro emprestado."

"O senhor continua insistindo nisso, major Scobie. Foi só uma transação comercial. Quatro por cento é um juro justo. Só peço mais quando duvido da garantia. Eu gostaria que o senhor permitisse que eu lhe mandasse uma geladeira."

"Sobre o que você queria falar comigo?"

"Em primeiro lugar, major Scobie, eu queria perguntar sobre a sra. Scobie. Ela conseguiu um camarote confortável? Está precisando de alguma coisa? O navio para em Lagos, e eu poderia enviar para bordo qualquer coisa que ela precisar. Eu telegrafaria para meu agente."

"Acho que ela está bastante confortável."

"Depois, major Scobie, eu queria dar uma palavrinha com o senhor sobre diamantes."

Scobie pôs mais duas garrafas de cerveja no gelo. E disse, devagar e delicadamente: "Yusef, não quero que você pense que eu sou a espécie de homem que pede dinheiro emprestado num dia e insulta o credor no dia seguinte, para tranquilizar seu ego".

"Ego?"

"Não importa. Amor-próprio. O que você quiser. Não vou fingir que, de certa forma, nós nos tornamos colegas em um negócio, mas minhas obrigações estão estritamente limitadas ao pagamento de quatro por cento a você."

"Concordo, major Scobie. O senhor já disse tudo isso antes e eu concordo. Digo mais uma vez que nunca sonhei em lhe pedir que fizesse nem uma única coisa por mim. Prefiro fazer coisas pelo senhor."

"Que sujeito estranho é você, Yusef. Acho que você gosta mesmo de mim."

"Sim, eu gosto do senhor, major Scobie." Yusef estava sentado na beirada da cadeira, que fazia um sulco em suas grandes coxas esparramadas: ficava constrangido em qualquer casa que não fosse a sua. "E agora posso lhe falar a respeito de diamantes, major Scobie?"

"Pode começar."

"O senhor sabe que eu acho que o governo está maluco por causa de diamantes. Eles tomam o seu tempo, o tempo da Polícia de Segurança: mandam agentes especiais para a costa: até aqui temos um... o senhor sabe quem... embora ninguém além do comissário devesse saber: ele gasta dinheiro com qualquer negro ou sírio pobre que conte histórias a ele. Depois telegrafa o que ouviu para a Inglaterra e para toda a costa. E, depois de tudo isso, eles pegam ao menos um diamante?"

"Nós não temos nada a ver com isso, Yusef."

"Eu queria conversar com o senhor como amigo, major Scobie. Há diamantes e diamantes, sírios e sírios. Seu pessoal caça os homens errados. O senhor precisa impedir que os diamantes industriais vão para Portugal e depois para a Alemanha, e para o outro lado da fronteira, para os franceses de Vichy. Mas o tempo todo vocês perseguem pessoas que não estão interessadas em diamantes industriais, pessoas que só querem guardar alguns diamantes brutos em um lugar seguro para quando a paz voltar."

"Em outras palavras, você?"

"A polícia esteve em minhas lojas seis vezes este mês, deixando tudo bagunçado. Assim eles nunca vão encontrar nenhum diamante industrial. Só pessoas mesquinhas se interessam por diamantes industriais. Ora, por uma caixa de fósforos cheia deles, só se conseguem duzentas libras. Eu chamo essas pessoas de catadores de cascalho", ele disse com desprezo.

"Eu tenho certeza, Yusef", disse Scobie devagar, "de que mais cedo ou mais tarde você vai querer alguma coisa de mim. Mas você não vai conseguir nada além dos quatro por cento. Amanhã vou apresentar ao comissário um relato confidencial completo de nosso acordo comercial. É claro que ele pode pedir que eu me demita, mas acho que isso não vai acontecer. Ele confia em mim." Ele sentiu a ferroada de uma lembrança. "Acho que ele confia em mim."

"Será que é prudente fazer isso, major Scobie?"

"Acho que é muito prudente. Com o tempo, qualquer tipo de segredo entre nós dois acabaria criando problema."

"Como o senhor quiser, major Scobie. Mas eu juro que não quero nada do senhor. Gostaria de sempre lhe dar coisas. O senhor não quer uma geladeira, mas eu pensei que talvez o senhor aceitasse conselhos, informações."

"Estou escutando, Yusef."

"Tallit é um homem mesquinho. Ele é cristão. O padre Rank e outras pessoas frequentam a casa dele. Eles dizem: 'Se existe um sírio honesto, é o Tallit'. Tallit não é muito bem-sucedido, e isso é confundido com honestidade."

"Continue."

"O primo de Tallit vai viajar no próximo navio português. A bagagem dele vai ser revistada, é claro, e não vão encontrar nada. Ele vai levar um papagaio em uma gaiola. Meu conselho, major Scobie, é liberar o primo de Tallit e ficar com o papagaio."

"E por que liberar o primo?"

"O senhor não precisa revelar seus planos a Tallit. Pode dizer que o papagaio está doente e por isso tem de ficar. Ele não vai ter coragem de reclamar."

"Você quer dizer que os diamantes estão no papo do papagaio?"

"Sim."

"Esse truque já foi usado antes nos navios portugueses?"

"Foi."

"Acho que nós vamos ter de comprar um aviário."

"O senhor vai fazer alguma coisa com base nessa informação, major Scobie?"

"Você me dá informações, Yusef. Eu não lhe dou informações."

Yusef balançou a cabeça e sorriu. Erguendo seu volumoso corpo com certo cuidado, tocou de leve, timidamente, a manga de Scobie. "O senhor tem toda a razão, major Scobie. Pode acreditar em mim, eu jamais faria qualquer coisa que o prejudicasse. Vou tomar cuidado e o senhor também vai tomar cuidado, e tudo vai dar certo." Era como se eles estivessem juntos numa conspiração para evitar danos: nas mãos de Yusef, até a inocência adquiria uma coloração dúbia. "Seria mais seguro se o senhor de vez em quando fosse simpático com Tallit. O agente costuma visitar a casa dele."

"Eu não sei de nenhum agente."

"O senhor tem toda a razão, major Scobie." Yusef pairava como uma mariposa gorda na borda da lâmpada. "Se algum dia o senhor escrever para a senhora Scobie, por favor dê a ela minhas recomendações. Ah, não, as cartas são censuradas. O senhor não pode fazer isso. Talvez o senhor pudesse dizer... não, é melhor não. Basta que o *senhor* saiba, major Scobie, que eu lhe desejo o melhor..." Tropeçando pelo caminho estreito, ele chegou ao carro. Depois de acender as luzes, encostou o rosto no vidro: exibia-se à luz do painel, grande, pastoso, indigno de confiança, sincero. Esboçou um gesto tímido de adeus para Scobie, sozinho na soleira da casa silenciosa e vazia.

LIVRO DOIS

PARTE UM

CAPÍTULO 1

I

Eles estavam na varanda do bangalô do comissário distrital em Pende olhando as lanternas se moverem do outro lado do rio largo e passivo. "Então aquilo é a França", disse Druce, usando o termo nativo.

"Antes da guerra nós costumávamos fazer piquenique na França", disse a sra. Perrot.

Perrot saiu do bangalô e reuniu-se a eles, com uma bebida em cada mão: de pernas arqueadas, ele usava as botas de cano alto por fora da calça, como botas de montar, dando a impressão de que acabara de apear de um cavalo. "Esta é a sua, Scobie", ele disse. "Sabe, acho difícil pensar nos franceses como inimigos. Minha família veio para cá com os huguenotes. Você sabe que isso faz uma diferença." Seu rosto comprido, magro e amarelado, dividido ao meio por um nariz que parecia uma ferida, estava sempre arrogantemente na defensiva: para Perrot, a importância dos Perrot era artigo de fé — quem duvidasse seria repelido, até perseguido se ele tivesse a chance... a fé nunca deixaria de ser proclamada.

"Se eles se juntassem aos alemães, imagino que este é um dos pontos onde eles atacariam", disse Scobie.

"E eu não sei?", disse Perrot. "Fui mandado para cá em 1939. O governo tinha muita perspicácia sobre o que iria acontecer. Está tudo preparado, sabe. Onde está o médico?"

"Acho que está dando uma última olhada nas camas", disse a sra. Perrot. "O senhor deve agradecer por sua mulher ter chegado em segurança, major Scobie. Aqueles pobres coitados lá. Quarenta dias nos barcos. A gente treme só de pensar nisso."

"É aquele maldito canal estreito entre Dacar e o Brasil que sempre faz isso", disse Perrot.

O médico saiu para a varanda, melancólico.

Tudo do outro lado do rio estava outra vez quieto e monótono: as lanternas foram apagadas. A luz que iluminava o pequeno cais abaixo do bangalô expunha cerca de um metro de extensão de água escura corrente. Um pedaço de madeira surgiu da escuridão e flutuou tão devagar pelo trecho iluminado que Scobie contou até vinte antes que ele entrasse novamente na escuridão.

"Os malditos franceses não se comportaram tão mal desta vez", disse Druce desanimado, espantando um mosquito dos óculos.

"Eles só trouxeram as mulheres, os velhos e os moribundos", disse o médico, puxando a barba. "Era o mínimo que podiam fazer."

De repente, como uma invasão de insetos, vozes gemeram e zuniram na margem distante. Grupos de lanternas se moviam como vaga-lumes em vários pontos: Scobie, levantando o binóculo, enxergou um rosto negro iluminado momentaneamente: uma estaca de rede: um braço branco: as costas de um oficial. "Acho que eles chegaram", disse. Uma longa fileira de luzes dançava ao longo da margem do rio. "Bem", disse a sra. Perrot, "agora podemos entrar." Os mosquitos zumbiam sem parar em torno deles, como máquinas de costura. Druce soltava exclamações e dava safanões.

"Entrem", disse a sra. Perrot. "Os mosquitos daqui transmitem malária." As janelas da sala de estar tinham telas para impedir a entrada dos mosquitos; com a aproximação das chuvas, o ar estagnado ficava saturado.

"As macas vão chegar às seis da manhã", disse o médico. "Acho que estamos prontos, Perrot. Há um caso de malária e alguns poucos casos de febre da água negra, mas a maioria é apenas exaustão, a pior doença de todas. É disso que a maioria de nós acaba morrendo."

"Scobie e eu veremos aqueles que estão em condições de andar", disse Druce. "O senhor vai ter de nos dizer quanto tempo de interrogatório eles podem aguentar, doutor. Imagino que sua polícia vai cuidar dos carregadores, Perrot — faça com que eles voltem todos por onde vieram."

"Claro", disse Perrot. "Estamos prontos para entrar em ação. Mais uma bebida?" A sra. Perrot girou o botão do rádio, e o órgão do cinema Orpheum, em Clapham, navegou quase cinco mil quilômetros até eles. Do outro lado do rio, as vozes excitadas dos carregadores subiam e desciam. Alguém bateu na porta da varanda. Scobie virou-se, incomodado, na cadeira: a música do órgão Würlitzer gemeu e ribombou. A Scobie, parecia escandalosamente indecente. A porta da varanda se abriu e Wilson entrou.

"Olá, Wilson", disse Druce. "Eu não sabia que você estava aqui."

"O senhor Wilson veio inspecionar o depósito da U.A.C.", explicou a sra. Perrot. "Espero que a casa de repouso do depósito esteja em ordem. Ela não é muito usada."

"Sim, está muito confortável", disse Wilson. "Ora, major Scobie, eu não esperava vê-lo."

"Não sei por quê", disse Perrot. "Eu lhe contei que ele estaria aqui. Sente-se e tome uma bebida." Scobie se lembrou do que Louise lhe dissera uma vez sobre Wilson — falso, fora esse o termo usado por ela. Olhou na direção de Wilson e viu o rubor causado pela traição de Perrot desaparecendo do rosto de menino e as pequenas rugas que se agrupavam em torno dos olhos e desmentiam sua juventude.

"O senhor tem notícias da sra. Scobie?"

"Ela chegou em segurança na semana passada."

"Fico contente. Muito contente."

"Bem", disse Perrot, "quais são os escândalos da cidade grande?" As palavras "cidade grande" foram ditas com escárnio — Perrot não suportava a ideia de que houvesse um lugar onde as pessoas se consideravam importantes e ele não era reconhecido. Como um huguenote imaginando Roma, ele construía um quadro de frivolidade, depravação e corrupção. "Nós, roceiros", continuou ele num tom pesado, "temos uma vida muito tranquila." Scobie sentiu pena da sra. Perrot; ela ouvia frases como essas com muita frequência: já devia ter esquecido havia muito a época do namoro, quando acreditara nelas. Agora estava sentada bem perto do rádio, com o volume baixo, ouvindo ou fingindo ouvir as antigas melodias vienenses, a boca enrijecida pelo esforço de ignorar o marido naquele papel que ela conhecia tão bem. "Bem, Scobie, o que nossos superiores estão fazendo na cidade?"

"Ah", Scobie disse vagamente, observando a sra. Perrot, "não tem acontecido muita coisa. As pessoas estão muito ocupadas com a guerra..."

"Ah, claro", disse Perrot, "tantos arquivos para arrumar no Secretariado. Eu gostaria de vê-los plantando arroz aqui. Eles iam saber o que é trabalho."

"Imagino que a coisa mais animada que aconteceu recentemente", disse Wilson, "foi o papagaio, não foi?"

"O papagaio de Tallit?", perguntou Scobie.

"Ou de Yusef, segundo Tallit", disse Wilson. "Não é verdade, senhor, ou entendi errado a história?"

"Acho que nunca saberemos qual é a história certa", disse Scobie.

"Mas qual é a história? Aqui nós estamos isolados do grande mundo dos negócios. Só temos os franceses para nos ocupar."

"Bem, há umas três semanas o primo de Tallit ia partir para Lisboa em um navio português. Revistamos a bagagem dele e não encontramos nada, mas eu tinha ouvido boatos de que algumas vezes diamantes haviam sido contrabandeados em papos de pássaros, então retive o papagaio, e de fato lá dentro havia diamantes industriais no valor de umas cinquenta libras. O navio ainda não tinha zarpado, então trouxemos o primo de Tallit para terra. Parecia um caso perfeito."

"Mas não era?"

"É impossível derrotar um sírio", disse o médico.

"O criado do primo de Tallit jurou que aquele não era o papagaio do primo de Tallit, e é claro que o primo de Tallit fez a mesma coisa. Eles disseram que o aprendiz tinha substituído o papagaio por outro, para incriminar Tallit."

"A mando de Yusef, suponho", disse o médico.

"É claro. O problema é que o aprendiz desapareceu. Claro que há duas explicações para isso: talvez Yusef tenha dado dinheiro a ele para fugir, e também é possível que Tallit tenha dado dinheiro a ele para que culpasse Yusef."

"Aqui", disse Perrot, "eu teria mandado os dois para a cadeia."

"Na cidade", disse Scobie, "temos de considerar a lei."

A sra. Perrot girou o botão do rádio e uma voz gritou com um vigor inesperado: "Meta-lhe um chute no traseiro".

"Eu vou dormir", disse o médico. "Amanhã vai ser um dia difícil."

Sentado na cama sob o mosquiteiro, Scobie abriu seu diário. Noite após noite, por mais anos do que conseguia se lembrar, ele mantivera um registro — o mais cru possível — de seus dias. Se alguém questionasse uma data, ele podia verificar; se ele quisesse saber em que dia as chuvas tinham começado em determinado ano, ou quando o penúltimo diretor de Obras Públicas fora transferido para a África Oriental, os fatos estavam todos lá, em um dos volumes armazenados na caixa de estanho embaixo da cama, em sua casa. Não fosse isso, ele nunca abria um volume — particularmente aquele que continha o fato mais cru de todos: *C. morreu*. Ele não saberia dizer nem a si mesmo por que mantinha esse registro — certamente não para a posteridade. Mesmo que a posteridade se interessasse pela vida de um policial obscuro em uma colônia antiquada, não teria aprendido nada com aquelas entradas enigmáticas. Talvez a razão fosse o fato de quarenta anos antes, na escola particular em que estudava, ele ter ganhado um prêmio — um exemplar de *Allan Quatermain* — por manter um diário durante as férias de verão, e o hábito simplesmente se manteve. Mesmo a forma do diário fora muito pouco alterada. *Salsichas no café da manhã. Belo dia. Passeio de manhã. Aula de equitação à tarde. Frango no almoço. Rocambole de melado.* Quase imperceptivelmente, as entradas mudaram para *Louise partiu. Y. ligou à noite. Primeiro tufão às duas da manhã.* Sua caneta era impotente para transmitir a importância de algum registro: somente ele próprio, se tivesse tido o cuidado de reler, teria visto na antepenúltima frase o enorme buraco que a pena abrira em sua integridade. Y., não Yusef.

Scobie escreveu: 5 *de maio. Cheguei em Pende para encontrar sobreviventes s.s.* 43 (por segurança, ele usou o número de código). *Druce comigo.* Hesitou por um momento e então acrescentou: *Wilson aqui.* Fechou o diário e, deitado de costas sob o mosquiteiro, começou a rezar. Também isso era um hábito. Rezou o pai-nosso, a ave-maria e então, quando o sono começou a pesar em suas pálpebras, acrescentou um ato de contrição. Era uma formalidade, não porque ele se sentisse livre de pecados graves, mas porque nunca lhe ocorrera que sua vida fosse de algum modo muito importante. Ele não bebia, não fornicava, nem sequer mentia, mas nunca considerava essa ausência de pecado uma virtude. Quando ao menos pensava sobre isso, julgava-se um soldado, membro de um estranho esquadrão, que não tinha nenhuma oportunidade de infringir as regras militares mais importantes. "Perdi a missa ontem por um motivo insatisfatório. Negligenciei minhas preces noturnas." Isso não era mais do que admitir o que todo soldado fazia — que havia evitado a faxina quando a ocasião se oferecera. "Ó, Deus, abençoa...", mas antes de conseguir mencionar nomes ele estava dormindo.

2

NA MANHÃ SEGUINTE ELES ESTAVAM NO CAIS: a primeira luz da manhã estendia-se em faixas frias pelo céu oriental. A visão das cabanas da aldeia era turvada por uma cortina de luz prateada. Às duas da manhã, tinha havido um tufão — uma coluna rodopiante de nuvens negras subindo da costa, e o ar permanecia frio por causa da chuva. Com a gola dos casacos levantada, eles observavam a costa francesa, os carregadores agachados no chão atrás deles. A sra. Perrot desceu o caminho que vinha do bangalô, esfregando os olhos para espantar o resto de sono da noite maldormida, e do outro lado da água chegou, muito fraco, o berro de uma cabra. "Eles estão atrasados?", perguntou a sra. Perrot.

"Não, nós estamos adiantados." Scobie mantinha o binóculo focalizado na margem oposta. "Estão manobrando", ele disse.

"Pobres almas", disse a sra. Perrot, e arrepiou-se com o frio matinal.

"Eles estão vivos", disse o médico.

"Sim."

"Na minha profissão, temos de considerar isso importante."

“Será que alguém supera um choque como esse? Quarenta dias em barcos abertos.”

“Se a pessoa sobreviver”, disse o médico, “supera. O que não se consegue superar é o fracasso, e isso que vocês estão vendo é uma espécie de sucesso.”

“Estão tirando as pessoas das cabanas”, disse Scobie. “Acho que estou vendo seis macas. Estão trazendo os barcos.”

“Eles disseram que nos preparássemos para nove casos de maca e quatro casos em condições de andar”, disse o médico. “Imagino que deve ter havido mais algumas mortes.”

“Posso ter contado errado. Agora eles os estão carregando. Acho que há sete macas. Não consigo distinguir os que podem andar.”

A luz fria, fraca demais para vencer a neblina matinal, tornava a outra margem mais distante do que pareceria ser ao meio-dia. Uma canoa nativa levando, supunha-se, os feridos que conseguiam andar surgiu lúgubre da neblina: de repente estava muito perto deles. Na outra margem, havia problemas com o motor de uma lancha; eles ouviam o som engasgado, como de um animal sem fôlego.

O primeiro ferido que chegou caminhando era um idoso com um dos braços em uma tipoia. Usava um chapéu de safári largo, muito sujo, e um pano nativo em volta dos ombros; a mão livre puxava e coçava os pelos brancos da barba por fazer. Ele disse, com um inconfundível sotaque escocês: “Sou Loder, maquinista-chefe”.

“Seja bem-vindo, sr. Loder”, disse Scobie. “Se o senhor puder ir até o bangalô, o doutor irá vê-lo em poucos minutos.”

“Eu não preciso de médico.”

“Sente-se e descanse. Falo com o senhor em seguida.”

“Quero apresentar meu relatório para um oficial habilitado.”

“Você poderia levá-lo até a casa, Perrot?”

“Sou o comissário distrital”, disse Perrot. “Você pode apresentar seu relatório para mim.”

"Então, o que estamos esperando?", disse o maquinista. "Faz quase dois meses que o naufrágio aconteceu. Tive de assumir uma tremenda responsabilidade, porque o capitão morreu." Enquanto os dois subiam a colina em direção ao bangalô, a voz persistente do escocês, regular como o pulsar de um dínamo, chegava até eles. "Preciso prestar contas aos proprietários."

Os outros três já estavam em terra firme, e do outro lado do rio o conserto da lancha continuava: o estalido agudo de um formão, o tinir do metal, depois novamente o ruído espasmódico do motor. Dois dos recém-chegados eram a bucha de canhão de todas as ocasiões como aquela: homens idosos com aparência de encanadores, que poderiam ser irmãos se não se chamassem Forbes e Newall, homens conformados, sem autoridade, para quem as coisas simplesmente aconteciam. Um tinha um pé esmagado e andava com uma muleta; o outro trazia uma das mãos atada com tiras surradas de uma camisa de estampa tropical. Ficaram ali parados no cais com uma falta de interesse tão natural quanto a que teriam se estivessem em uma esquina de Liverpool esperando o pub abrir. Uma mulher grisalha robusta, usando botas de cano alto, saiu da canoa depois deles.

"Seu nome, senhora?", perguntou Druce, consultando a lista. "É a sra. Rolt?"

"Não sou a sra. Rolt. Sou a srta. Malcott."

"A senhorita poderia ir até a casa? O médico..."

"O médico tem casos muito mais sérios do que o meu para atender."

"Seria bom a senhorita se deitar", disse a sra. Perrot.

"Essa é a última coisa que quero fazer", disse a srta. Malcott. "Não estou nem um pouco cansada." Ela fechava a boca depois de cada sentença. "Não estou com fome. Não estou nervosa. Quero seguir viagem."

"Para onde?"

"Para Lagos. Para o Departamento de Educação."

"Receio que ainda haja muitos atrasos."

"Já estou dois meses atrasada. Não suporto atrasos. O trabalho não espera." De repente ela levantou o rosto para o céu e uivou como um cão.

O médico a pegou gentilmente pelo braço e disse: "Faremos todo o possível para levá-la até lá imediatamente. Venha até a casa e dê um telefonema".

"Certamente", disse a srta. Malcott, "não há nada que não se resolva por telefone."

"Mande esses dois camaradas depois de nós", disse o médico a Scobie. "Eles estão bem. Se quiser fazer perguntas, faça a eles."

"Eu os levo", disse Druce. "Fique aqui, Scobie, para o caso de a lancha chegar. O francês não é o meu forte."

Scobie sentou no parapeito do cais e olhou por sobre a água. Agora, com a neblina se dissipando, a outra margem estava mais próxima; ele conseguia discernir a olho nu os detalhes da cena: o armazém branco, as cabanas de taipa, o latão da lancha brilhando ao sol: podia ver os fezes vermelhos dos soldados nativos. Ele pensou: em uma cena igualzinha a esta eu poderia estar esperando que Louise surgisse em uma maca — ou talvez não esperando. Alguém sentou no parapeito ao lado dele, mas Scobie não se voltou.

"Em que tanto pensa, senhor?"

"Estava só pensando que Louise está a salvo, Wilson."

"Eu também estava pensando nisso, senhor."

"Por que você sempre me chama de senhor, Wilson? Você não está na polícia. Isso faz eu me sentir muito velho."

"Desculpe, major Scobie."

"Como Louise o chamava?"

"Wilson. Acho que ela não gostava do meu nome de batismo."

"Acho que finalmente conseguiram ligar a lancha, Wilson. Seja um bom sujeito e avise o doutor."

Um oficial francês em um uniforme branco manchado estava na proa: um soldado lançou uma corda e Scobie a pegou e prendeu. "*Bonjour*", ele disse, e bateu continência.

O oficial francês retribuiu a continência — uma figura esgotada com um tique nervoso na pálpebra esquerda. E disse, em inglês: "Bom dia. Tenho sete casos de maca para vocês aqui".

"Meu aviso diz nove."

"Um morreu no caminho e outro ontem à noite. Um de malária e um de... de... meu inglês é ruim, vocês dizem fadiga?"

"Esgotamento."

"É isso."

"Se o senhor deixar meus empregados subirem a bordo, eles podem trazer os doentes de maca", disse Scobie. E para os carregadores: "Bem devagar. Vão bem devagar". Era uma ordem desnecessária: nenhum branco atendente de hospital conseguiria levantar e carregar com mais cuidado. "O senhor não quer esticar as pernas em terra firme?", perguntou Scobie ao francês. "Ou ir até a casa tomar um café?"

"Não. Café não, obrigado. Só vou ver se está tudo certo por aqui."

Ele era educado e inacessível, mas o tempo todo sua pálpebra esquerda tremulava uma mensagem de dúvida e aflição.

"Tenho alguns documentos ingleses, se o senhor quiser ver."

"Não, não, obrigado. Eu leio inglês com dificuldade."

"O senhor fala muito bem."

"Isso é diferente."

"Quer um cigarro?"

"Não, obrigado. Não gosto do tabaco americano."

A primeira maca chegou — os lençóis estavam puxados até o queixo do homem e era impossível dizer pelo rosto rijo e vago qual seria sua idade. O médico desceu a colina ao encontro do doente e conduziu os carregadores até a casa de repouso do governo, onde as camas haviam sido preparadas.

"Eu costumava ir para o seu lado", disse Scobie, "caçar com o chefe de polícia. Um sujeito boa-praça chamado Durand... um normando."

"Ele não está mais aqui", disse o oficial.

"Voltou para a França?"

"Está na prisão em Dacar", respondeu o oficial francês, impassível como uma carranca na proa do barco, mas com o olho tremendo sem parar. As macas passaram lentamente por Scobie e foram carregadas colina acima: um menino que não poderia ter mais de dez anos, com o rosto febril e um braço que mais parecia um galho jogado para fora do cobertor: uma senhora idosa com cabelos grisalhos esparramados, que se retorcia, se virava e sussurrava: um homem com um nariz adunco — um calombo roxo-azulado em um rosto amarelo. Um a um, eles subiram a colina — os pés dos carregadores movendo-se com a segurança das mulas. "E *père* Brûle?", perguntou Scobie. "Ele era um homem bom."

"Ele morreu no ano passado, de malária."

"Ele ficou aqui vinte anos sem tirar licença, não foi? Vai ser difícil substituí-lo."

"Ele não foi substituído", disse o oficial. Então se virou e deu uma ordem ríspida a um de seus homens. Scobie olhou para a próxima maca e logo desviou os olhos. Era uma menininha — não poderia ter mais de seis anos. Com aspecto doentio, ela dormia profundamente; os cabelos loiros estavam embaraçados e molhados de suor; a boca aberta estava seca e rachada, e a intervalos regulares ela estremecia em espasmos. "É terrível", disse Scobie.

"O que é terrível?"

"Uma criança desse jeito."

"Sim. Ela perdeu os pais. Mas está tudo bem. Ela vai morrer."

Scobie observou os carregadores subirem devagar a colina, os pés descalços batendo suavemente no chão. E pensou: seria preciso toda a engenhosidade do padre Brûle para explicar isso. Não a morte da criança — essa não precisava de explicação. Até os pagãos percebiam que o amor de Deus podia significar uma morte prematura, ainda que o motivo que eles lhe atribuíssem fosse diferente, mas permitir que a criança sobrevivesse quarenta dias e noites no barco aberto — esse era o mistério, conciliar isso com o amor divino.

E, no entanto, ele não conseguia acreditar em nenhum Deus que não fosse humano o bastante para amar o que havia criado. "Como é que ela sobreviveu até agora?", ele se perguntou em voz alta.

"Com certeza cuidaram dela no barco", disse o oficial, melancólico. "Eles muitas vezes abriam mão de sua ração de água. Claro que isso era absurdo, mas nem sempre conseguimos ser sensatos. E dava a eles algo para pensar." Era uma sugestão de explicação, embora fraca demais para ser aceita. Ele disse: "Aqui está outra que dá raiva".

O rosto estava feio por causa da exaustão: a pele das bochechas dava a impressão de que ia rachar: somente a ausência de rugas indicava que era um rosto jovem. O oficial francês disse: "Ela se casou pouco antes de embarcar. Perdeu o marido. O passaporte diz que tem dezenove anos. Talvez sobreviva. Veja, ela ainda tem força". Os braços, finos como os de uma criança, estavam fora do cobertor, e os dedos agarravam com firmeza um livro. Scobie viu a aliança de casamento frouxa no dedo ressecado.

"O que é isso?"

"*Timbres*", disse o oficial francês. E acrescentou, amargo: "Quando esta guerra maldita começou, ela ainda devia estar na escola".

Scobie sempre se lembrava do modo como ela fora carregada para dentro de sua vida em uma maca, agarrando um álbum de selos, com os olhos bem fechados.

3

À NOITE ELES SE REUNIRAM DE NOVO PARA BEBER, mas estavam abatidos. Mesmo Perrot não mais tentava impressioná-los. "Bem, amanhã vou embora. Você também vai, Scobie?", perguntou Druce.

"Acho que sim."

"Você conseguiu tudo o que queria?", perguntou a sra. Perrot.

"Tudo o que precisava. Aquele maquinista-chefe era um bom sujeito. Tinha tudo pronto na cabeça. Falava tão depressa que eu mal conseguia anotar o que ele dizia. Assim que parou de falar, desmaiou. Era isso que o mantinha inteiro: 'Minha responsabilidade'. Vocês sabem que eles andaram… os que conseguiam andar… cinco dias para chegar aqui?"

"Eles estavam navegando sem escolta?", perguntou Wilson.

"Eles partiram em comboio, mas tiveram problemas com os motores, e você conhece as regras hoje em dia: não esperar quem fica para trás. Estavam doze horas atrasados em relação ao comboio e tentavam alcançá-lo quando foram atacados de surpresa. O comandante do submarino veio à superfície e os orientou. Disse que poderia rebocá-los, mas havia uma patrulha naval procurando por ele. Como se vê, não é possível culpar ninguém por esse tipo de coisa", e esse tipo de coisa veio instantaneamente à lembrança de Scobie: a criança com a boca aberta, as mãos magras segurando o álbum de selos. Ele disse: "Suponho que o doutor irá vê-los assim que puder, não é?".

Inquieto, ele saiu para a varanda, fechando com cuidado a porta de tela, e imediatamente um mosquito voou em direção a seu ouvido. O zumbido era constante, mas quando eles iam atacar tinham o tom mais profundo de um bombardeio aéreo. As luzes iluminavam o hospital temporário, e a carga daquele sofrimento pesava sobre os ombros de Scobie. Parecia que ele tinha se livrado de uma responsabilidade só para assumir outra. Esta era uma responsabilidade que ele partilhava com todos os seres humanos, mas isso não lhe servia de consolo porque, às vezes, tinha a impressão de ser o único que assumia sua responsabilidade. Nas Cidades da Planície, uma única alma podia ter feito Deus mudar de ideia.

O médico subiu os degraus da varanda. "Olá, Scobie", disse, numa voz tão arqueada quanto seus ombros, "tomando o ar fresco da noite? Neste lugar isso não é nada saudável."

"Como eles estão?", perguntou Scobie.

"Creio que só haverá mais duas mortes. Talvez só uma."

"A criança?"

"Estará morta de manhã", disse o médico, abruptamente.

"Ela está consciente?"

"Nunca completamente. Às vezes pergunta pelo pai: é provável que pense que ainda está no barco. Eles não contaram a ela lá... disseram que seus pais estavam em um dos outros barcos. Mas é claro que eles tinham telegrafado para verificar."

"Ela não acha que você é o pai dela?"

"Não, ela não aceita a barba."

"Como está a professora?", disse Scobie.

"A senhorita Malcott? Ela vai ficar boa. Dei a ela uma quantidade de brometo suficiente para nocauteá-la até de manhã. É só disso que ela precisa... da sensação de estar melhorando. Você não tem espaço para ela no furgão da polícia, tem? Ela ficaria melhor em outro lugar."

"Só há lugar para mim e Druce, além dos criados e da bagagem. Vamos mandar um transporte apropriado assim que chegarmos lá. Os que podem andar estão bem?"

"Eles vão ficar bem."

"O menino e a senhora?"

"Eles vão sarar."

"Quem é o menino?"

"Ele estudava em uma escola particular na Inglaterra. Os pais, que estão na África do Sul, acharam que ele estaria mais seguro com eles."

"E aquela moça", perguntou Scobie com relutância, "com o álbum de selos?" Por alguma razão que ele não compreendia, o que voltava constantemente à sua memória era o álbum de selos, não o rosto, e a aliança frouxa no dedo, como se ela fosse uma criança fantasiada de adulto.

"Não sei", disse o médico. "Se ela não morrer durante a noite... talvez..."

"Você está acabado de cansaço, não é? Entre e beba alguma coisa."

"Sim. Eu não quero ser comido pelos pernilongos." O médico abriu a porta da varanda, e um pernilongo atacou o pescoço de Scobie. Ele não se preocupou em se proteger. Devagar, hesitante, refez o caminho que o médico havia feito, descendo os degraus para o solo pedregoso. Pedras soltas rolavam sob suas botas. Ele pensou em Pemberton. Que coisa absurda era esperar felicidade num mundo tão cheio de sofrimento. Ele reduzira suas próprias necessidades ao mínimo, guardara as fotografias em gavetas, tirara os mortos da cabeça: um afiador de navalhas, um par de algemas enferrujadas usadas como enfeite. Mas ainda temos nossos olhos, ele pensou, nossos ouvidos. Mostre-me um homem feliz e eu lhe mostro um egoísmo extremo, o mal — ou uma ignorância absoluta.

Do lado de fora da casa de repouso ele parou novamente. A alguém que não soubesse de nada, as luzes lá dentro teriam dado uma extraordinária impressão de paz, assim como as estrelas em uma noite clara davam uma impressão de isolamento, segurança, liberdade. Mas, perguntava-se Scobie, se esse alguém conhecesse os fatos, não seria obrigado a sentir pena até dos planetas? Se chegasse ao que chamavam de o cerne da questão?

“Ora, major Scobie.” Era a esposa do missionário local falando com ele. Estava vestida de branco como uma enfermeira e tinha os cabelos grisalhos puxados para trás, formando sulcos que lembravam a erosão do vento. “O senhor veio dar uma espiada?”, ela perguntou em um tom proibitivo.

“Sim”, ele disse. Não lhe ocorria nada mais para dizer: não podia descrever para a sra. Bowles a inquietude, as imagens que o assombravam, o terrível sentimento impotente de responsabilidade e pena.

“Entre”, disse a sra. Bowles, e ele a seguiu obediente como um menino. Havia três cômodos na casa de repouso. No primeiro haviam sido postos os que podiam andar: fortemente medicados, dormiam tranquilos como se tivessem feito muito exercício físico. No segundo estavam os que precisavam de maca, para os quais ainda havia uma esperança razoável. O terceiro cômodo era pequeno e tinha só duas camas separadas por uma tela: a menina de seis anos com a boca seca e a moça, deitada de costas, inconsciente, ainda agarrada ao álbum de selos. Uma vela queimava em um pires e projetava sombras finas entre as camas. “Se o senhor quiser ajudar”, disse a sra. Bowles, “fique aqui um momento. Preciso ir à farmácia.”

“Farmácia?”

“A cozinha. A gente tenta fazer o melhor possível com o que tem.”

Scobie se sentiu frio e estranho. Um arrepio sacudiu-lhe os ombros. “Posso ir no seu lugar?”, ele perguntou.

“Não seja absurdo. O senhor está qualificado para preparar remédios? Só vou demorar alguns minutos. Se a criança der sinais de que vai morrer, me chame.” Se ela tivesse lhe dado tempo, ele teria pensado em alguma desculpa, mas a sra. Bowles já tinha saído, e ele se sentou pesadamente na única cadeira. Quando olhou para a criança, viu sobre a cabeça um véu branco de comunhão:

era um truque produzido pela luz que batia no mosquiteiro e um truque de sua própria mente. Ele apoiou a cabeça nas mãos e não quis olhar. Estava na África quando sua própria filha morrera. Sempre agradecera a Deus por ter escapado de presenciar aquilo. Parecia-lhe que no fim das contas ninguém nunca escapava de nada. Para sermos humanos tínhamos de beber daquela água. Se fôssemos afortunados em um dia, ou covardes em outro, ela se apresentaria em uma terceira ocasião. Ele rezou em silêncio entre as mãos, "Ó Deus, não permita que nada aconteça antes de a sra. Bowles voltar". Ouvia a respiração pesada e irregular da criança. Era como se ela carregasse com grande esforço um peso, subindo uma longa colina: era desumano não poder carregá-lo por ela. Ele pensou: é isto o que os pais sentem ano após ano, e eu estou recuando depois de apenas alguns minutos. Eles veem os filhos morrendo lentamente a cada hora de vida. Rezou de novo: "Pai, olhai por ela. Dai-lhe paz". A respiração parou, engasgou, recomeçou com terrível esforço. Olhando por entre os dedos, ele via o rosto de seis anos convulsionado como o de um trabalhador braçal esfalfado. "Pai", ele rezou, "dai-lhe paz. Tirai a minha paz para sempre, mas dai-lhe paz." O suor brotava de suas mãos. "Pai..."

Ele ouviu um fiapo de voz repetir "Pai..." e ao erguer a vista viu os olhos azuis e injetados a observá-lo. Pensou com horror: era disso que eu pensava ter sido poupado. Ele teria chamado a sra. Bowles, mas a voz lhe faltava. Via o peito da criança lutando por ar para repetir a pesada palavra; aproximou-se da cama e disse: "Sim, querida. Não fale, eu estou aqui". A vela projetou a sombra de seu punho fechado no lençol e a criança viu. Um esforço para rir a sacudiu, e ele afastou a mão. "Durma, querida", ele disse, "você está com sono. Durma." Uma lembrança que ele enterrara cuidadosamente voltou, e ele, pegando seu lenço, fez a sombra da cabeça de um coelho incidir sobre o travesseiro ao lado dela. "Aqui está o seu coelho", disse, "durma com ele. Ele vai ficar até você dormir.

Durma." Uma gota de suor escorreu-lhe pelo rosto e entrou na boca, salgada como uma lágrima. "Durma." Ele mexeu as orelhas do coelho para cima e para baixo, para cima e para baixo. Então ouviu a voz da sra. Bowles falando baixinho bem atrás dele. "Pare com isso", ela disse, zangada, "a criança está morta."

4

De manhã ele informou ao médico que ficaria até que chegasse um transporte apropriado: a srta. Malcott poderia tomar seu lugar no furgão da polícia. Era melhor transferi-la, pois a morte da menina a deixara novamente perturbada, e não era improvável que ocorressem outras. Enterraram a criança no dia seguinte, usando o único caixão que conseguiram: fora projetado para um homem alto. Em um clima como aquele, não seria sensato um adiamento. Scobie não compareceu à cerimônia religiosa de sepultamento, que foi presidida pelo sr. Bowles, mas os Perrot estavam presentes, assim como Wilson e alguns dos mensageiros: o médico estava ocupado na casa de repouso. Scobie caminhou apressado pelos campos de arroz, falou com o funcionário do Departamento de Agricultura sobre irrigação, manteve-se longe. Mais tarde, quando havia esgotado as possibilidades da irrigação, foi ao depósito e sentou-se no escuro entre todas as latas, as geleias enlatadas, as sopas enlatadas, a manteiga enlatada, os biscoitos enlatados, o leite enlatado, as batatas enlatadas, os chocolates enlatados, e esperou Wilson. Mas Wilson não veio: talvez o enterro houvesse sido demais para todos, e eles tivessem voltado ao bangalô do comissário distrital para beber. Scobie desceu para o cais e observou os veleiros movendo-se em direção ao mar. Uma vez viu-se dizendo em voz alta, como se falasse com alguém muito próximo dele: "Por que não deixou ela se afogar?". Um mensageiro lhe dirigiu um olhar desconfiado, e ele saiu andando morro acima.

A sra. Bowles estava tomando ar do lado de fora da casa de repouso: tomando literalmente, em doses, como remédio. De pé, ela abria e fechava a boca, inspirando e expirando: "Boa tarde", ela disse com frieza, e tomou outra dose. "O senhor não foi ao enterro, major?"

"Não."

"O sr. Bowles e eu raramente podemos ir a um enterro juntos. A não ser quando estamos de licença."

"Vai haver mais algum enterro?"

"Mais um, acho. Os outros vão sarar, com o tempo."

"Qual deles está morrendo?"

"A senhora idosa. Ela piorou ontem à noite. Até então estava melhorando."

Ele sentiu um alívio cruel. "O menino está bem?", ele perguntou.

"Sim."

"E a sra. Rolt?"

"Ela não está fora de perigo, mas acho que vai se curar. Está consciente agora."

"Ela sabe que o marido morreu?"

"Sim." A sra. Bowles começou a balançar os braços para cima e para baixo. Depois ficou na ponta dos pés seis vezes. "Eu gostaria que houvesse algo que eu pudesse fazer para ajudar", disse Scobie.

"O senhor sabe ler em voz alta?", perguntou a sra. Bowles, levantando-se na ponta dos pés.

"Acho que posso. Sim."

"O senhor pode ler para o menino. Ele está entediado, e o tédio faz mal a ele."

"Onde posso encontrar um livro?"

"Há muitos na Missão. Várias prateleiras."

Qualquer coisa era melhor do que não fazer nada. Ele subiu até a Missão e encontrou, como dissera a sra. Bowles, muitos livros. Não estava muito habituado a livros, mas mesmo a seus olhos aqueles não pareciam constituir uma coleção adequada para ser lida para um menino doente. As lombadas, vitorianas tardias e manchadas de umidade, portavam títulos como *Vinte anos nas Missões, Perdido e reencontrado, O caminho estreito, A advertência do missionário*. Obviamente, em algum momento, tinha havido um pedido de livros para a biblioteca da Missão, e ali estavam os refugos de muitas estantes devotas inglesas. *Os poemas de John Oxenham, Pescadores de homens.* Ele tirou ao acaso um livro da estante e voltou à casa de repouso. A sra. Bowles estava em sua farmácia preparando medicamentos.

"Encontrou alguma coisa?"

"Sim."

"O senhor estará seguro com qualquer um desses livros", disse ela. "Eles são censurados pelo comitê antes de ser publicados. Às vezes as pessoas tentam mandar as coisas mais impróprias. Não estamos ensinando as crianças daqui a ler para que elas leiam... bem, romances."

"Não, imagino que não."

"Deixe-me ver o que o senhor escolheu." Ele olhou para o título pela primeira vez: *O bispo entre os bantos*.

"Deve ser interessante", disse a sra. Bowles. Ele assentiu com a cabeça, a dúvida estampada no rosto. "O senhor sabe onde encontrá-lo. Pode ler para ele por quinze minutos, não mais que isso."

A senhora idosa tinha sido transportada para o quarto dos fundos, onde a criança havia morrido, e o homem com nariz adunco fora transferido para o que a sra. Bowles agora chamava de ala de convalescença, para que o quarto do meio pudesse ser cedido ao menino e à sra. Rolt. A sra. Rolt estava deitada, de olhos fechados, virada para a parede. Aparentemente, tinham conseguido tirar o álbum de suas mãos, e ele estava em uma cadeira ao lado da cama. O menino observava Scobie com o brilho inteligente da febre no olhar.

"Meu nome é Scobie. Qual é o seu?"

"Fisher."

"A senhora Bowles me pediu que lesse para você", disse Scobie, nervoso.

"O que você é? Soldado?"

"Não, policial."

"É uma história de assassinato?"

"Não, acho que não é." Ele abriu o livro ao acaso e deu com uma fotografia de um bispo paramentado, sentado em uma cadeira dura na frente de uma igrejinha de telhado de zinco: estava cercado por bantos, que sorriam para a máquina fotográfica.

"Prefiro uma história policial. Você já esteve em um assassinato?"

"Não no que se possa chamar de assassinato de verdade, com pistas e caça ao assassino."

"Que tipo de assassinato, então?"

"Bem, às vezes as pessoas são esfaqueadas em uma briga." Ele falava em voz baixa para não incomodar a sra. Rolt. Ela agarrava o lençol com o punho fechado — um punho pouco maior que uma bola de tênis.

"Qual é o nome do livro que você trouxe? Talvez eu tenha lido. Eu li *A ilha do tesouro* no barco. Eu queria uma história de piratas. Como se chama esse livro?"

"*O bispo entre os bantos*", disse Scobie em tom duvidoso.

"O que quer dizer isso?"

Scobie respirou fundo. "Bem, sabe, Bispo é o nome do herói."

"Mas você disse *o* bispo."

"Sim, o nome dele era Osvaldo."

"É um nome piegas."

"Sim, mas ele é um herói piegas." De repente, evitando os olhos do menino, ele percebeu que a sra. Rolt não estava dormindo:

estava olhando para a parede, ouvindo. Ele continuou, animado: “Os verdadeiros heróis são os bantos”.

“O que são bantos?”

“Eram um bando de piratas muito ferozes que assombravam as Antilhas e pilhavam todos os navios naquela parte do Atlântico.”

“E Osvaldo Bispo os persegue?”

“Sim. E também é uma história de detetive, porque ele é agente secreto do governo britânico. Ele se veste como marinheiro comum e viaja em um navio mercante para ser capturado pelos bantos. Você deve saber que os piratas sempre dão aos marinheiros comuns a oportunidade de se juntar a eles. Se ele fosse um oficial, eles o teriam feito andar na prancha. Então ele descobre todas as senhas secretas e os esconderijos deles, e também os planos de ataque, para poder traí-los quando chegar a hora.”

“Ele parece ser um pouco asqueroso.”

“Sim, e ele se apaixona pela filha do capitão dos bantos, e é aí que ele fica piegas. Mas isso acontece quase no fim, e nós não vamos chegar até esse ponto. Há muitas lutas e assassinatos antes disso.”

“Parece bom. Vamos começar.”

“Bem, sabe, a sra. Bowles disse que eu só podia ficar um pouco hoje, então só lhe contei sobre o que é o livro, e nós podemos começar amanhã.”

“Pode ser que você não esteja aqui amanhã. Pode acontecer um assassinato ou alguma outra coisa.”

“Mas o livro vai estar aqui. Vou deixá-lo com a sra. Bowles. O livro é dela. Claro que ele pode parecer um pouco diferente quando *ela* o ler.”

“Só o começo”, pediu o menino.

“É, só o começo”, disse da outra cama uma voz baixa, tão baixa que ele teria achado que era uma ilusão, se não tivesse levantado o rosto e visto que ela o observava, os olhos grandes como os de uma criança no rosto faminto.

“Eu não sei ler muito bem”, disse Scobie.

“Vamos”, disse o menino, impaciente. “Qualquer pessoa sabe ler em voz alta.”

Os olhos de Scobie se fixaram no primeiro parágrafo de um capítulo, que dizia: *Nunca esquecerei meu primeiro vislumbre do continente onde eu iria trabalhar por trinta dos melhores anos de minha vida.* Ele falou, lentamente: “Desde o momento em que eles deixaram as Bermudas, a embarcação baixa e desprezível os seguira. O capitão estava evidentemente preocupado, pois o tempo todo observava com seu binóculo o estranho navio. Quando a noite caiu, ele ainda estava no rastro deles, e ao amanhecer foi a primeira coisa que viram. Pode ser, Osvaldo Bispo imaginou, que eu esteja prestes a encontrar o objeto da minha busca, o Barba Negra, o próprio líder dos bantos, ou seu sanguinário lugar-tenente...”. Ele virou uma página e ficou temporariamente desconcertado por um retrato do bispo vestido de branco, com um colarinho clerical e um chapéu indiano, ao lado de um aro de jogo de croquet, bloqueando uma bola que um banto acabara de jogar na direção dele.

“Continue”, disse o menino.

“... Batty Davis,* assim chamado por causa de seus ataques de fúria em que mandava toda a tripulação para a prancha? Era evidente que o capitão Buller temia o pior, pois ele mandara soltar todas as velas, e por um momento pareceu que ele conseguiria fugir. De repente, ouviu-se a explosão de um canhão, e uma bala passou por eles e caiu na água a vinte metros de distância. O capitão Buller levou o binóculo aos olhos e da ponte chamou Osvaldo Bispo. ‘Uma bandeira pirata, por Deus.’ Ele era o único da tripulação do navio que conhecia o segredo da estranha expedição de Osvaldo.”

* Batty: em inglês, louco, insano. (N. T.)

A sra. Bowles entrou apressada. "Pronto, isso já está muito bom. É o bastante por hoje. O que ele leu para você, Jimmy?"

"*O bispo entre os bantos.*"

"Espero que você tenha gostado."

"É ótimo."

"Você é um menino muito ajuizado", disse a sra. Bowles, com aprovação.

"Obrigada", disse uma voz da outra cama, e Scobie virou-se de novo com relutância para ver o rosto jovem e devastado. "Você vem ler de novo amanhã?"

"Não importune o major Scobie, Helen", repreendeu a sra. Bowles. "Ele tem de voltar para o porto. Sem ele, eles vão acabar se matando."

"O senhor é policial?"

"Sim."

"Conheci um policial uma vez, em nossa cidade...", e a voz se apagou no sono. Ele ficou um minuto olhando para o rosto dela. Como as cartas de uma vidente, ele mostrava inequivocamente o passado — uma viagem, uma perda, uma doença. Na próxima leitura talvez fosse possível ver o futuro. Ele pegou o álbum de selos e abriu na folha de rosto: estava escrito: "Helen, de seu amoroso pai, em seu décimo quarto aniversário". Depois o álbum se abriu no Paraguai, cheio de imagens decorativas de periquitos — o tipo de selo que uma criança coleciona. "Vamos ter de encontrar selos novos para ela", ele disse com tristeza.

5

Wilson estava esperando por ele na saída. "Estive procurando o senhor, major Scobie, desde o enterro", ele disse.

"Eu estava praticando uma boa ação", disse Scobie.

“Como vai a sra. Rolt?”

“Eles acham que ela vai melhorar, e o menino também.”

“Ah, sim, o menino.” Wilson chutou uma pedra solta na trilha e disse: “Quero um conselho seu, major Scobie. Estou um pouco preocupado”.

“Sim?”

“O senhor sabe que estive aqui verificando nosso depósito. Bem, descobri que nosso gerente andou comprando material militar. Há muita comida enlatada que não veio dos nossos exportadores.”

“A resposta é muito simples: demita-o.”

“É uma pena demitir o ladrãozinho se ele pode nos levar ao ladrão grande, mas é claro que esse é o seu trabalho. Por isso eu queria falar com o senhor.” Wilson fez uma pausa, e aquele extraordinário rubor revelador se espalhou por seu rosto. “Sabe, ele conseguiu as coisas com o homem de Yusef.”

“Isso eu poderia ter adivinhado.”

“Poderia?”

“Sim, mas veja, o homem de Yusef não é Yusef. É fácil para ele se desvencilhar do gerente de uma loja rural. Na verdade, pelo que sabemos, Yusef talvez seja inocente. É improvável, mas não impossível. Você mesmo é prova disso. Afinal, acabou de descobrir o que seu gerente andava fazendo.”

“Se houvesse provas inequívocas”, disse Wilson, “a polícia abriria um processo?”

Scobie parou. “Do que você está falando?”

Wilson corou e resmungou. Então, com um veneno que tomou Scobie completamente de surpresa, ele disse: “Há boatos de que Yusef está sendo protegido”.

“Você está aqui há tempo suficiente para saber quanto valem os boatos.”

“Estão correndo por toda a cidade.”

“Espalhados por Tallit… ou pelo próprio Yusef.”

"Não me entenda mal", disse Wilson. "O senhor sempre foi muito gentil comigo, e a senhora Scobie também. Achei que o senhor deveria saber o que estão dizendo."

"Estou aqui há quinze anos, Wilson."

"Ah, eu sei, isso é impertinente", disse Wilson, "mas as pessoas estão preocupadas com o caso do papagaio de Tallit. Dizem que armaram uma armadilha para ele porque Yusef quer que ele saia da cidade."

"Sim, eu ouvi isso."

"Dizem que o senhor e Yusef costumam se visitar. É mentira, claro, mas..."

"É a completa verdade. Também visito o inspetor sanitário, mas isso não me impediria de processá-lo..." Ele parou abruptamente. "Não tenho nenhuma intenção de me defender para você, Wilson."

"Só achei que o senhor deveria saber", repetiu Wilson.

"Você é muito jovem para o seu trabalho, Wilson."

"Meu trabalho?"

"Seja ele qual for."

Pela segunda vez Wilson o tomou de surpresa, explodindo com uma voz estridente: "O senhor é insuportável. É honesto demais para viver". Seu rosto estava em fogo, até seus joelhos pareciam corar de raiva, vergonha, autodepreciação.

"Você devia usar um chapéu, Wilson", foi o único comentário de Scobie.

Eles ficaram parados olhando um para o outro na trilha pedregosa entre o bangalô do comissário distrital e a casa de repouso; a luz banhava uniformemente os campos de arroz abaixo deles, e Scobie estava consciente de quanto sua silhueta e a de Wilson se destacavam aos olhos de qualquer observador. "O senhor despachou Louise", disse Wilson, "porque estava com medo de mim."

Scobie riu suavemente. "É o sol, Wilson, só o sol. Amanhã de manhã não vamos nem nos lembrar disso."

"Ela não suportava sua estúpida, ignorante... o senhor não sabe o que uma mulher como Louise pensa."

"Acho que não sei mesmo. Ninguém quer que os outros saibam, Wilson."

"Eu a beijei naquela noite..."

"É o esporte colonial, Wilson." Ele não tinha a intenção de enfurecer o jovem: estava apenas ansioso por deixar a situação passar com leveza, para que na manhã seguinte eles pudessem se tratar com naturalidade. Era só um pouco de sol, disse consigo; vira aquilo acontecer vezes sem conta durante quinze anos.

"Ela é boa demais para o senhor", disse Wilson.

"Para nós dois."

"Como o senhor conseguiu o dinheiro para despachá-la? É isso que eu gostaria de saber. O senhor não ganha tudo isso. Eu sei. Está publicado na Lista do Departamento Colonial." Se o jovem tivesse sido menos absurdo, Scobie poderia ter se zangado e eles poderiam ter terminado como amigos. Era sua serenidade que atiçava as chamas. Scobie disse então: "Vamos falar sobre isso amanhã. Ficamos todos chateados com a morte daquela criança. Venha até o bangalô tomar uma bebida". Então tentou passar por Wilson, mas este lhe barrou o caminho: um Wilson com o rosto afogueado e com lágrimas nos olhos. Era como se ele tivesse ido tão longe que percebera que a única coisa a ser feita era ir mais longe ainda — não havia volta pelo caminho que tinha tomado. "Não pense que não estou de olho no senhor", disse Wilson.

O absurdo da frase pegou Scobie desprevenido.

"Olhe bem por onde anda", disse Wilson, "e a sra. Rolt..."

"O que a sra. Rolt tem a ver com isso?"

"Não pense que não sei por que o senhor ficou aqui, rondou o hospital... Enquanto estávamos todos no enterro, o senhor escapuliu para cá..."

"Você é realmente louco, Wilson", disse Scobie.

De repente Wilson sentou-se, como se tivesse sido empurrado por uma grande mão invisível. Apoiou a cabeça nas mãos e chorou.

"É o sol", disse Scobie. "Só o sol. Vá se deitar", e, tirando o chapéu, colocou-o na cabeça de Wilson. Por entre os dedos, Wilson olhou com ódio para ele — o homem que vira suas lágrimas.

CAPÍTULO 2

I

As SIRENES ANUNCIAVAM UM BLECAUTE TOTAL, lamentando através da chuva que caía ininterruptamente; os criados entraram correndo na cozinha e trancaram a porta, como se para se proteger de algum demônio da floresta. Sem descanso, os três mil e seiscentos milímetros de água continuavam sua queda constante e pesada sobre os telhados do porto. Era inacreditável imaginar que quaisquer seres humanos, muito menos os desanimados e febris derrotados do território de Vichy, iniciassem um ataque naquela época do ano, e contudo, é claro, era possível lembrar-se das Planícies de Abraão... Um único ato de coragem pode alterar toda a noção da medida do possível.

Scobie saiu para a escuridão gotejante segurando seu grande guarda-chuva listrado: estava muito quente para usar uma capa. Percorreu toda a área em volta de sua casa: não havia uma só luz, os postigos da cozinha estavam fechados, as casas crioulas invisíveis além da chuva. Uma lanterna brilhou momentaneamente no pátio de transporte do outro lado da estrada, mas, quando ele gritou, ela se apagou: uma coincidência: ninguém ali poderia ter ouvido sua voz acima do martelar da água no telhado. Em Cape Station o refeitório dos oficiais emitia um brilho úmido na direção do mar, mas isso não era responsabilidade dele. Os faróis dos caminhões militares corriam como um fio de contas pela borda dos morros, mas isso também era responsabilidade de outra pessoa.

Na estrada, atrás do pátio de transporte, uma luz se acendeu de repente em um dos abrigos militares semicilíndricos com teto de aço ondulado, onde moravam os oficiais subalternos; era um abrigo que tinha sido desocupado no dia anterior, e presumivelmente algum visitante acabara de se mudar para lá. Scobie pensou em pegar o carro na garagem, mas o abrigo ficava a apenas uns duzentos metros, e ele decidiu caminhar até lá. Exceto pelo barulho da chuva, na estrada, nos telhados, no guarda-chuva, o silêncio era absoluto: só o gemido moribundo das sirenes continuou por alguns momentos a vibrar em seu ouvido. Mais tarde, pareceria a ele que essa tinha sido a última fronteira de felicidade que ele alcançara: estar no escuro, sozinho, com a chuva caindo, sem amor ou pena.

Ele bateu na porta do abrigo com força, por causa dos golpes da chuva no telhado preto, que parecia um túnel. Teve de bater duas vezes antes que a porta se abrisse. A luz o cegou por um momento. "Lamento incomodá-la", ele disse. "Uma de suas luzes está aparecendo."

"Ah, sinto muito, eu fui descuidada...", disse uma voz de mulher.

Os olhos dele se desanuviaram, mas por um instante ele não conseguiu atribuir um nome aos traços que lhe vieram com intensidade à lembrança. Conhecia todos na colônia. Aquilo era algo que viera de fora... um rio... de manhã bem cedo... uma criança morrendo. "Ora", ele disse, "é a sra. Rolt, não é? Achei que a senhora estava no hospital."

"Sim. Quem é o senhor? Eu o conheço?"

"Sou o major Scobie, da polícia. Eu a vi em Pende."

"Desculpe", ela disse, "não me lembro de nada que aconteceu lá."

"Posso arrumar a sua luz?"

"É claro. Por favor." Ele entrou, fechou bem as cortinas e trocou de lugar um lampião de mesa. O abrigo estava dividido em dois por uma cortina: em um lado, uma cama, uma penteadeira improvisada: no outro, uma mesa, duas cadeiras — as poucas peças de mobília do padrão permitido pelo salário dos oficiais subalternos, menos de quinhentas libras por ano. "Eles não lhe deram grande coisa, não foi? Eu gostaria de ter sido informado. Poderia ter ajudado." Ele a observava mais detidamente agora: o rosto jovem e exausto, os cabelos sem brilho... O pijama que ela usava era grande demais: caía em pregas desajeitadas, e dentro dele o corpo ficava perdido. Ele olhou para ver se a aliança frouxa ainda estava no dedo, mas não viu sinal dela.

"Todos foram muito amáveis", ela disse. "A sra. Carter me deu um pufe lindo."

O olhar dele vagou pelo ambiente: não havia ali nada de pessoal: nenhuma fotografia, nenhum livro, nenhuma espécie de enfeite, mas então ele se lembrou de que ela não trouxera nada do mar, a não ser ela mesma e um álbum de selos.

"Há algum perigo?", ela perguntou ansiosa.

"Perigo?"

"As sirenes."

"Não, perigo nenhum. São só alarmes. Temos pelo menos um por mês. Nunca acontece nada." De novo, ele a observou longamente. "Eles não deviam tê-la deixado sair do hospital tão cedo. Não faz nem seis semanas..."

"Eu queria sair. Queria ficar sozinha. O tempo todo havia pessoas indo me ver."

"Bem, já vou indo. Lembre-se, se quiser alguma coisa, estou logo ali no fim da estrada. A casa branca de dois andares, depois do pátio de transportes que fica em cima do pântano."

“O senhor não quer ficar até a chuva parar?”

“Não sei se devo”, ele disse. “A chuva só para em setembro”, e ganhou dela um sorriso tenso e insólito.

“O barulho é horrível.”

“Você vai se acostumar em poucas semanas. É como morar ao lado de uma ferrovia. Mas você nem vai precisar fazer isso. Logo vão mandá-la para casa. Haverá um barco daqui a quinze dias.”

“O senhor quer uma bebida? Além do pufe, a sra. Carter me deu uma garrafa de gim.”

“Então é melhor eu ajudá-la a beber.” Quando ela trouxe a garrafa, ele notou que estava quase pela metade. “Você tem algum limão?”

“Não.”

“Suponho que eles lhe ofereceram um criado.”

“Sim, mas eu não sei o que pedir a ele. E parece que ele nunca está por aqui.”

“Você bebeu isso puro?”

“Não, nem toquei nele. O criado derrubou a garrafa… foi o que ele disse.”

“Vou falar com ele de manhã”, disse Scobie. “Você tem caixa de gelo?”

“Sim, mas o criado não consegue gelo para mim.” Com esforço, ela sentou em uma cadeira. “Não pense que eu sou tola. Só não sei onde estou. Nunca estive em um lugar assim.”

“De onde você é?”

“Bury St. Edmunds. Em Suffolk. Eu estava lá havia oito semanas.”

“Ah, não, não estava. Estava naquele barco.”

“Sim. Eu me esqueci do barco.”

“Não deviam tê-la tirado do hospital assim, sozinha.”

“Eu estou bem. Eles precisaram da minha cama. A sra. Carter disse que encontraria um quarto para mim, mas eu queria ficar sozinha. O médico disse a eles que seguissem minha vontade.”

"Entendo que você não quisesse ficar com a sra. Carter, e é só falar que também irei embora", disse Scobie.

"Prefiro que o senhor fique até terminar o blecaute. Estou um pouco assustada, sabe." Scobie sempre ficara admirado com a resistência das mulheres. Esta tinha sobrevivido a quarenta dias em um barco aberto e dizia que estava assustada. Ele se lembrou das baixas do relatório que o maquinista-chefe fizera: o terceiro oficial e dois marinheiros que tinham morrido, o foguista que enlouquecera por ter bebido água do mar e se afogara. Em momentos de grande tensão, era sempre um homem que se abatia. Agora, ela voltava a descansar sobre sua fraqueza, como se sobre um travesseiro.

"Você pensou bem sobre o que vai fazer? Vai voltar para Bury?", ele perguntou.

"Não sei. Talvez eu arranje um emprego."

"Você tem experiência?"

"Não", ela confessou, desviando olhar. "Faz só um ano que eu saí da escola."

"Eles lhe ensinaram alguma coisa?" Parecia-lhe que o que ela precisava mais que qualquer outra coisa era apenas conversar, uma conversa tola, à toa. Ela pensava que queria ficar sozinha, mas o que temia era a terrível responsabilidade de ser alvo de compaixão. Como uma criança como aquela poderia desempenhar o papel de uma mulher cujo marido se afogara praticamente diante de seus olhos? Seria o mesmo que esperar que ela representasse Lady Macbeth. A sra. Carter não teria nenhuma compaixão por sua inadequação. E como já enterrara o marido e três filhos, é claro que teria sabido como se comportar.

"Eu era a melhor em bola ao cesto", ela disse, interrompendo os pensamentos dele.

"Bem", ele disse, "você não tem exatamente a aparência de uma professora de ginástica. Ou tem, quando está bem?"

De repente, e sem aviso, ela começou a falar. Foi como se, pelo uso inadvertido de uma senha, ele tivesse induzido uma porta a se abrir: ele não saberia dizer agora que expressão usara. Talvez tivesse sido "professora de ginástica", pois ela começou a falar rapidamente sobre bola ao cesto. (A sra. Carter, ele pensou, provavelmente falara sobre quarenta dias em um barco aberto e um marido de três semanas.) Ela disse: "Fiz parte do time da escola por dois anos", inclinando-se para a frente, animada, o queixo apoiado em uma das mãos e um cotovelo ossudo sobre um joelho anguloso. Sua pele branca — ainda não amarelada pela atebrina ou pela luz do sol — o fez pensar em um osso banhado e moldado pelo mar. "Um ano antes disso, eu era do segundo time. Se tivesse ficado mais um ano, seria capitã. Em 1940 vencemos Roedean e empatamos com Cheltenham."

Ele ouvia com o intenso interesse que temos pela vida de estranhos, o interesse que os jovens confundem com amor. Sentia a segurança de sua idade, sentado ali, ouvindo, com um copo de gim na mão e a chuva caindo. Ela lhe contou que sua escola ficava na planície logo atrás de Seaport: elas tinham uma professora francesa chamada mademoiselle Dupont, cujo temperamento era perverso. A diretora lia grego tão bem quanto inglês — Virgílio...

"Eu sempre achei que Virgílio era latino."

"Ah, sim. Eu quis dizer Homero. Eu não era boa nos clássicos."

"Você era boa em alguma coisa além de bola ao cesto?"

"Acho que também era boa em matemática, mas nunca fui bem em trigonometria." No verão elas iam para Seaport e tomavam banho de mar e todo sábado faziam um piquenique na planície — às vezes brincavam de seguir pistas, montadas em pôneis, e uma vez houvera uma desastrosa aventura em bicicletas que acabaram espalhadas por toda a região, e duas meninas só voltaram à uma da manhã. Ele ouvia fascinado, mexendo o gim indigesto no copo, sem beber. Para além da chuva, as sirenes anunciaram o fim do blecaute, mas nenhum deles deu atenção. "E então, nas férias, você voltava para Bury?", ele perguntou.

Ao que parecia, a mãe dela havia morrido dez anos antes e o pai era um clérigo ligado de alguma forma à catedral. Eles tinham uma casinha em Angel Hill. Talvez ela não tivesse sido tão feliz em Bury como fora na escola, porque agarrou a primeira oportunidade de conversar sobre a professora de esportes, que tinha o mesmo nome que ela — Helen — e por quem toda a sua classe tinha um enorme *schwarmerei*. Agora ela ria dessa paixão com um ar de superioridade: foi a única indicação que deu a ele de que tinha amadurecido, de que era — ou, melhor, tinha sido — uma mulher casada.

De repente ela se interrompeu e disse: "Que bobagem, contar tudo isso ao senhor".

"Eu gostei."

"O senhor não me perguntou nem uma vez sobre... o senhor sabe..."

Ele sabia, tinha lido o relatório. Sabia exatamente qual a ração de água por pessoa no barco — uma xícara duas vezes ao dia, que depois de vinte e um dias fora reduzida a meia xícara. Essa quantidade fora mantida até menos de vinte e quatro horas antes do resgate, principalmente porque as mortes haviam deixado um pequeno excedente. Por trás do prédio da escola de Seaport, do poste do jogo de bola ao cesto, ele tinha consciência da vaga insuportável, levantando o barco e derrubando-o novamente. "Eu estava infeliz quando parti... foi no fim de julho. Chorei no táxi durante todo o trajeto até a estação." Scobie contou os meses — de julho a abril: nove meses: o período de gestação, e o que nascera fora a morte do marido, e o Atlântico empurrando-os como destroços em direção à longa e plana praia africana, e o marinheiro que se jogara ao mar. "Isso é mais interessante", ele disse. "A outra parte eu posso adivinhar."

"Nossa, como eu falei. Sabe, acho que vou conseguir dormir esta noite."

"Você não tem dormido?"

"Era o som da respiração à minha volta no hospital. Pessoas se virando e respirando e murmurando. Quando apagavam a luz, parecia... o senhor sabe."

"Você vai dormir tranquila aqui. Não precisa ter medo de nada. Há um vigia o tempo todo. Vou falar com ele."

"O senhor foi muito gentil", ela disse. "A sra. Carter e os outros... todos foram gentis." Ergueu seu rosto infantil, cansado, franco e disse: "Eu gosto muito do senhor".

"Eu também gosto de você", ele disse, sério. Ambos tinham uma imensa sensação de segurança: eram amigos que nunca poderiam ser nada além de amigos — estavam muito bem protegidos, separados por um marido morto, uma esposa viva, um pai que era clérigo, uma professora de esportes chamada Helen e anos e anos de experiência. Não tinham de se preocupar com o que diriam um ao outro.

"Boa noite", ele disse. "Amanhã vou lhe trazer alguns selos para o seu álbum."

"Como o senhor soube do meu álbum?"

"É o meu trabalho. Sou policial."

"Boa noite."

Ele foi embora, sentindo uma felicidade extraordinária, mas não se lembraria disso como felicidade, como se lembraria de sair no escuro, na chuva, sozinho.

2

Das oito e meia às onze da manhã ele tratou do caso de um pequeno furto: havia seis testemunhas a interrogar, e ele não acreditou em uma palavra do que nenhuma delas disse. Em casos europeus, há palavras em que se acredita e palavras de que se desconfia: é possível traçar uma linha especulativa entre a verdade e as mentiras; pelo menos o princípio do *cui bono* funciona em certa medida, e normalmente não é arriscado supor, se a acusação é de furto e se não há nenhuma questão de seguro envolvida, que alguma coisa ao menos foi roubada. Mas naquele caso não se podia fazer tal suposição: não era possível traçar nenhuma linha. Ele conhecera policiais que se descontrolaram no esforço de distinguir um único grão de verdade incontestável; alguns deles acabaram batendo em uma testemunha, sendo motivo de pilhéria nos jornais crioulos locais e aposentados por invalidez ou transferidos. Isso despertava em alguns homens um ódio virulento pela pele negra, mas fazia muito tempo, ao longo de seus quinze anos, que Scobie tinha passado pelos estágios perigosos; agora, perdido na teia de mentiras, ele sentia uma afeição extraordinária por aquelas pessoas que paralisavam uma forma de justiça estrangeira usando um método tão simples.

Finalmente a sala ficou vazia de novo. Não havia mais nada na folha de ocorrências, e ele, pegando um bloco e pondo algumas folhas de mata-borrão sob o punho para absorver o suor, preparou-se para escrever a Louise. Escrever cartas nunca era fácil para ele. Talvez em razão da formação de policial, ele nunca conseguia pôr sequer uma mentira confortadora em um papel que assinasse. Tinha de ser preciso: só podia confortar por omissão. Portanto, agora, ao colocar as duas palavras *Minha querida* no papel, ele se preparava para omitir. Não escreveria que sentia falta dela, mas deixaria de escrever qualquer frase que dissesse de forma inequívoca que estava contente. *Minha querida, mais uma vez você deve me perdoar por uma carta rápida. Você sabe que não sou muito bom para escrever cartas. Recebi ontem sua terceira carta, a que dizia que você passaria uma semana com uma amiga da sra. Halifax fora de Durban. Aqui está tudo calmo. Tivemos um blecaute ontem à noite, mas no fim se descobriu que um piloto americano tinha confundido um cardume de golfinhos com submarinos. As chuvas começaram, é claro. A sra. Rolt, de quem lhe falei na minha última carta, saiu do hospital e a puseram em um dos abrigos atrás do pátio de transporte, à espera de um barco. Farei o que puder para que ela fique bem acomodada. O menino ainda está no hospital, mas passa bem. Acho que essas são realmente as únicas novidades. O caso Tallit continua — acho que no fim não vai dar em nada. Outro dia, Ali teve de arrancar dois dentes. Que confusão ele fez! Precisei levá-lo ao hospital, senão ele não iria nunca.* Ele parou, odiava a ideia de os censores — que eram a sra. Carter e Calloway — lerem estes últimos parágrafos de afeto. *Cuide-se, querida, e não se preocupe comigo. Fico feliz se você estiver. Daqui a nove meses posso tirar minha licença e estaremos juntos.* Ele ia escrever "Penso sempre em você", mas essa não era uma declaração que ele poderia assinar. Em vez disso, escreveu *Penso em você muitas vezes durante o dia* e então ponderou sobre a assinatura. Com relutância, porque acreditava que ia agradar a ela, escreveu *Do seu Ticki.* Por um momento, lembrou-se daquela outra carta, assinada "Dicky", que lhe voltara duas ou três vezes em sonhos.

O sargento entrou, marchou até o meio da sala, virou-se com elegância de frente para ele, bateu continência. Enquanto tudo isso acontecia, ele teve tempo de endereçar o envelope. "Sim, sargento?"

"O comissário, senhor, pede para vê-lo."

"Certo."

O comissário não estava sozinho. O rosto suado do secretário colonial brilhou suavemente na sala sombria, e ao lado dele estava um homem alto e anguloso que Scobie nunca vira — devia ter chegado por ar, porque nenhum navio aportara nos últimos dez dias. Usava insígnias de coronel, como se não lhe pertencessem, sobre o uniforme largo e amarrotado.

"Este é o major Scobie, coronel Wright." Ele percebeu que o comissário estava preocupado e irritado. "Sente-se, Scobie", disse. "É sobre essa história do Tallit." A chuva escureceu a sala e abafou o ar. "O coronel Wright veio da Cidade do Cabo para se informar sobre o caso."

"Da Cidade do Cabo, senhor?"

O comissário mexeu as pernas, enquanto brincava com um canivete. E disse: "O coronel Wright é o representante do M.I.5".

O secretário colonial disse baixinho, de modo que todos foram obrigados a curvar a cabeça para ouvi-lo: "O caso todo foi desastroso". O comissário começou a tirar lascas do canto de sua mesa, ostensivamente não escutando. "Acho que a polícia não deveria ter agido... do modo como agiu... não sem consultar alguém."

"Eu sempre pensei que fosse nosso dever impedir o contrabando de diamantes", disse Scobie.

Com sua voz baixa e obscura, o secretário colonial disse: "Não encontraram nem cem libras em diamantes".

"Até hoje, foram os únicos diamantes que encontramos."

"As provas contra Tallit, Scobie, eram muito fracas para uma prisão."

"Ele não foi preso. Foi interrogado."

"Os advogados dele dizem que ele foi trazido à força para a delegacia."

"Os advogados dele estão mentindo. Com certeza o senhor percebe isso."

O secretário colonial disse ao coronel Wright: "Veja o tipo de dificuldade que enfrentamos. Os sírios católicos alegam que são uma minoria perseguida e que a polícia recebe dinheiro dos sírios muçulmanos".

"A mesma coisa teria acontecido se fosse o contrário", disse Scobie, "só que teria sido pior. O Parlamento tem mais apreço pelos muçulmanos do que pelos católicos." Ele tinha a sensação de que ninguém mencionara o verdadeiro propósito da reunião. O comissário arrancava lascas de sua mesa, renegando tudo, e o coronel Wright, sentado com os ombros eretos, não dizia absolutamente nada.

"Eu, pessoalmente", disse o secretário colonial, "sempre...", e a voz baixa tornou-se um murmúrio inescrutável que Wright, com a mão em concha, inclinando a cabeça para o lado como se tentasse ouvir alguma coisa em um telefone com defeito, talvez tivesse escutado.

"Não consegui ouvir o que o senhor falou", disse Scobie.

"Falei que pessoalmente sempre acredito na palavra de Tallit contra a de Yusef."

"Isso", disse Scobie, "é porque o senhor está nesta colônia apenas há cinco anos."

O coronel Wright interpôs, de repente: "Há quantos anos o senhor está aqui, major Scobie?".

"Quinze."

O coronel Wright grunhiu sua isenção.

O comissário parou de tirar lascas do canto da mesa e apontou o canivete de forma ameaçadora para o tampo. "O coronel Wright quer saber a fonte de sua informação, Scobie", ele disse.

"O senhor sabe, é Yusef." Wright e o secretário colonial estavam sentados lado a lado olhando para ele. Ele ficou parado, de cabeça baixa, esperando o próximo movimento, mas ele não veio. Sabia que eles estavam esperando que ele detalhasse sua resposta direta, e sabia também que se o fizesse eles tomariam isso como uma confissão de fraqueza. O silêncio ficava cada vez mais intolerável: era como uma acusação. Semanas antes, ele dissera a Yusef que pretendia informar ao comissário os detalhes do empréstimo; talvez realmente tivesse essa intenção, talvez tivesse blefado; não conseguia se lembrar. Só sabia que agora era tarde demais. Essa informação deveria ter sido dada antes de ele agir contra Tallit: não poderia ser dada com atraso. No corredor atrás da sala Fraser passou assobiando sua melodia favorita; abriu a porta da sala e disse: "Desculpe, senhor", e se retirou, deixando atrás de si um bafejo morno do cheiro de zoológico. O murmúrio da chuva continuava. O comissário pegou o canivete da mesa e começou a tirar lascas de novo; era como se, pela segunda vez, estivesse deliberadamente se desligando de toda a história. O secretário colonial limpou a garganta. "Yusef", ele repetiu.

Scobie confirmou com a cabeça.

"O senhor considera Yusef confiável?", perguntou o coronel Wright.

"Claro que não, senhor, mas temos de agir com base nas informações disponíveis... e essa informação se mostrou até certo ponto correta."

"Até que ponto?"

"Os diamantes estavam lá."

"O senhor recebe muitas informações de Yusef?", perguntou o secretário colonial.

"Essa foi a primeira vez que recebi uma informação dele."

Ele não conseguiu ouvir o que o secretário colonial disse depois da palavra "Yusef".

"Não consigo ouvir o que está dizendo, senhor."

"Perguntei se o senhor tem contato com Yusef."

"Não entendo o que o senhor quer dizer com isso."

"O senhor o vê com frequência?"

"Acho que nos últimos três meses eu o vi três... não, quatro vezes."

"A negócios?"

"Não necessariamente. Uma vez lhe dei carona quando o carro dele quebrou. Uma vez ele foi me ver quando tive febre em Bamba. Uma vez..."

"Não o estamos interrogando, Scobie", disse o comissário.

"Tive a impressão, senhor, de que estes cavalheiros estavam."

O coronel Wright descruzou as longas pernas e disse: "Vamos reduzir tudo a uma pergunta. Tallit, major Scobie, fez uma acusação... contra a polícia, contra o senhor. Na verdade, ele diz que Yusef lhe deu dinheiro. Ele deu?".

"Não, senhor, Yusef não me deu nada." Ele sentiu um alívio estranho por não ter sido, ainda, forçado a mentir.

"Naturalmente, mandar sua esposa para a África do Sul estava dentro de suas possibilidades", disse o secretário colonial. Scobie recostou-se, sem dizer nada. De novo ele sentia o silêncio sedento, à espera de suas palavras.

"O senhor não responde?", disse o secretário colonial, impaciente.

"Eu não sabia que o senhor tinha feito uma pergunta. Eu repito: Yusef não me deu nada."

"Ele é um homem com quem se deve tomar cuidado, Scobie."

"Talvez, quando estiver aqui há tanto tempo quanto eu, o senhor perceba que a polícia deve lidar com pessoas que não são recebidas no Secretariado."

"Não há necessidade de nos exaltarmos, não é?"

Scobie se levantou. "Posso ir, senhor? Se estes cavalheiros concluíram o que queriam comigo... Tenho um compromisso." O suor brotava em sua testa; seu coração pulava de fúria. Aquele devia ser o momento da cautela, quando o sangue escorre pelos flancos e a bandeira vermelha se agita.

"Muito bem, Scobie", disse o comissário.

"O senhor deve me perdoar por incomodá-lo. Recebi um relatório. Tinha de tratar do assunto oficialmente. Estou bastante satisfeito", disse o coronel Wright.

"Obrigado, senhor." Mas as palavras tranquilizadoras chegaram tarde demais: o rosto úmido do secretário colonial encheu seu campo de visão. "É só uma questão de prudência, só isso", disse baixinho o secretário colonial.

"Se precisar de mim na próxima meia hora, senhor", disse Scobie ao comissário, "estarei na casa de Yusef."

3

Afinal, eles o haviam forçado a contar uma espécie de mentira: ele não tinha nenhum encontro com ele. Ainda assim, queria trocar umas palavras com ele; era igualmente possível que ele pudesse esclarecer, apenas para se satisfazer, mesmo que não legalmente, o caso de Tallit. Dirigindo devagar na chuva — fazia muito tempo que o limpador do para-brisa deixara de funcionar —, ele avistou Harris atrapalhado com o guarda-chuva do lado de fora do hotel Bedford.

"Posso lhe dar uma carona? Estou indo na mesma direção que você."

"Têm acontecido coisas animadoras", disse Harris. Seu rosto encovado brilhava de chuva e de entusiasmo. "Finalmente arranjei uma casa."

"Parabéns."

"Na verdade, não é bem uma casa. É um dos abrigos perto de onde você mora. Mas é um lar. Vou ter de dividi-lo com alguém, mas é um lar."

"Quem vai dividi-lo com você?"

"Vou convidar Wilson, mas ele viajou... para Lagos, vai ficar uma ou duas semanas lá. O sujeito é evasivo como o Pimpinela Escarlate. Justamente quando eu precisava dele. E isso me leva à segunda coisa animadora. Sabe que eu descobri que nós dois estudamos em Downham?"

"Downham?"

"No colégio, é claro. Entrei no quarto dele para pegar emprestado um pouco de tinta quando ele tinha saído e em cima da mesa dele vi um exemplar da velha *Downhamian*."

"Que coincidência", disse Scobie.

"E tem mais uma coisa... hoje foi mesmo um dia de acontecimentos extraordinários... Eu estava dando uma olhada na revista, e, bem no fim, havia uma página que dizia: 'O secretário da Associação de Ex-Downhamianos gostaria de ter notícias dos seguintes ex-alunos, com os quais perdemos contato', e mais ou menos no meio da página, para minha surpresa, estava impresso o meu nome. O que você acha disso?"

"O que você fez?"

"Fui imediatamente para o escritório, sentei e escrevi, antes de tocar em qualquer telegrama, a não ser, é claro, os 'mais urgentes', mas então descobri que tinha esquecido de anotar o endereço do secretário, de modo que tive de voltar para pegar a revista. Você se incomodaria de entrar para ver o que escrevi?"

"Não posso me demorar." Tinham dado a Harris um escritório em uma salinha que provavelmente ninguém mais quisera no prédio da Elder Dempster Company. Era do tamanho de um quarto de criado antiquado, e essa aparência era reforçada por um lavatório primitivo, com uma torneira de água fria e um bico de gás. Uma mesa lotada de formulários de telegramas estava espremida entre o lavatório e uma janela do tamanho de uma vigia de navio, que dava para a zona do porto e a baía cinzenta e encrespada. Em uma bandeja de saída de material havia uma versão resumida de *Ivanhoé*, para uso escolar, e metade de um pão. "Desculpe a bagunça", disse Harris. "Pegue uma cadeira", mas não havia cadeira livre.

"Onde foi que eu pus?", pensava Harris em voz alta, virando os telegramas que estavam em cima da mesa. "Ah, lembrei!" Ele abriu o *Ivanhoé* e pegou uma folha dobrada. "É só um rascunho", ele disse com ansiedade. "É claro que ainda preciso arrumar. Acho que seria melhor não enviá-la até Wilson voltar. Você verá que eu mencionei o nome dele."

Scobie leu: *Caro secretário, Foi por puro acaso que deparei com um exemplar da velha* Downhamian *que outro ex-downhamiano, E. Wilson (1923-1928), tinha em seu quarto. Acho que me afastei do velho lar por tempo demais, e fiquei contente e um pouco culpado de ver que o senhor tem tentado entrar em contato comigo.*

Talvez o senhor gostasse de saber um pouco do que estou fazendo no "túmulo do homem branco", mas como sou censor de telegramas o senhor deve entender que não posso lhe contar muito a respeito de meu trabalho. Isso vai ter de esperar até que tenhamos ganhado a guerra. Agora estamos no meio da estação das chuvas — e como chove. Há muita febre por aqui, mas só peguei uma vez e E. Wilson, até agora, conseguiu escapar dela. Nós dois estamos dividindo uma casinha, de modo que o senhor pode perceber que mesmo neste lugar selvagem e distante os ex-downhamianos continuam juntos. Temos um time de dois ex-downhamianos e caçamos juntos, mas só baratas (Ha! Ha!). Bem, preciso parar agora e continuar a ganhar a guerra. Saudações a todos os ex-downhamianos de um velho habitante da Costa Ocidental.

Scobie ergueu a vista e deu com o olhar ansioso e constrangido de Harris. "Você acha que está escrito do jeito certo?", ele perguntou. "Fiquei um pouco em dúvida sobre 'Caro secretário'."

"Acho que você acertou o tom de uma forma admirável."

"É claro que você sabe que não era uma escola muito boa e eu não era muito feliz por lá. Na verdade, fugi uma vez."

"E agora te pegaram de novo."

"Isso faz a gente pensar, não faz?", disse Harris. Ele encarou a água cinzenta com lágrimas em seus olhos avermelhados. "Sempre invejei as pessoas que eram felizes lá", ele disse.

"Eu não ligava muito para a escola", Scobie disse, consolando-o.

"Começar a vida feliz", disse Harris. "Deve fazer uma diferença enorme no fim das contas. Pode acabar virando um hábito, não é?" Ele pegou o pedaço de pão da bandeja e jogou na cesta de lixo. "Eu sempre digo que vou arrumar este lugar", ele disse.

"Bem, preciso ir, Harris. Estou feliz pela casa e pela velha *Downhamian*."

"Me pergunto se Wilson era feliz lá", Harris comentou. Ele pegou o *Ivanhoé* da bandeja e procurou algum lugar para colocá-lo, mas não havia lugar nenhum. Ele devolveu. "Mas não acho que ele fosse", disse, "senão, por que teria vindo parar aqui?"

4

Scobie parou o carro bem na frente da porta de Yusef: era como um gesto de desprezo jogado na cara do secretário colonial. "Quero falar com seu patrão. Conheço o caminho", disse ele ao copeiro.

"O patrão saiu."

"Então vou esperar por ele." Ele empurrou o copeiro para o lado e entrou. O bangalô era dividido em uma sucessão de cômodos mobiliados de forma idêntica, com sofás, almofadas e mesas baixas para bebidas, como os quartos de um bordel. Ele passou de um a outro, abrindo as cortinas, até chegar ao pequeno aposento onde, havia quase dois meses, perdera sua integridade. Yusef dormia no sofá.

Usando sua calça de lona branca, ele estava deitado de costas, com a boca aberta, respirando profundamente. Na mesa a seu lado havia um copo, e Scobie notou no fundo os grãozinhos brancos. Yusef havia tomado brometo. Scobie sentou-se ao lado dele e esperou. A janela estava aberta, mas a chuva, como uma cortina, barrava a entrada do ar. Talvez fosse simplesmente a falta de ar a causa da depressão que agora se abatia sobre ele, talvez fosse o fato de ele voltar à cena de um crime. Era inútil ele se dizer que não cometera nenhum delito. Como uma mulher que fez um casamento sem amor, ele reconhecia no quarto, anônimo como um quarto de hotel, a lembrança de um adultério.

Logo acima da janela havia uma calha defeituosa que vazava como uma torneira, de modo que o tempo todo ouviam-se os dois sons da chuva: o murmúrio e a goteira. Scobie acendeu um cigarro, observando Yusef. Não conseguia sentir ódio por aquele homem. Havia apanhado Yusef de forma tão consciente e eficaz quanto Yusef fizera com ele. O casamento fora obra dos dois. Talvez a intensidade de seu olhar tivesse rompido a névoa do brometo: as coxas gordas se mexeram no sofá. Yusef resmungou, em seu sono profundo murmurou "meu velho", depois se deitou de lado, encarando Scobie. Scobie correu de novo a vista pelo quarto, mas já o havia examinado com bastante cuidado quando estivera ali para conseguir o empréstimo: não havia nenhuma mudança: as mesmas horríveis almofadas de seda malva, os fios aparecendo onde a umidade apodrecia as capas, as cortinas cor de tangerina. Até o sifão azul de soda estava no mesmo lugar: tudo tinha um ar de eternidade, como a mobília do inferno. Não havia estantes, porque Yusef não sabia ler: nem escrivaninha, porque ele não sabia escrever. Seria inútil procurar papéis — papéis eram inúteis para Yusef. Tudo estava dentro daquela grande cabeça romana.

"Ora... major Scobie..." Os olhos estavam abertos e procuravam os dele; enevoados pelo brometo, tinham dificuldade de focalizar.

"Bom dia, Yusef." Por uma vez Scobie o tinha em posição desvantajosa. Por um instante, pareceu que Yusef estava prestes a mergulhar de novo naquele sono entorpecido; então, com esforço, ele se apoiou em um cotovelo.

"Eu queria dar uma palavrinha com você a respeito de Tallit, Yusef."

"Tallit... perdão, major Scobie..."

"E dos diamantes."

"Loucos por diamantes", disse Yusef com dificuldade, numa voz caindo no sono. Sacudiu a cabeça, e o cabelo branco ralo adejou; então, estendendo uma mão imprecisa, tentou alcançar o sifão.

"Você forjou provas para incriminar Tallit, Yusef?"

Yusef puxou o sifão pela mesa, derrubando o copo com brometo; virou o bico para o rosto e apertou o gatilho. A água gaseificada bateu em seu rosto e o borrifou todo, molhando as almofadas de seda malva. Ele deu um suspiro de alívio e satisfação, como um homem debaixo de um chuveiro num dia quente. "O que foi, major Scobie, há alguma coisa errada?"

"Tallit não será processado."

Yusef parecia um homem cansado, arrastando-se para fora do mar: a maré o acompanhava. "Queira me desculpar, major Scobie", ele disse. "Não tenho dormido bem." Balançou a cabeça para cima e para baixo, pensativo, como um homem sacudiria uma caixa para ver se alguma coisa chacoalharia. "O senhor estava dizendo alguma coisa a respeito de Tallit, major Scobie." E explicou de novo: "É o inventário do estoque. Todos os números. Três, quatro lojas. Eles tentam me enganar porque está tudo na minha cabeça".

"Tallit", repetiu Scobie, "não será processado."

"Não tem importância. Um dia ele irá longe demais."

"Aqueles diamantes eram seus, Yusef?"

"Meus diamantes? Eles fizeram o senhor desconfiar de mim, major Scobie."

"Você dava dinheiro ao aprendiz?"

Com as costas da mão, Yusef limpou a água do rosto. "Claro que dava, major Scobie. Foi assim que consegui a informação."

O momento de inferioridade havia passado; a cabeçorra havia se livrado do brometo, embora os membros permanecessem indolentes no sofá. "Yusef, não sou seu inimigo. Tenho simpatia por você."

"Quando o senhor diz isso, major Scobie, meu coração bate mais forte." Ele abriu mais a camisa, como se para mostrar o movimento do coração, e filetes de soda irrigaram o tufo de pelos negros de seu peito. "Estou muito gordo", ele disse.

"Eu gostaria de confiar em você, Yusef. Diga-me a verdade. Os diamantes eram seus ou de Tallit?"

"Sempre quero lhe dizer a verdade, major Scobie. Nunca lhe disse que os diamantes eram de Tallit."

"Eram seus?"

"Sim, major Scobie."

"Você me fez de bobo, Yusef. Se houvesse uma testemunha aqui, eu o prenderia."

"Eu não tinha a intenção de fazer você de bobo, major Scobie. Queria que Tallit fosse despachado daqui. Se ele fosse embora, seria bom para todos. Não é bom para os sírios estarem em dois grupos. Se eles estivessem em um grupo só, o senhor poderia vir até mim e dizer: 'Yusef, o governo quer que os sírios façam isso ou aquilo', e eu poderia responder: 'É isso que vai ser feito'."

"E o contrabando de diamantes estaria em um único par de mãos."

"Ah, diamantes, diamantes, diamantes", choramingou Yusef, cansado. "Vou lhe dizer uma coisa, major Scobie, ganho mais dinheiro em um ano com a menor de minhas lojas do que ganharia em três anos com diamantes. O senhor nem imagina quanto suborno é necessário."

"Bem, Yusef, não vou mais receber informações de você. Isso termina nossas relações. Todos os meses, é claro, vou lhe enviar os juros." Ele sentia uma estranha irrealidade nas suas próprias palavras: as cortinas cor de tangerina pendiam imóveis. Há certos lugares que nunca esquecemos; as cortinas e as almofadas daquele quarto se juntavam a um quarto no sótão, uma escrivaninha manchada de tinta, um altar rendilhado em Ealing — estariam ali enquanto durasse a consciência.

Yusef pôs os pés no chão e sentou-se bem ereto. "Major Scobie", ele disse, "o senhor levou muito a sério a minha brincadeirinha."

"Adeus, Yusef, você não é um homem mau, mas adeus."

"Você está errado, major Scobie. Eu sou um homem mau", ele disse com sinceridade. "Minha amizade por você é a única coisa boa nesse coração negro. Não posso desistir dela. Nós devemos permanecer amigos para sempre."

"Temo que não, Yusef."

"Escute, major Scobie, eu não estou pedindo nada além de, às vezes — talvez depois de escurecer, quando ninguém pode ver —, você me visitar e conversar comigo. Nada além. Apenas isso. Não contarei a você nenhuma outra história sobre Tallit. Não contarei nada a você. Nós vamos nos sentar aqui, com o sifão e a garrafa de uísque..."

"Não sou bobo, Yusef. Sei que seria muito útil para você as pessoas acreditarem que somos amigos. Não vou lhe dar essa ajuda."

Yusef pôs um dedo no ouvido e limpou a soda. Olhava descaradamente para Scobie, com a cara fechada. Deve ser assim, pensou Scobie, que ele olha para o gerente da loja que tentou enganá-lo sobre os números que carrega na cabeça. "Major Scobie, o senhor contou ao comissário sobre nosso pequeno acordo comercial, ou aquilo era blefe?"

"Pergunte a ele você mesmo."

"Acho que vou perguntar. Meu coração se sente rejeitado e insensível. Ele me diz para ir falar com o comissário e contar tudo a ele."

"Obedeça sempre a seu coração, Yusef."

"Vou contar a ele que o senhor pegou o meu dinheiro e que planejamos juntos a prisão de Tallit. Mas o senhor não cumpriu a sua parte do acordo, então eu o procurei por vingança. Por vingança", ele repetiu abatido, a cabeça romana afundada no peito gordo.

"Vá em frente. Faça o que quiser, Yusef." Mas ele não conseguia acreditar em nada daquela cena, por mais que fizesse parte dela. Era como uma briga de amantes. Não conseguia acreditar nas ameaças de Yusef e não acreditava em sua própria calma: não acreditava sequer em uma despedida. O que acontecera no quarto malva e laranja tinha sido importante demais para se tornar parte do enorme passado nivelado. Ele não se surpreendeu quando Yusef, levantando a cabeça, disse: "É claro que não vou.

Um dia o senhor vai voltar e querer a minha amizade. E eu vou recebê-lo de braços abertos".

Será que eu realmente chegarei a ficar tão desesperado?, perguntou-se Scobie, como se na voz do sírio tivesse ouvido o autêntico tom da profecia.

5

A CAMINHO DE CASA, Scobie parou o carro à porta da igreja católica e entrou. Era o primeiro sábado do mês e ele sempre ia se confessar nesse dia. Meia dúzia de idosas da etnia kru, com o cabelo amarrado como o de arrumadeiras vestidas com guarda--pó, esperavam a vez: uma freira enfermeira: um soldado raso com uma insígnia da Artilharia Real. Do confessionário vinha o sussurro monótono da voz do padre Rank.

Scobie, de olhos fixos na cruz, rezou — o pai-nosso, a ave--maria, o ato de contrição. Seu espírito foi tomado pela horrível languidez da rotina. Ele se sentia como um espectador — uma daquelas muitas pessoas em volta da cruz pelas quais o olhar de Cristo devia ter passado, buscando o rosto de um amigo ou de um inimigo. Parecia-lhe às vezes que sua profissão e seu uniforme o classificavam, inexoravelmente, entre todos aqueles romanos anônimos que num tempo já muito distante mantinham a ordem nas ruas. Uma a uma, as idosas entravam no confessionário e saíam, e Scobie rezava — de forma vaga e confusa — por Louise, para que ela estivesse feliz naquele momento e assim permanecesse, para que nenhum mal jamais lhe acontecesse por causa dele. O soldado saiu do confessionário e ele se levantou.

"Em nome do Pai, do Filho e do Espírito Santo", ele disse. "Desde a minha última confissão, há um mês, perdi uma missa de domingo e um dia de descanso."

"Você foi impedido de ir?"

"Sim, mas com um pouco de esforço eu poderia ter organizado melhor as minhas obrigações."

"Sim?"

"Durante todo este mês, fiz o mínimo. Fui desnecessariamente severo com um de meus homens..." Ele fez uma longa pausa.

"Isso é tudo?"

"Não sei como dizer isso, padre, mas me sinto... cansado de minha religião. Parece que ela não significa nada para mim. Tentei amar a Deus, mas...", ele fez um gesto que o padre não podia ver, pois estava virado de lado para a grade. "Não tenho certeza nem de que acredito."

"É fácil", disse o padre, "preocupar-se demais com isso. Especialmente aqui. A penitência que eu daria a muita gente, se pudesse, seria uma licença de seis meses. O clima deprime a gente. É fácil confundir cansaço com... bem, descrença."

"Não quero detê-lo, padre. Há outras pessoas esperando. Eu sei que são só fantasias. Mas eu me sinto... vazio. Vazio."

"Este, muitas vezes, é o momento escolhido por Deus", disse o padre. "Agora, vá e reze uma dezena em seu rosário."

"Eu não tenho rosário. Pelo menos..."

"Bem, cinco pai-nossos e cinco ave-marias, então." Ele começou a dizer as palavras de absolvição, mas o problema, pensou Scobie, é que não há nada a absolver. As palavras não traziam nenhum alívio, porque não havia nada a aliviar. Eram uma fórmula: as palavras latinas apressadas — um truque. Ele saiu do confessionário e ajoelhou-se de novo, e isso também fazia parte de uma rotina. Pareceu-lhe por um momento que Deus era demasiado acessível. Não havia nenhuma dificuldade em aproximar-se d'Ele. Como um demagogo popular, Ele estava disponível para receber a qualquer hora o menor de Seus seguidores. Olhando para a cruz, ele pensou: Ele até mesmo sofre em público.

CAPÍTULO 3

I

"Eu lhe trouxe alguns selos", disse Scobie. "Passei uma semana recolhendo-os... de todo mundo. Até a sra. Carter contribuiu com um magnífico periquito... olhe para ele... de algum lugar da América do Sul. E aqui está uma série completa de liberianos sobretaxados por causa da ocupação americana. Estes eu obtive do observador naval."

Eles estavam completamente à vontade: por isso, ambos tinham a impressão de estar em segurança.

"Por que você coleciona selos?", ele perguntou. "É estranho alguém fazer isso... depois dos dezesseis anos."

"Não sei", disse Helen Rolt. "Na verdade, não coleciono. Ando com eles o tempo todo. Suponho que seja um hábito." Ela abriu o álbum. "Não, não é só um hábito. Eu gosto deles. Está vendo este selo verde de meio *penny* de George v? Foi o primeiro que guardei. Eu tinha oito anos. Usando vapor, eu o descolei de um envelope e colei num caderno. Foi por isso que meu pai me deu um álbum. Minha mãe tinha morrido, então ele me deu um álbum de selos."

Ela tentou explicar mais exatamente: "Eles são como instantâneos. São muito portáteis. Quem coleciona porcelanas não pode andar com elas. Nem livros. Mas não é preciso arrancar as páginas, como se faz com instantâneos".

"Você nunca me contou sobre o seu marido", disse Scobie.

"Não."

"Não é realmente muito bom arrancar uma página, porque a gente consegue ver o lugar onde ela foi rasgada, não é?"

"Sim."

"É mais fácil superar uma coisa", disse Scobie, "falando a respeito dela."

"O problema não é esse...", ela disse. "O problema é... que é terrivelmente fácil superar." Ela o apanhou de surpresa; ele não acreditara que ela fosse madura o bastante para ter atingido aquele estágio em suas lições, aquela específica volta do parafuso. "Ele está morto... há quanto tempo?... não faz nem oito semanas, e ele está tão morto, tão completamente morto para mim. Eu devo ser uma mulherzinha desprezível", ela disse.

"Você não precisa se sentir assim", disse Scobie. "Acho que isso acontece com todo mundo. Quando dizemos a alguém 'Não posso viver sem você', o que realmente queremos dizer é 'Não posso viver sentindo que você talvez esteja sofrendo, infeliz, carente'. É só isso. Quando a pessoa morre, nossa responsabilidade termina. Não há mais nada que possamos fazer. Podemos descansar em paz."

"Eu não sabia que era tão dura", disse Helen. "Terrivelmente dura."

"Eu tinha uma filha", disse Scobie, "que morreu. Eu não estava com ela, estava aqui. Minha mulher me mandou dois telegramas de Bexhill, um às cinco da tarde e outro às seis, mas eles inverteram a ordem. Como você vê, ela queria me informar do fato com cuidado. Recebi um dos telegramas logo depois do café. Eram oito horas da manhã... uma hora morta do dia para qualquer notícia." Ele nunca mencionara isso a ninguém, nem mesmo a Louise. Agora, revelava as palavras exatas de cada telegrama, cuidadosamente: "O telegrama dizia: *Catherine morreu esta tarde nenhum sofrimento Deus a abençoe*. O segundo telegrama chegou na hora do almoço. Dizia: *Catherine gravemente doente. Médico tem esperança meu ferido*. Este era o que tinha sido enviado às cinco. 'Ferido' era uma mutilação... suponho que a palavra era 'querido'. Veja que ela não poderia ter usado nada mais desesperado para dar a notícia do que 'médico tem esperança'".

"Que coisa terrível para o senhor", disse Helen.

"Não, o terrível foi que, quando recebi o segundo telegrama, estava tão transtornado que pensei: houve um engano. Ela ainda deve estar viva. Por um momento, até perceber o que tinha acontecido, fiquei... decepcionado. Isso é que foi terrível. Pensei: 'Agora começa a ansiedade, e a dor', mas quando me dei conta do que tinha acontecido, tudo ficou bem, ela estava morta, e eu podia começar a esquecê-la."

"E esqueceu?"

"Não me lembro dela com muita frequência. Livrei-me de vê-la morrer. Quem passou por isso foi minha mulher."

Ele estava assombrado de ver a facilidade e a rapidez com que eles tinham se tornado amigos. Falavam sem reservas sobre duas mortes. "Não sei o que eu teria feito sem o senhor", ela disse.

"Todos teriam cuidado de você."

"Acho que eles estão com medo de mim", ela disse.

Ele riu.

"Estão mesmo. O tenente-aviador Bagster me levou à praia hoje à tarde, mas estava com medo. Porque eu não sou feliz e por causa de meu marido. Todos na praia fingiam estar felizes com alguma coisa, e eu fiquei lá sentada, sorrindo, mas não adiantou. O senhor se lembra de quando foi à sua primeira festa e, enquanto subia a escada, ouvia todas as vozes e não sabia como conversar com as pessoas? Era assim que eu me sentia, então fiquei sentada, sorrindo, usando a roupa de banho da sra. Carter, e Bagster acariciou minha perna e eu senti vontade de voltar para casa."

"Você logo vai voltar para casa."

"Não estou falando daquela casa. Estou falando daqui, onde eu posso fechar a porta e não atender quando batem. Não quero ir embora por enquanto."

"Mas com certeza você não está feliz aqui."

"Tenho muito medo do mar", ela disse.

"Você sonha com ele?"

"Não. Às vezes sonho com John... Isso é o pior. Porque eu sempre tinha sonhos ruins com ele e ainda tenho. O que quero dizer é que nós estávamos sempre brigando nos sonhos, e continuamos a brigar."

"Vocês brigavam?"

"Não. Ele era muito amável comigo. Fazia só um mês que estávamos casados, sabe. Era fácil ser amável num período tão curto, não é? Quando isso aconteceu, eu não tinha realmente tido tempo de saber como me portar." Parecia a Scobie que ela nunca soubera como se portar... pelo menos não desde que deixara seu time de bola ao cesto; tinha sido um ano antes? Às vezes ele a via deitada de costas no bote, naquele mar oleoso e indistinto, dia após dia, com a outra criança próxima da morte e o marinheiro enlouquecendo e a srta. Malcott e o maquinista-chefe com sua responsabilidade para com os proprietários, e às vezes a via passar por ele carregada em uma maca e agarrando seu álbum de selos, e agora a via com o traje de banho emprestado, e inadequado, sorrindo para Bagster enquanto este lhe acariciava as pernas, ouvindo as risadas e os borrifos, sem saber como os adultos deviam se comportar.... Tristemente, como uma maré crepuscular, ele sentiu a responsabilidade arrastando-o para a praia.

"Você escreveu para seu pai?"

"Ah, sim, é claro. Ele me telegrafou dizendo que está mexendo os pauzinhos para conseguir a passagem. Coitado, não sei que pauzinhos ele pode mexer em Bury. Ele não conhece absolutamente ninguém. E é claro que ele também me telegrafou para falar de John." Ela levantou uma almofada da cadeira e pegou o telegrama. "Leia. Ele é muito amável, mas é claro que não sabe nada a meu respeito."

Scobie leu: *Terrivelmente angustiado por você, filha querida, mas lembre-se da felicidade dele. Seu afetuoso pai*. O carimbo da data com a marca de Bury o pôs a par da enorme distância entre pai e filha. "O que você quer dizer quando diz que ele não sabe nada a seu respeito?", ele perguntou.

"Ele acredita em Deus e no Céu, esse tipo de coisa."

"E você, não?"

"Desisti de tudo isso quando saí da escola. John costumava brincar com isso, tomando bastante cuidado. Papai não se incomodava. Mas ele nunca soube que eu acreditava no mesmo que John. Quando a gente é filha de um clérigo é preciso fingir muitas coisas. Ele teria odiado saber que John e eu ficamos juntos, ah, quinze dias antes de nos casarmos."

Mais uma vez ele teve aquela visão de alguém que não sabia como se portar: não era de admirar que Bagster estivesse com medo dela. Bagster não era homem de aceitar responsabilidades, e como alguém poderia assumir a responsabilidade de qualquer ato, ele pensava, em relação a essa criança tola e desnorteada? Ele virou a pequena pilha de selos que juntara para ela e disse: "Fico imaginando o que você vai fazer quando voltar para casa".

"Suponho que eles vão me convocar", ela disse.

Ele pensou: se minha filha estivesse viva, também teria sido convocada, jogada em algum dormitório sombrio, para descobrir como proceder. Depois o Atlântico, a A.T.S. ou a W.A.A.F.,* a sargenta vociferante de busto grande, a cozinha e as batatas para descascar, a oficial lésbica de lábios finos e cabelo louro bem-arrumado, e os homens esperando na área comum do lado de fora do acampamento, entre as moitas de tojo... Comparado a isso, com toda a certeza, até o Atlântico pareceria um lar. "Você aprendeu taquigrafia? Alguma língua?", ele perguntou. Na guerra, só os inteligentes, os astutos e os influentes escapam.

"Não", ela disse. "Eu realmente não sou boa em nada."

Era impossível pensar que ela tinha sido salva do mar para ser jogada de volta como um peixe que não valia a pena pegar.

"Você sabe escrever à máquina?", ele perguntou.

"Eu consigo bater muito rápido com um dedo."

"Você poderia arranjar um emprego aqui. Há poucas secretárias. Todas as esposas estão trabalhando no Secretariado, sabe, e mesmo assim a quantidade não é suficiente. Mas o ambiente é ruim para uma mulher."

"Eu gostaria de ficar. Vamos brindar isso." E ela chamou: "Rapaz, rapaz!".

"Você está aprendendo", disse Scobie. "Há uma semana você tinha tanto medo dele..." O criado entrou trazendo uma bandeja com copos, limões, água e uma garrafa nova de gim.

"Este não é o criado com quem eu falei", disse Scobie.

"Não. Aquele foi embora. O senhor foi muito rude com ele."

"E então veio este?"

"Sim."

"Qual é seu nome, rapaz?"

* A.T.S.: Auxiliary Territory Service; W.A.A.F.: Women's Auxiliary Air Force — forças auxiliares femininas, respectivamente, do Exército e da Força Aérea britânicos, que na Segunda Guerra Mundial executavam as mais variadas tarefas, sendo-lhes vedada apenas a participação em combate. (N. T.)

"Vande, senhor."

"Já vi você antes, não vi?"

"Não, senhor."

"Quem sou eu?"

"Um policial graúdo, senhor."

"Não vá fazer este fugir de medo também", disse Helen.

"Com quem você estava?"

"Eu estava com o comissário distrital Pemberton, lá no mato, senhor. Era aprendiz."

"Será que foi lá que eu o vi?", perguntou Scobie. "Imagino que sim. Trate bem desta patroa agora, e quando ela voltar para casa eu lhe arranjo um bom emprego. Lembre-se disso."

"Você nem olhou para os selos", disse Scobie a Helen.

"É mesmo, não olhei, não foi?" Uma gota de gim caiu em cima de um dos selos, manchando-o. Ele a observou enquanto ela o retirava da pilha, notando o cabelo liso caindo em pontas sobre a nuca, como se o Atlântico tivesse sugado para sempre a força daquele rosto encovado. Pareceu-lhe que durante anos jamais se sentira tão à vontade com outro ser humano — desde quando Louise era jovem. Mas esse caso era diferente, disse consigo: eles estavam seguros um com o outro. Ele era mais de trinta anos mais velho que ela; naquele clima seu corpo perdera o senso da luxúria; ele a observava com tristeza, afeição e uma pena enorme, porque chegaria o momento em que não poderia guiá-la em um mundo onde ela estava perdida. Quando ela se virou e a luz iluminou seu rosto, pareceu feia, com a feiura temporária de uma criança. A feiura era como algemas nos pulsos dele.

"Este selo está estragado", ele disse. "Vou lhe arranjar outro."

"Ah, não", ela disse, "está bom assim. Eu não sou colecionadora de verdade."

Ele não tinha nenhum senso de responsabilidade em relação às belas, graciosas e inteligentes. Elas podiam encontrar seu caminho. Era o rosto pelo qual ninguém se desviaria do caminho, o rosto que jamais atrairia o olhar dissimulado, o rosto que logo se acostumaria à recusa e à indiferença que reclamava sua lealdade. A palavra "pena" é usada de forma tão vaga quanto a palavra "amor": a terrível paixão promíscua que tão poucos experimentam.

"Sabe, sempre que eu vir esta mancha vou ver esta sala", ela disse.

"Então ela é como um instantâneo."

"A gente pode retirar um selo", ela disse, com uma clareza terrivelmente juvenil, "e jamais saber que ele esteve ali." De repente se virou para ele e disse: "É tão bom conversar com o senhor. Posso dizer tudo que quiser. Não tenho medo de feri-lo. O senhor não quer nada de mim. Estou a salvo".

"Nós dois estamos a salvo." A chuva os circundava, caindo com regularidade no telhado de zinco.

"Eu tenho a sensação de que o senhor nunca me decepcionaria." As palavras o atingiram como um comando a que ele teria de obedecer, por mais difícil que fosse. As mãos dela estavam cheias dos absurdos pedaços de papel que ele lhe trouxera. "Estes eu vou conservar para sempre", ela disse. "Nunca precisarei arrancá-los."

Alguém bateu na porta, e uma voz disse, alegre: "Freddie Bagster. Sou só eu. Freddie Bagster".

"Não responda", ela sussurrou. "Não responda." Encostou o braço no dele e observou a porta, com a boca levemente aberta, como se estivesse sem fôlego. Ele tinha a impressão de um animal acuado na toca.

"Deixe o Freddie entrar", choramingou a voz. "Seja boazinha, Helen. É só o Freddie Bagster." O homem estava um pouco bêbado.

Ela permanecia encostada nele, com a mão em seu flanco. Quando o som dos passos de Bagster se afastou, ela ergueu a boca e eles se beijaram. O que os dois pensavam ser segurança revelou-se a camuflagem de um inimigo que age em termos de amizade, confiança e pena.

2

A CHUVA CAÍA SEM PARAR, transformando outra vez em pântano o pequeno trecho de terreno recuperado sobre o qual ficava a casa de Scobie. A janela de seu quarto balançava para a frente e para trás. Em algum momento da noite o ferrolho havia sido rompido por uma rajada de vento. Agora chovia dentro da casa, a mesa estava ensopada, e no piso havia uma poça. O despertador marcava 4h25. Ele sentiu como se voltasse a uma casa que fora abandonada anos antes. Não ficaria surpreso se descobrisse teias de aranha no espelho, o mosquiteiro pendendo esfarrapado e fezes de ratos no chão.

Sentou-se numa cadeira e a água lhe escorreu da calça, formando uma segunda poça em volta das botas de cano alto. Ele esquecera o guarda-chuva, caminhando de volta para casa com um estranho júbilo, como se tivesse redescoberto algo que perdera, algo que pertencia à sua juventude. Na escuridão úmida e barulhenta, chegara até a tentar cantar um verso da música de Fraser, mas sua voz era desafinada. Agora, em alguma parte entre o abrigo e a casa, perdera a alegria.

Às quatro da manhã ele havia acordado. A cabeça dela estava a seu lado e ele sentia seus cabelos contra o peito. Estendendo a mão para fora do mosquiteiro, encontrou a luz. Ela estava deitada com a estranha atitude de alguém que recebeu um tiro ao fugir. Mesmo então, antes que sua ternura e seu prazer despertassem, pareceu-lhe por um momento estar olhando para um monte de bucha de canhão. As primeiras palavras que ela disse quando foi acordada pela luz foram: "Bagster pode ir para o inferno".

"Você estava sonhando?"

"Sonhei que estava perdida em um pântano e Bagster me encontrava."

"Preciso ir", ele disse. "Se dormirmos de novo, só vamos acordar quando for dia." Ele começou a pensar pelos dois, cuidadosamente. Como um criminoso, começou a moldar em sua mente o crime imperceptível: planejou os próximos movimentos: embarcou, pela primeira vez na vida, nos longos argumentos legalísticos da fraude. Se tal e tal... segue-se que... "A que horas seu criado volta?", ele perguntou.

"Acho que por volta das seis. Não sei. Ele me chama às sete."

"Ali começa a ferver a minha água mais ou menos às quinze para as seis. É melhor eu ir." Ele procurou cuidadosamente em todos os lugares sinais de sua presença: endireitou uma esteira e hesitou diante de um cinzeiro. Depois, no fim de tudo, tinha deixado o guarda-chuva encostado na parede. Este lhe parecia o ato típico de um criminoso. Quando a chuva o lembrou do guarda-chuva era tarde demais para voltar. Ele teria de bater na porta de Helen, e já havia luz acesa em um dos abrigos. De pé no quarto, com uma bota de cano alto na mão, ele pensava, exausto e triste: no futuro, preciso tomar mais cuidado.

No futuro — era ali que estava toda a tristeza. Era a borboleta que morria no ato do amor? Mas os seres humanos estavam condenados às consequências. A responsabilidade e a culpa eram dele... ele não era um Bagster: sabia o que estava fazendo. Jurara preservar a felicidade de Louise, e agora aceitara outra responsabilidade, contraditória. Sentia-se cansado por todas as mentiras que em algum momento teria de contar; sentia os ferimentos das vítimas que ainda não tinham sangrado. Deitado de costas sobre o travesseiro, ele olhava, insone, a cinzenta maré matinal. Em algum lugar na superfície daquelas águas obscuras, movia-se a percepção de mais um erro e mais uma vítima, não Louise, nem Helen.

PARTE DOIS

CAPÍTULO 1

I

"VEJA. O QUE VOCÊ ACHA?", perguntou Harris, com um orgulho mal dissimulado. Ele ficou no vão da porta do abrigo enquanto Wilson andava cauteloso entre as peças marrons da mobília oficial, como um setter farejando o restolho.

"Melhor que o hotel", disse ele com cautela, apontando o focinho para uma poltrona oficial.

"Pensei em lhe fazer uma surpresa quando você voltasse de Lagos." Harris havia instalado cortinas no abrigo, dividindo-o em três: um quarto para cada um deles e uma sala comum. "Há só uma coisa que me preocupa. Não tenho certeza se há baratas."

"Bom, nós só jogávamos para nos livrar delas."

"Eu sei, mas é quase uma pena, não é?"

"Quem são nossos vizinhos?"

"Tem a sra. Rolt, que foi torpedeada por um submarino, e dois camaradas do Departamento de Obras, mais um sujeito chamado Clive, do Departamento da Agricultura, e Boling, encarregado dos Esgotos... todos parecem muito amistosos. E Scobie, é claro, logo ali no fim da estrada."

"Sim."

Wilson caminhava inquieto pelo abrigo, e se deteve diante de uma fotografia que Harris deixara apoiada em um tinteiro oficial. Ela mostrava três fileiras compridas de garotos em um gramado: os da primeira estavam sentados na grama de pernas cruzadas: os da segunda, em cadeiras, usando colarinhos engomados e altos, com um idoso e duas mulheres (uma delas estrábica) no centro: na terceira fila, de pé. "Essa mulher estrábica...", disse Wilson, "eu poderia jurar que já a vi antes em algum lugar."

"O nome Snakey lhe diz alguma coisa?"

"Ora, sim, é claro." Ele olhou mais de perto. "Então você também esteve naquele buraco?"

"Eu vi a *Downhamian* em seu quarto e peguei esta foto para lhe fazer uma surpresa. Eu fiquei na casa de Jagger. Onde você esteve?"

"Eu era um 'Prog'", disse Wilson.

"Bom", disse Harris com ar de decepção, "havia muita gente boa entre os 'Progs'." Ele abaixou a fotografia como se fosse algo que não tivesse exatamente acontecido. "Eu estava pensando que nós poderíamos fazer um velho jantar downhamiano."

"Para quê?", perguntou Wilson. "Somos só nós dois."

"Cada um de nós podia convidar alguém."

"Eu não vejo o motivo."

"Bem", disse Harris, amargamente, "você é que é o verdadeiro downhamiano, não eu. Nunca fui membro da associação. Você recebe a revista. Eu pensei que talvez você tivesse interesse no lugar."

"Meu pai me tornou membro vitalício e sempre me manda a maldita revista", disse Wilson abruptamente.

"Estava ao lado de sua cama. Achei que você estava lendo."

"Devo ter dado uma olhada nela."

"Havia algo a meu respeito nela. Eles queriam meu endereço."

"Ah, mas você sabe para quê?", disse Wilson. "Eles estão enviando apelos a qualquer ex-downhamiano que conseguirem desenterrar. O revestimento do Salão dos Fundadores está precisando de reparos. Se eu fosse você, não divulgaria meu endereço." Harris tinha a impressão de que Wilson era um daqueles que sempre sabiam o que estava acontecendo, que davam informações antecipadas sobre tempos extras de jogo, que sabiam por que fulano não tinha aparecido na escola e qual era o motivo da briga que acontecera na reunião especial do diretor. Algumas semanas antes ele era um novo menino a quem Harris tinha prazer em ajudar, em orientar. Ele se lembrava da noite em que Wilson teria usado um traje de gala para um jantar na casa de um sírio, se ele não lhe tivesse avisado. Mas Harris, desde seu primeiro ano na escola, estava fadado a ver como os garotos cresciam depressa: em um período ele era seu gentil mentor; no seguinte, era descartado. Ele nunca conseguia progredir tão rápido quanto o mais recente garoto mal-educado. Lembrava-se de como, mesmo no jogo das baratas — que *ele* tinha inventado —, suas regras tinham sido contestadas na primeira noite. Triste, ele disse: "Suponho que você esteja certo. Talvez eu não mande uma carta". E acrescentou, humildemente: "Peguei a cama deste lado, mas não me importo se tiver...".

"Ah, está tudo bem", disse Wilson.

"Contratei só um copeiro. Achei que podíamos economizar dividindo a despesa."

"Quanto menos criados tivermos batendo em nossa porta, melhor."

Aquela foi a primeira noite da nova camaradagem entre eles. Ficaram sentados em suas poltronas oficiais idênticas, atrás das cortinas de blecaute. Na mesa, uma garrafa de uísque para Wilson e uma garrafa de água de cevada com limão para Harris. Harris sentia uma paz extraordinária enquanto a chuva tinia regular no telhado e Wilson lia um Wallace. Ocasionalmente, alguns bêbados vindos do refeitório das forças aéreas passavam, gritando ou acelerando seus carros, mas isso só aumentava a sensação de paz dentro do abrigo. Às vezes seus olhos se extraviavam nas paredes procurando uma barata, mas não se podia ter tudo.

"Você está com a *Downhamian* à mão, meu velho? Eu gostaria de dar mais uma olhada nela. Este livro é muito maçante."

"Tem uma nova fechada em cima da penteadeira."

"Você se importa se eu abrir?"

"Por que diabo eu me importaria?"

Harris olhou primeiro as notas sobre os ex-downhamianos e constatou que o paradeiro de H. R. Harris (1917-1921) ainda era procurado. Perguntou-se se era possível que Wilson estivesse errado: não havia ali nenhuma palavra sobre o revestimento do Salão. Talvez ele acabasse mandando a carta, e imaginou a resposta que poderia receber do secretário: *Meu caro Harris,* ela diria mais ou menos, *ficamos todos muito contentes de receber sua carta dessas plagas românticas. Por que você não envia uma contribuição completa para a rev., e, enquanto lhe escrevo penso, que tal se tornar membro da Associação de Ex-Downhamianos? Verifiquei que você nunca se associou. Falo por todos os ex-downhamianos quando digo que teremos prazer em acolhê-lo.* Harris balbuciou "orgulho em acolhê-lo", mas rejeitou isso. Ele era realista.

O Natal dos downhamianos havia sido um sucesso. Tinham vencido Harpenden por um gol, Merchant Taylors por dois e empatado com Lancing. Ducker e Tierney estavam se saindo bem como atacantes, mas a saída de bola ainda estava meio lenta. Ele virou uma página e leu sobre como a Opera Society tinha feito uma excelente apresentação de *Patience* no Salão dos Fundadores. F.J.K., que obviamente era o professor de inglês, escreveu: *Lane, no papel de Bunthorne, exibiu um grau de sensibilidade que surpreendeu todos os seus companheiros de Verbo. Até então não descreveríamos seu desempenho como medieval nem o associaríamos a lírios, mas ele nos persuadiu de que o havíamos julgado mal. Um grande desempenho, Lane.*

Harris leu por alto o relato de cinco partidas, uma fantasia chamada "O tique-taque do relógio", que começava assim: *Havia uma vez uma senhorinha cuja posse mais amada...* As paredes de Downham — o tijolo vermelho com detalhes amarelos, os extraordinários ornamentos esculpidos, as gárgulas médio-vitorianas — erguiam-se em volta dele: botas batiam na escada de pedra e um sino dissonante tocava para acordá-lo para mais um dia miserável. Ele sentia a lealdade que sentimos para com a infelicidade — a sensação de que é nela que realmente estamos à vontade. Seus olhos se encheram de lágrimas, ele tomou um gole da água de cevada e pensou: "Vou enviar aquela carta, não importa o que Wilson diga". Alguém gritou lá fora, "Bagster. Onde está você, Bagster, seu filho da puta? ", e tropeçou em uma vala. Ele poderia estar em Downham, exceto pelo fato que eles não usariam *essa* palavra.

Harris virou uma ou duas páginas e o título de um poema lhe chamou a atenção. Chamava-se "Costa ocidental" e era dedicado a "L.S.". Ele não era muito afeito a poesia, mas achou interessante que em algum lugar daquele enorme litoral de areia e aromas existisse um terceiro ex-downhamiano. Ele leu:

Outro Tristão, nesta costa distante,
Leva aos lábios o cálice envenenado,
Outro Mark, na praia orlada de coqueiros,
Assiste ao eclipse de seu amor.

O poema lhe pareceu obscuro: seus olhos passaram rapidamente pelos versos intermediários, até chegar às iniciais no pé da página: "E.W.". Ele quase deu um grito de exclamação, mas se conteve a tempo. Em aposentos tão próximos como os que compartilhavam agora, era preciso ser circunspecto. Não havia espaço para altercações. Quem é "L.S."?, ele se perguntou, e pensou: com certeza não pode ser... A simples ideia o fez franzir os lábios num sorriso cruel. Ele disse: "Não há muita coisa na revista. Vencemos Harpenden. Há um poema chamado 'Costa ocidental'. Suponho que seja de mais um pobre-diabo que vive por aqui".

"Ah."

"Perdido de amor", disse Harris. "Mas eu não leio poesia."

"Nem eu", mentiu Wilson, atrás da barreira do Wallace.

2

Fora por pouco. Wilson, deitado de costas na cama, escutava o barulho da chuva no telhado e a pesada respiração do ex-downhamiano do outro lado da cortina. Era como se os anos medonhos tivessem se estendido através do nevoeiro interveniente para cercá-lo de novo. Que loucura o induzira a enviar aquele poema para a *Downhamian*? Mas não era loucura: fazia muito tempo que ele se tornara incapaz de qualquer coisa tão honesta como a loucura: era um desses condenados na infância à complexidade. Sabia o que pretendera fazer: recortar o poema sem nenhuma indicação de sua origem e enviá-lo a Louise. Não era bem o tipo de poema de que ela gostava, ele sabia, mas com certeza, argumentara, ela ficaria um pouco impressionada pelo simples fato de o poema estar em uma publicação. Se ela lhe perguntasse onde fora publicado, seria fácil inventar um nome convincente de panelinha literária. Felizmente a *Downhamian* era bem impressa, e em papel de qualidade. Era verdade, é claro, que ele teria de colar o recorte em um papel opaco para esconder o que estava impresso no verso da página, mas seria fácil pensar numa explicação para isso. Era como se sua profissão estivesse aos poucos absorvendo sua vida inteira, exatamente como o colégio havia feito. Sua profissão era mentir, ter pronta a história rápida, jamais se revelar, e sua vida privada estava assumindo o mesmo padrão. Deitado de costas, ele foi envolvido pela náusea da autoaversão.

A chuva havia parado momentaneamente. Era um desses intervalos tranquilos que constituíam o consolo dos insones. Nos pesados sonhos de Harris, a chuva continuava. Wilson se levantou de mansinho e preparou uma dose de brometo: os grãos chiaram no fundo do copo; Harris falou alguma coisa com a voz rouca e se virou atrás da cortina. Wilson acendeu sua lanterna sobre o relógio e leu: 2h25. Andando na ponta dos pés até a porta para não despertar Harris, sentiu a ferroadinha de um carrapato sob a unha de um dos dedos do pé. De manhã, tinha de mandar o criado retirá-lo. Ficou parado na pequena calçada de cimento acima do solo pantanoso e recebeu o ar frio, que abriu o paletó de seu pijama. Todos os abrigos estavam no escuro, e a lua era manchada pelas nuvens de chuva que passavam. Ele ia se virar para voltar quando ouviu alguém tropeçar a poucos metros; acendeu a lanterna. A luz iluminou as costas curvadas de um homem que se movia entre os abrigos em direção à estrada. "Scobie", exclamou Wilson, e o homem se voltou.

"Olá, Wilson", disse Scobie. "Eu não sabia que você morava aqui."

"Divido a casa com Harris", disse Wilson, observando o homem que vira suas lágrimas.

"Eu estava dando uma volta", disse Scobie, pouco convincente. "Não conseguia dormir." Wilson teve a impressão de que Scobie ainda era novato no mundo da fraude: não vivera nele desde a infância. Ele sentia por Scobie uma estranha inveja de idoso, muito semelhante à que um velho presidiário talvez sentisse em relação a um jovem ladrão que cumprisse sua primeira sentença, para quem tudo era novidade.

3

Wilson estava sentado em sua salinha abafada no escritório da u.a.c. Várias agendas e diários da firma, encadernados com lombada de couro suíno, formavam uma barreira entre ele e a porta. Furtivamente, como um aluno que cola, Wilson, atrás da barreira, trabalhava em seus livros de código, traduzindo um telegrama. Um calendário comercial exibia a data de uma semana antes — 20 de junho —, e um lema: *Os melhores investimentos são a honestidade e a iniciativa. William P. Cornforth*. Um escriturário bateu na porta e disse: "Está aqui um negro que quer falar com você, Wilson, com um bilhete".

"De quem?"

"Ele diz que é de Brown."

"Você pode segurá-lo por alguns minutos e depois chutá-lo aqui para dentro?" Por mais diligentemente que Wilson praticasse, a gíria soava artificial em seus lábios. Ele dobrou o telegrama e o enfiou dentro do livro de código, para saber onde tinha parado: então colocou o telegrama e o livro de código no cofre e fechou a porta. Enquanto se servia de um copo de água, olhou para a rua; as negras, com a cabeça enrolada em tecidos de algodão de cores vivas, passavam debaixo de seus guarda-chuvas coloridos. Os vestidos de algodão largos iam até o tornozelo: um com uma estampa de caixas de fósforo: outro com lampiões de querosene: o terceiro — a última moda em Manchester — coberto de isqueiros cor de malva sobre um fundo amarelo. Uma garota nua da cintura para cima passou reluzindo na chuva, e Wilson a observou com um desejo melancólico, até ela sumir de vista. Quando a porta se abriu, ele engoliu em seco e se virou.

"Feche a porta."

O rapaz obedeceu. Aparentemente, tinha vestido suas melhores roupas para aquela visita matinal: uma camisa de algodão branco caía por fora dos calções brancos. As sapatilhas estavam imaculadas, a despeito da chuva, mas os dedos dos pés se projetavam.

"Você é aprendiz na casa de Yusef?"

"Sim, senhor."

"Você recebeu um recado do meu criado, não foi?", disse Wilson. "Ele lhe contou o que eu quero, certo? Ele é seu irmão mais novo, não é?"

"Sim, senhor."

"Mesmo pai?"

"Sim, senhor."

"Ele me disse que você é um bom rapaz, honesto. Você quer ser copeiro, certo?"

"Sim, senhor."

"Você sabe ler?"

"Não, senhor."

"E escrever?"

"Não, senhor."

"Você tem bons olhos? Bons ouvidos? Vê tudo? Ouve tudo?" O rapaz arreganhou os dentes — um talho branco no couro de elefante cinzento de seu rosto: tinha um ar de inteligência aliciante. Para Wilson, inteligência valia mais que honestidade. A honestidade era uma faca de dois gumes, mas a inteligência dava conta do mais importante. A inteligência compreendia que um sírio podia um dia regressar à sua terra, mas um inglês ficava. A inteligência sabia que era bom trabalhar para o governo, fosse qual fosse o governo. "Quanto você ganha como aprendiz?"

"Dez xelins."

"Eu lhe pago mais cinco. Se Yusef o dispensar, eu lhe pago dez xelins. Se você ficar com Yusef um ano e me der boas informações — informações verdadeiras, não mentiras —, eu lhe dou um emprego de copeiro, com um homem branco. Entende?"

"Sim, senhor."

"Se você me contar mentiras, vai para a prisão. Talvez eles atirem em você. Não sei. Não me importo. Entende?"

"Sim, senhor."

"Todo dia você encontra seu irmão no mercado de carne. Conta a ele quem vai à casa de Yusef. Conta a ele aonde Yusef vai. Conta a ele sobre qualquer pessoa estranha que vá à casa de Yusef. Não conte mentiras, conte a verdade. Nada de engabelação. Se ninguém for à casa de Yusef, você diz ninguém. Nada de inventar mentiras. Se contar mentiras, eu vou saber e você vai direto para a prisão." A declamação cansativa continuou. Ele nunca tinha certeza de quanto era entendido. O suor corria da testa de Wilson e o rosto cinzento e contido do rapaz o exasperava como uma acusação à qual ele não pudesse responder. "Você vai para a prisão e fica na prisão muito tempo." Ele ouvia a própria voz, descontrolada pelo desejo de impressionar; ouvia a si mesmo como a paródia de um homem branco num tribunal. "Scobie?", ele disse. "Você conhece o major Scobie?"

"Sim, senhor. Ele é homem muito bom, senhor." Eram as primeiras palavras além de "sim" e "não" que o rapaz pronunciava.

"Você o vê na casa de seu patrão?"

"Sim, senhor."

"Quantas vezes?"

"Uma, duas, senhor."

"Ele e o seu patrão… são amigos?"

"Meu patrão, ele acha o major Scobie homem muito bom, senhor." A reiteração da expressão irritou Wilson. Furioso, ele explodiu: "Eu não quero saber se ele é bom ou não. Quero saber onde ele encontra Yusef, entende? Do que eles conversam? Você leva bebidas para eles quando o copeiro está ocupado? O que você ouve?".

"Na última vez eles conversaram muito", disse o rapaz, de modo insinuante, como se estivesse exibindo uma pontinha de suas mercadorias.

"Eu sei disso. Quero saber tudo que eles conversaram."

"Quando o major Scobie foi embora uma vez, meu patrão pôs o travesseiro no rosto."

"Que diabo você quer dizer com isso?"

O rapaz cobriu os olhos com os braços, em um gesto de grande dignidade, e disse: "Os olhos dele molharam o travesseiro".

"Meu Deus", disse Wilson, "que coisa extraordinária!"

"Depois ele bebeu muito uísque e foi dormir... dez, doze horas. Depois foi para a loja dele na Bond Street e pintou o sete."

"Por quê?"

"Disse que estavam enganando ele."

"E o que isso tem a ver com o major Scobie?"

O rapaz deu de ombros. Como tantas vezes antes, Wilson teve a sensação de uma porta fechada em sua cara; ele sempre estava do lado de fora da porta.

Depois que o rapaz saiu, ele abriu de novo o cofre, movendo a maçaneta da combinação primeiro para esquerda até 32 — sua idade, depois para a direita até 10 — o ano de seu nascimento, outra vez para a esquerda até 65 — o número de sua casa na Western Avenue, em Pinner, e tirou os livros de código. 32946 78523 97042. Fila após fila, os grupos de números deslizavam diante de seus olhos. O telegrama trazia o cabeçalho "Importante", senão ele teria adiado a decodificação para a noite. Ele sabia que realmente era pouco importante — o navio de costume havia deixado Lobito transportando os suspeitos habituais —, diamantes, diamantes, diamantes. Depois que decodificasse o telegrama, ele o entregaria ao comissário, que provavelmente já tinha recebido a mesma informação ou uma informação contraditória do S.O.E.,* ou de uma das outras organizações secretas arraigadas na costa como

* S.O.E.: Special Operations Executive — órgão britânico de coordenação do auxílio à resistência em países ocupados pelos nazistas. (N. T.)

mangues. *Não incomodar mas não repetir não indicar com precisão P. Ferreira passageiro primeira classe repito P. Ferreira passageiro primeira classe.* Ferreira era presumivelmente um agente que sua organização havia recrutado a bordo. Era bem possível que o comissário recebesse simultaneamente uma mensagem do coronel Wright de que P. Ferreira era suspeito de transportar diamantes e deveria ser rigorosamente revistado. 72391 87052 63847 92034. Como poderia alguém simultaneamente não incomodar, não repetir não indicar com precisão, e revistar rigorosamente o sr. Ferreira? Isso, felizmente, não o preocupava. Talvez fosse Scobie quem tivesse de lidar com a dor de cabeça que houvesse.

Ele foi outra vez à janela pegar um copo de água e de novo viu a mesma moça passar. Ou talvez não fosse a mesma. Observou a água escorrendo entre as duas omoplatas magras, semelhantes a asas. Lembrou-se de que houvera um tempo em que não reparava em uma pele negra. Tinha a sensação de haver passado anos, e não meses, naquela costa, todos os anos entre a puberdade e a idade adulta.

4

"Vai sair?", perguntou Harris, com surpresa. "Para onde?"

"Só até a cidade", disse Wilson, afrouxando os nós de suas botas de cano alto.

"Que diabo você pode encontrar para fazer na cidade a esta hora?"

"Negócios", disse Wilson.

Bem, ele pensou, era uma espécie de negócio, o tipo de negócio sem alegria que se fazia sozinho, sem amigos. Ele comprara um carro de segunda mão algumas semanas antes, o primeiro que teria, e ainda não era um motorista muito confiável. Nenhuma engenhoca sobrevivia por muito tempo ao clima, e a cada cem metros ele tinha de limpar o para-brisa com o lenço. Em Kru Town, as portas das cabanas estavam abertas e famílias estavam sentadas em volta dos lampiões de querosene, esperando que o ar refrescasse para irem dormir. Na sarjeta, a chuva escorria sobre a barriga branca e inchada de um vira-lata morto. Ele dirigia em segunda marcha, a uma velocidade um pouco maior que a de uma caminhada, pois a luz dos faróis de automóveis civis tinha de ser reduzida ao tamanho de um cartão de visita e ele não conseguia enxergar mais que quinze passos à frente. Levou dez minutos para chegar ao grande algodoeiro vizinho à delegacia de polícia. Não havia luz em nenhuma das salas dos oficiais, e ele deixou o carro junto da entrada principal. Se alguém visse o carro ali, suporia que ele estava dentro da delegacia. Por um momento, ficou sentado com a porta aberta, hesitante. A imagem da moça passando na chuva conflitava com a visão de Harris deitado de costas lendo um livro, com um copo de limonada ao alcance. Ele pensava tristemente, enquanto era tomado pela luxúria, como aquilo era aflitivo; a tristeza do ressaibo o tomava antecipadamente.

Ele se esquecera de trazer o guarda-chuva e antes de caminhar dez metros morro abaixo já estava todo molhado. O que o impelia agora era mais a paixão da curiosidade do que a luxúria. Vez ou outra, quando se vivia em um lugar, era preciso experimentar o produto local. Era como ter uma caixa de chocolates fechada em uma gaveta do quarto. Enquanto a caixa não estivesse vazia, ocupava demais o pensamento. Ele pensou: quando isto terminar, poderei escrever outro poema para Louise.

O bordel era um bangalô com telhado de zinco a meio caminho da descida do morro, do lado direito. Durante a estação da seca, as moças ficavam sentadas do lado de fora, na sarjeta, como pardais; conversavam com o policial em serviço no alto do morro. A estrada nunca fora concluída, de modo que ninguém passava de carro pelo bordel a caminho do cais ou da catedral: ele podia ser ignorado. Agora o bordel exibia para a rua enlameada uma frente silenciosa e fechada, exceto por uma porta, escorada por uma pedra da estrada, que se abria para um corredor. Wilson olhou depressa para os dois lados e entrou.

Anos antes, o corredor havia sido caiado e rebocado, mas os ratos tinham aberto buracos no reboco e os seres humanos tinham danificado a caiação com garatujas e nomes escritos a lápis. As paredes estavam tatuadas como um braço de marinheiro, com iniciais, datas e até um par de corações entrelaçados. A princípio pareceu a Wilson que o lugar estava totalmente abandonado; dos dois lados do corredor havia pequenas celas de três metros por um e meio, com cortinas em vez de portas e camas feitas de caixotes velhos cobertos com tecidos nativos. Ele caminhou depressa para o fim do corredor; depois, dizia consigo, voltaria para a quieta e sonolenta segurança do quarto onde o ex-downhamiano cochilava sobre seu livro.

Sentia uma terrível decepção, como se *não* tivesse encontrado o que estava procurando, quando chegou ao fim e descobriu que a cela da esquerda estava ocupada; à luz de uma lamparina de querosene que ardia no chão ele viu uma moça com a roupa suja esparramada em cima dos caixotes como um peixe em um balcão; as solas rosadas de seus pés balançavam sobre as palavras "Tate's Sugar". Ela estava ali de plantão, esperando um freguês. Deu um riso forçado para Wilson, não se preocupando em sentar, e disse: "Quer bole-bole, querido? Dez xelins". Ele teve a visão de uma moça com as costas molhadas pela chuva, afastando-se para sempre de seu alcance.

"Não, não", ele disse, sacudindo a cabeça e pensando: que idiota eu fui, que idiota, em vir de carro até aqui só para isso. A moça soltou um risinho abafado, como se compreendesse a estupidez dele, e ele ouviu o chape-chape de pés descalços vindo da estrada pelo corredor; a passagem foi bloqueada por uma velha negra que segurava um guarda-chuva listrado. Ela disse alguma coisa à moça em sua língua nativa e recebeu uma explicação sorridente. Ele tinha a impressão de que tudo aquilo só era estranho para *ele*, de que era uma das situações corriqueiras com que a velha estava acostumada a deparar nas sombrias regiões que ela governava. "Vou só tomar uma bebida primeiro", ele disse com a voz fraca.

"Ela traz bebida", disse a negra. Ela deu à moça uma ordem ríspida na língua que ele não entendia, e a moça baixou as pernas dos caixotes de açúcar. "Fique aqui", disse a negra a Wilson, e de forma automática, como uma anfitriã cujo pensamento está em outro lugar, mas que deve entabular conversa com um visitante, por mais desinteressante que ele seja, disse: "Moça bonita, bole-bole, uma libra". Os valores de mercado ali eram invertidos: o preço subia proporcionalmente à relutância dele.

"Sinto muito. Não posso esperar", disse Wilson. "Aqui estão dez xelins", e fez os movimentos preliminares de partida, mas a velha não lhe deu atenção, bloqueando o caminho, sorrindo o tempo todo, como um dentista que sabe o que é bom para o paciente. Ali a cor de um homem não tinha valor: ele não podia vociferar como um homem branco fazia em outros lugares: ao entrar naquele estreito corredor rebocado, perdera todos os traços raciais, sociais e individuais, reduzira-se à natureza humana. Se precisasse se esconder, aquele era o esconderijo perfeito; se precisasse permanecer anônimo, ali ele era simplesmente um homem. Mesmo sua relutância, sua repulsa e seu medo deixavam de ser características pessoais; eram tão comuns àqueles que iam ali pela primeira vez que a velha sabia exatamente qual seria cada movimento. Primeiro a sugestão de uma bebida, depois a oferta de dinheiro, em seguida...

"Deixe-me passar", disse Wilson com voz débil, mas sabia que ela não se moveria; continuava a observá-lo, como se ele fosse um animal amarrado que ela estivesse vigiando para o dono. Ela não estava interessada nele, mas ocasionalmente repetia, com calma: "Moça bonita, bole-bole, já, já". Ele ofereceu a ela uma libra, ela a embolsou e continuou bloqueando a passagem. Quando tentou afastá-la para passar, ela o empurrou informalmente para trás com a palma da mão rosada, dizendo: "Já, já. Bole-bole". Tudo aquilo já acontecera centenas de vezes.

Pelo corredor, a moça vinha trazendo uma garrafa de vinagre cheia de vinho de palma, e Wilson, com um suspiro de relutância, rendeu-se. O calor entre as paredes de chuva, o cheiro embolorado de sua companheira, a luz pálida e inconstante da lamparina de querosene lembravam a ele um túmulo aberto recentemente para que mais um corpo fosse posto em seu interior. Um ressentimento o agitou, um ódio daqueles que o tinham levado para ali. Na presença deles, ele tinha a sensação de que suas veias iam abrir outra vez.

PARTE TRÊS

CAPÍTULO 1

I

"Vi você na praia hoje à tarde", disse Helen. Scobie levantou os olhos do copo de uísque que estava servindo. Alguma coisa na voz dela fez que ele estranhamente se lembrasse de Louise. "Eu tinha de encontrar o Rees... o homem do Serviço Secreto Naval", ele disse.

"Você nem falou comigo."

"Eu estava com pressa."

"Você é tão cauteloso, sempre", ela disse, e agora ele entendia o que estava acontecendo e por que havia pensado em Louise. Perguntava-se com tristeza se o amor inevitavelmente tomava sempre o mesmo caminho. Não era só o ato de amor em si que era o mesmo... Quantas vezes nos últimos dois anos ele tentara, no momento crítico, evitar uma cena exatamente como essa — para se poupar, mas também para poupar a outra vítima? Ele riu sem entusiasmo e disse: "Naquele momento eu não estava pensando em você. Tinha outras coisas na cabeça".

"Que outras coisas?"

"Ah, diamantes..."

“Seu trabalho é muito mais importante para você do que eu”, disse Helen, e a banalidade da frase, lida em tantos romances ruins, o afligiu.

“Sim”, ele disse gravemente, “mas eu o sacrificaria por você.”

“Por quê?”

“Suponho que seja porque você é um ser humano. Alguém pode amar um cachorro mais que qualquer outra coisa que possua, mas não atropelaria nem mesmo uma criança desconhecida para salvá-lo.”

“Ah”, ela disse, “por que você sempre me diz a verdade? Não quero a verdade o tempo todo.”

Ele pôs o copo de uísque na mão dela e disse: “Querida, você não tem sorte. Está ligada a um homem de meia-idade. Não podemos nos dar ao luxo de mentir o tempo todo, como os jovens”.

“Se você soubesse”, ela disse, “como me cansa toda essa sua cautela. Você vem aqui depois que anoitece e sai depois que anoitece. É tão... tão indigno.”

“Sim.”

“Nós sempre fazemos amor... aqui. Entre os móveis dos oficiais subalternos. Acho que não saberíamos fazer amor em nenhum outro lugar.”

“Pobrezinha”, ele disse.

“Eu não quero a sua pena”, ela disse, furiosa. Mas a questão não era se ela queria — ela a tinha. A pena fermentava lentamente no coração dele, como a podridão. Ele nunca se livraria dela. Sabia, por experiência, que a paixão morria e que o amor passava, mas a pena sempre ficava. Nada jamais a diminuía. Era nutrida pelas condições da vida. Só havia no mundo uma pessoa que não merecia pena, e essa pessoa era ele próprio.

“Você nunca consegue arriscar nada?”, ela perguntou. “Você nunca me escreve sequer uma linha. Desaparece durante dias, mas não me deixa nada. Nem mesmo uma fotografia eu posso ter para tornar este lugar mais humano.”

"Mas eu não tenho nenhuma fotografia."

"Imagino que você pense que eu usaria suas cartas contra você." Ele pensava: se eu fechasse os olhos, quase poderia ouvir Louise — a voz era mais jovem, só isso, e talvez menos capaz de causar sofrimento. De pé, com o copo de uísque na mão, ele se lembrava de outra noite — a cem metros dali —, quando o copo continha gim. "Você diz tantas tolices", ele disse com gentileza.

"Você acha que eu sou uma criança. Entra na ponta dos pés... me trazendo selos."

"Só estou tentando protegê-la."

"Estou pouco me lixando para o que as pessoas falarem." Ele reconheceu o linguajar grosseiro do time de bola ao cesto.

"Se elas falassem bastante, isto teria fim", ele disse.

"Não sou eu quem você está protegendo. Você está protegendo sua esposa."

"O que acaba dando na mesma."

"Ah", ela disse, "você está me igualando... àquela mulher." Ele não pôde conter o sobressalto. Tinha subestimado a capacidade dela de causar sofrimento. Percebia que ela detectara o modo de vencê-lo: ele se entregara a ela. Agora ela sempre saberia como infligir o golpe mais cortante. Era como uma criança que segura um compasso e sabe o poder que tem de ferir. Nunca se pode confiar em que uma criança não vá usar a sua vantagem.

"Querida", ele disse, "é muito cedo para brigarmos."

"Aquela mulher", ela repetiu, olhando-o nos olhos. "Você nunca a deixaria, não é?"

"Nós somos casados", ele disse.

"Se ela soubesse, você voltaria como um cachorro açoitado." Ele pensou com ternura: ela não leu os melhores livros, como Louise.

"Eu não sei."

"Você nunca vai casar comigo."

"Eu não posso. Você sabe disso."

"Ser católico é uma excelente desculpa", ela disse. "Não impede você de dormir comigo... só de casar comigo."

"Sim", ele disse. E pensou: como ela está mais velha do que há um mês. Então não era capaz de fazer uma cena, tinha sido educada pelo amor e pelo segredo: ele estava começando a formá-la. Perguntava-se se ela, caso aquilo continuasse por tempo suficiente, seria indistinguível de Louise. Em minha escola, pensava, elas aprendem amargura e frustração, e como envelhecer.

"Vamos", disse Helen, "justifique-se."

"Seria muito demorado", ele disse. "Eu teria de começar pelos argumentos a favor da existência de Deus."

"Você é um belo enrolador!"

Ele se sentia decepcionado. Ansiara pela noite. O dia todo no escritório, tratando de um caso de aluguel e um caso de delinquência juvenil, ele ansiara pelo abrigo, pelo quarto despojado, pela mobília de oficial subalterno, como em sua própria juventude, tudo aquilo que ela insultara. "Minhas intenções eram boas", ele disse.

"E quais eram elas?"

"Eu queria ser seu amigo. Cuidar de você. Fazê-la mais feliz do que você era."

"Eu não era feliz?", ela perguntou, como se falasse de anos antes.

"Você estava abalada, solitária...", ele disse.

"Eu não poderia estar mais solitária do que estou agora", ela disse. "Vou à praia com a sra. Carter quando para de chover. Bagster tenta se insinuar, eles pensam que sou frígida. Volto para cá antes que a chuva comece e espero você... nós bebemos um copo de uísque... você me dá alguns selos como se eu fosse sua menininha..."

"Me desculpe", disse Scobie. Estendeu a mão e cobriu a dela: os nós dos dedos sob sua palma pareciam uma espinha dorsal quebrada. Devagar, cauteloso, ele continuou escolhendo com cuidado as palavras, como se seguisse por uma trilha através de um campo evacuado coberto de minas: a cada passo ele esperava a explosão. "Eu faria tudo... quase tudo... para tornar você feliz. Pararia de vir aqui. Iria embora imediatamente... me aposentaria..."

"Você ficaria muito contente de se livrar de mim", ela disse.

"Seria como o fim da vida."

"Vá embora, se quiser."

"Eu não quero ir. Quero fazer o que você quiser."

"Você pode ir embora, se quiser... ou pode ficar", ela disse com desdém. "Eu não posso sair daqui, posso?"

"Se você quiser, dou um jeito de colocá-la no próximo navio."

"Ah, como você ficaria feliz se isso terminasse", ela disse, e começou a chorar. Quando ele estendeu a mão para tocá-la, ela gritou: "Vá para o inferno. Vá para o inferno. Vá embora".

"Eu vou", ele disse.

"É, vá e não volte."

Do lado de fora, junto à porta, com a chuva esfriando seu rosto, escorrendo pelas mãos, ocorreu-lhe como a vida seria mais fácil se ele levasse a sério o que ela dizia. Ele entraria em casa, fecharia a porta e ficaria de novo sozinho; escreveria uma carta a Louise sem a sensação de fraude e dormiria como não dormia havia semanas, sem sonhar. No dia seguinte, o escritório, a ida tranquila para casa, o jantar, a porta trancada... Mas na descida do morro, quando ele passou pelo pátio de transporte, onde os caminhões escondiam-se sob os encerados gotejantes, a chuva tinha gosto de lágrimas. Ele pensou nela sozinha no abrigo, perguntando-se se as palavras ditas eram irrevogáveis, se todos os amanhãs seriam constituídos pela sra. Carter e por Bagster até que o navio chegasse, e ela voltaria para casa sem nada para lembrar além da infelicidade. Inexoravelmente, o ponto de vista do outro surgia no caminho como um inocente assassinado.

Quando ele abriu a porta, um rato que estava fuçando no guarda-comida subiu correndo a escada. Era isso que Louise odiava e temia; pelo menos ele a fizera feliz e agora, laboriosamente, com imprudência planejada e cuidadosa, ele começava a tentar acertar as coisas para Helen. Sentou-se à sua mesa, pegou uma folha de papel para datilografar — papel oficial, com a marca d'água do governo — e começou a compor uma carta.

Escreveu: *Minha querida* — queria se colocar inteiramente nas mãos dela, mas mantê-la anônima. Olhou para o relógio e acrescentou no canto direito, como se fizesse um relatório policial, *00h35 da manhã, Burnside, 5 de setembro*. Continuou, com todo o cuidado, *Eu a amo mais que a mim mesmo, mais que a minha mulher, acho que mais que a Deus. Estou fazendo muito esforço para dizer a verdade. Quero, mais que tudo no mundo, fazer você feliz...* A banalidade das frases o entristecia; elas pareciam não ter nenhuma verdade pessoal para ela: tinham sido usadas vezes demais. Se eu fosse jovem, ele pensou, conseguiria encontrar as palavras certas, as palavras novas, mas tudo isso já me aconteceu antes. Voltou a escrever, *Eu a amo. Me perdoe*, assinou e dobrou o papel.

Vestiu sua capa impermeável e saiu outra vez na chuva. Na umidade as feridas infeccionavam, nunca saravam. Bastava arranhar o dedo e em poucas horas haveria uma pequena camada de pele esverdeada. Ele subiu o morro com uma sensação de corrupção. No pátio de transporte um soldado gritou algo em seu sono: uma única palavra, como um hieróglifo em uma parede que Scobie não conseguia interpretar — os homens eram nigerianos. A chuva martelava os telhados dos abrigos e ele pensava: Por que escrevi aquilo? Por que escrevi "mais que a Deus"? Ela ficaria satisfeita com "mais que a Louise". Mesmo que seja verdade, por que escrevi? O céu chorava sem parar à sua volta; ele tinha a sensação de feridas que nunca saravam. Sussurrou: "Ó Deus, eu vos abandonei. Não me abandoneis". Quando chegou ao abrigo de Helen, enfiou a carta por baixo da porta; ouviu o farfalhar do papel no chão de cimento e nada mais. Lembrando-se da figura infantil que passara por ele carregada na maca, ele se entristeceu ao pensar em quanto tinha acontecido, de forma tão inútil, para fazê-lo agora se dizer com ressentimento: nunca mais ela vai poder me acusar de ser cauteloso.

2

"Eu estava passando", disse o padre Rank, "então pensei em lhe fazer uma visitinha." A chuva da noite caía em dobras eclesiásticas cinzentas, e um caminhão gemia subindo o morro.

"Entre", disse Scobie. "Estou sem uísque. Mas tenho cerveja... ou gim."

"Eu o vi no abrigo, então pensei em vir atrás de você. Não está ocupado?"

"Vou jantar com o comissário, mas só daqui a uma hora."

O padre Rank se movia inquieto pela sala, enquanto Scobie pegava a cerveja na caixa de gelo. "Você tem tido notícias de Louise ultimamente?", ele perguntou.

"Faz uns quinze dias que não", disse Scobie, "mas houve mais afundamentos no sul."

O padre Rank se acomodou na poltrona oficial com o copo entre os joelhos. Não se ouvia nenhum som além da chuva resvalando pelo telhado. Scobie pigarreou e o silêncio voltou. Ele tinha a estranha sensação de que o padre Rank, como um de seus oficiais subalternos, estava ali esperando ordens.

"As chuvas logo vão acabar", disse Scobie.

"Deve fazer seis meses que sua mulher viajou."

"Sete."

"Você vai passar sua licença na África do Sul?", perguntou o padre, desviando os olhos e tomando um gole de cerveja.

"Adiei a minha licença. Os jovens precisam mais dela."

"Todos precisam de licença."

"O *senhor* está aqui há doze anos sem tirar licença."

"Ah, mas isso é diferente", disse o padre. Levantou-se outra vez e caminhou inquieto ao longo de uma parede e depois de outra. Olhou para Scobie com uma expressão de apelo indefinido. "Às vezes", disse, "sinto-me como se não fosse um trabalhador." Ele parou, encarou Scobie e ergueu um pouco as mãos, e Scobie se lembrou do padre Clay desviando-se de uma figura invisível em seu caminhar inquieto. Tinha a impressão de que recebia um apelo para o qual não conseguia encontrar resposta. Com a voz fraca, disse: "Não existe ninguém que trabalhe mais intensamente que o senhor, padre".

Arrastando os pés, o padre Rank voltou para sua poltrona. "Vai ser bom quando as chuvas pararem", disse.

"Como vai a senhora negra de Congo Creek? Eu soube que ela estava morrendo."

"Ela vai morrer esta semana. É uma boa mulher." Ele tomou mais um gole de cerveja e se dobrou na cadeira com a mão no estômago. "O vento", disse. "Eu não me dou bem com o vento."

"O senhor não devia beber cerveja engarrafada, padre."

"Os moribundos", disse o padre, "é para isso que estou aqui. Eles mandam me chamar quando estão morrendo." Ergueu os olhos anuviados por causa do excesso de quinino e disse com aspereza e desesperança: "Nunca fiz bem nenhum aos vivos, Scobie".

"Não diga esse absurdo, padre."

"Quando eu era noviço, pensava que as pessoas falavam com seus padres, e que Deus de alguma maneira dava a eles as palavras certas. Não me dê atenção, Scobie, não ouça o que estou dizendo. São as chuvas... elas sempre me deixam abatido nesta época. Deus não dá as palavras certas, Scobie. Uma vez eu tive uma paróquia em Northampton. Eles fabricam botas lá. Costumavam me convidar para o chá, e eu ficava sentado observando as mãos deles servindo, e nós falávamos dos Filhos de Maria e de consertos no teto da igreja. Eram muito generosos em Northampton. Bastava eu pedir e eles davam. Eu não era útil à vivalma, Scobie. Pensava que na África as coisas seriam diferentes. Você sabe que não sou homem de ler. Nunca tive muito talento para amar a Deus como algumas pessoas. Eu queria ser útil, só isso. Não me dê atenção. São as chuvas. Faz cinco anos que não falo assim. Só para o espelho. Se as pessoas estão com problemas, é a você que procuram, Scobie, não a mim. Elas me convidam para jantar, para ouvir as fofocas. E se você tivesse algum problema, aonde iria?" E Scobie percebeu de novo aqueles olhos anuviados e suplicantes, esperando ao longo das estações da seca e das chuvas por algo que nunca acontecia. Poderia Scobie transferir a minha carga para ele?, se perguntava: poderia contar a ele que amo duas mulheres: que não sei o que fazer? De que isso serviria? Sei as respostas tão bem quanto ele. Cada um deve cuidar da própria alma, seja qual for o custo para a alma de outra pessoa, e é isso que não posso fazer, que nunca serei capaz de fazer. Não era ele que precisava da palavra mágica, era o padre, e ele não podia oferecê-la.

"Não sou o tipo de homem que se mete em problemas, padre. Sou estúpido e estou na meia-idade", e, desviando a vista, por não querer encarar a aflição, ouviu o badalo do padre Rank soando infeliz: "Hô! Hô hô!".

3

A CAMINHO DO BANGALÔ DO COMISSÁRIO, Scobie deu uma passada em sua sala. No bloco de anotações havia um recado escrito a lápis: *Entrei para vê-lo. Nada de importante. Wilson.* Pareceu-lhe estranho: fazia algumas semanas que não via Wilson, e, se a visita não tinha importância, por que ele a havia registrado com tanto cuidado? Abriu a gaveta da escrivaninha para procurar um maço de cigarros e notou de imediato que alguma coisa estava fora de lugar: considerou cuidadosamente o conteúdo: faltava seu lápis-tinta. Obviamente Wilson procurara um lápis para escrever o bilhete e se esquecera de repô-lo no lugar. Mas por que o recado?

Na sala da guarda, o sargento disse: "O sr. Wilson veio vê-lo, senhor".

"Sim, ele deixou um recado."

Então era isso, ele pensou: de qualquer maneira eu teria sabido, então ele achou melhor que eu ficasse sabendo por ele mesmo. Voltou à sua sala e olhou de novo para a escrivaninha. Pareceu-lhe que um arquivo tinha sido mudado de lugar, mas não podia ter certeza. Abriu a gaveta, mas não havia nela nada que pudesse interessar a ninguém. Só o rosário quebrado lhe chamou a atenção — algo que deveria ter sido consertado fazia muito tempo. Ele o pegou e enfiou no bolso.

"UÍSQUE?", perguntou o comissário.

"Obrigado", disse Scobie, erguendo o copo entre si e o comissário. "O *senhor* confia em mim?"

"Confio."

"Sou a única pessoa que não sabe a respeito de Wilson?"

O comissário sorriu, recostando-se confortavelmente, à vontade. "Oficialmente ninguém sabe... exceto eu e o gerente da U.A.C... claro que isso era essencial. O governador também, e todos que lidam com os telegramas que tragam a marca 'Altamente Sigiloso'. Fico feliz de você ter descoberto."

"Eu queria que o senhor soubesse que... até agora, é claro... fiz jus à sua confiança."

"Você não precisa me dizer isso, Scobie."

"No caso do primo de Tallit, não podíamos ter feito nada diferente."

"É claro que não."

"Mas há uma coisa que o senhor não sabe", disse Scobie. "Peguei emprestadas duzentas libras de Yusef para poder mandar Louise à África do Sul. Pago a ele quatro por cento de juros. É um acerto puramente comercial, mas se o senhor quiser minha cabeça por isso..."

"Fico feliz de você ter me contado", disse o comissário. "Wilson achou que você estava sendo chantageado. De algum modo ele deve ter descoberto esses pagamentos."

"Yusef não faria chantagem por dinheiro."

"Eu disse isso a ele."

"O senhor quer a minha cabeça?"

"Eu preciso da sua cabeça, Scobie. Você é o único policial em quem realmente confio." Scobie estendeu a mão com o copo vazio: era como um aperto de mão.

"Diga quando chega."

"Chega."

Com a idade os homens podem se tornar gêmeos. O passado era seu útero comum; os seis meses de chuva e os seis meses de sol eram o período de gestação comum. Só precisavam de algumas palavras e alguns gestos para exprimir o que queriam dizer. Haviam se diplomado por meio das mesmas febres, eram movidos pelo mesmo amor e pelo mesmo desdém.

"Derry relata que tem havido alguns grandes furtos nas minas."

"Comerciais?"

"Pedras preciosas. Será Yusef?... Ou Tallit?"

"Pode ser Yusef", disse Scobie. "Não creio que ele negocie diamantes industriais. Ele os chama de cascalhos. Mas é claro que não se pode ter certeza."

"O *Esperança* deve chegar em poucos dias. Precisamos tomar cuidado."

"O que diz Wilson?"

"Ele tem muita confiança em Tallit. Yusef é o vilão da peça dele… e você, Scobie.'"

"Faz muito tempo que não me encontro com Yusef."

"Eu sei."

"Estou começando a entender o que esses sírios sentem… vigiados e denunciados."

"Wilson passa informações sobre todos nós, Scobie. Fraser, Tod, Thimblerigg, eu mesmo. Ele me acha muito condescendente. Mas isso não importa. Wright rasga os relatórios dele, e é claro que Wilson também passa informações sobre ele."

"Suponho que sim."

À meia-noite, Scobie subiu até os abrigos. No blecaute ele se sentia momentaneamente a salvo, não vigiado, não denunciado; no chão encharcado seus passos faziam o mínimo ruído, mas, ao passar pelo abrigo de Wilson, ele se deu conta outra vez da profunda necessidade de ser cauteloso. Sentiu um horrível cansaço e pensou: vou voltar para casa: não vou furtivamente até ela esta noite: as últimas palavras dela tinham sido: "não volte". Não se podia, pelo menos uma vez, levar a sério o que alguém dizia? Ficou parado a vinte metros do abrigo de Wilson, observando a fresta de luz entre as cortinas. Uma voz embriagada gritou em algum lugar no alto do morro e os primeiros salpicos da chuva que voltava lamberam-lhe o rosto. Ele pensou: vou voltar e dormir, de manhã vou escrever a Louise e à tarde vou me confessar: no dia seguinte, Deus voltará a mim nas mãos de um padre: a vida voltará a ser simples. Ele estaria em paz, sentado sob as algemas de sua sala. A virtude, a vida correta o tentavam no escuro como um pecado. A chuva embaçava-lhe os olhos, o chão sugava-lhe os pés enquanto eles caminhavam relutantes na direção do abrigo.

Ele bateu duas vezes e a porta imediatamente se abriu. Havia rezado entre as duas batidas para que a raiva ainda estivesse atrás da porta, para que ele não fosse necessário. Não podia fechar os olhos nem os ouvidos a nenhum ser humano que precisasse dele: não era o centurião, era um homem da tropa que tinha de cumprir as ordens de uma centena de centuriões, e quando a porta se abriu ele soube que a ordem seria dada de novo — a ordem de ficar, de amar, de aceitar a responsabilidade, de mentir.

"Oh, querido", ela disse. "Eu pensei que você nunca mais viria. Fui tão cruel com você."

"Sempre virei se você me quiser."

"Virá mesmo?"

"Sempre. Se estiver vivo." Deus pode esperar, ele pensou: como alguém pode amar a Deus à custa de uma de suas criaturas? Uma mulher aceitaria o amor pelo qual uma criança tivesse de ser sacrificada?

Com todo o cuidado, eles fecharam as cortinas antes de aumentar a luz dos lampiões.

"Passei o dia inteiro com medo de que você não viesse", ela disse.

"É claro que eu viria."

"Eu lhe disse para ir embora. Nunca me dê atenção quando eu lhe disser para ir embora. Prometa."

"Prometo", ele disse.

"Se você não tivesse voltado...", ela disse, e se perdeu em pensamentos entre os lampiões. Ele podia vê-la em busca de si mesma, franzindo a testa no esforço de ver onde estaria. "Eu não sei. Talvez tivesse me entregado a Bagster, ou me matado, ou as duas coisas, acho que as duas coisas."

"Você não deve pensar em coisas como essas", ele disse, angustiado. "Vou estar sempre aqui se você precisar de mim, enquanto estiver vivo."

"Por que você fica repetindo 'enquanto estiver vivo'?"

"Há trinta anos entre nós."

Pela primeira vez naquela noite, eles se beijaram. "Não consigo sentir os anos", ela disse.

"Por que você achou que eu não voltaria?", perguntou Scobie. "Você recebeu minha carta?"

"Sua carta?"

"A que eu enfiei debaixo de sua porta ontem à noite."

"Não vi carta nenhuma", ela disse, com medo. "O que você dizia?"

Ele tocou no rosto dela e sorriu. "Tudo. Eu não queria mais ser cauteloso. Escrevi tudo."

"Até seu nome?"

"Acho que sim. Seja como for, ela está escrita com a minha letra."

"Há um capacho na porta. Ela deve estar embaixo dele." Mas ambos sabiam que ela não estaria lá. Era como se o tempo todo eles tivessem previsto como o desastre entraria por aquela porta.

"Quem a teria pegado?"

Ele tentava acalmá-la. "Provavelmente seu criado a jogou fora pensando que era papel velho. Não estava envelopada. Ninguém poderia saber a quem eu estava escrevendo."

"Como se isso tivesse importância", ela disse. "Querido, estou me sentindo mal. Realmente mal. Alguém está querendo descobrir alguma coisa errada a seu respeito. Eu queria ter morrido naquele barco."

"Você está imaginando coisas. Provavelmente eu não empurrei bem o bilhete. Quando seu criado abriu a porta de manhã, ele voou ou foi afundado na lama." Ele falava com toda a convicção que conseguia reunir: aquilo era bem possível.

"Nunca deixe que eu lhe prejudique", ela implorou, e, a cada frase que usava, apertava mais firmemente os grilhões em torno dos pulsos dele. Ele estendeu as mãos para ela e mentiu com firmeza: "Você nunca vai me prejudicar. Não se preocupe com uma carta perdida. Eu exagerei. Ela não dizia realmente nada... nada que um estranho pudesse compreender. Não se preocupe".

"Escute, querido. Não fique aqui esta noite. Estou nervosa. Sinto-me... vigiada. Dê-me boa-noite agora e vá embora. Mas volte. Ah, meu querido, volte."

Quando Scobie passou pelo abrigo de Wilson, a luz do interior ainda estava acesa. Ao abrir a porta de casa, ele viu um pedaço de papel no piso. Sentiu um choque estranho, como se a carta perdida tivesse voltado, como um gato, para sua antiga casa. Mas quando a pegou viu que não era a sua carta, embora também fosse uma mensagem de amor. Era um telegrama endereçado a ele na central de polícia, e a assinatura, escrita por inteiro por causa da censura, Louise Scobie, foi como um soco dado por um boxeador com alcance maior do que ele possuía. *Tenho escrito estou a caminho de casa tenho sido uma tola pt amor* — e aquele nome formal como um selo.

Ele se sentou. Sua cabeça rodava, nauseada. Ele pensava: se eu nunca tivesse escrito aquela outra carta, se tivesse levado a sério o que Helen disse e ido embora, como teria sido fácil organizar de novo a vida. Mas se lembrou de suas palavras nos últimos dez minutos: "Vou estar sempre aqui se você precisar de mim, enquanto estiver vivo" — que constituíam um juramento tão indestrutível quanto o voto feito diante do altar em Ealing. O vento subia do mar — as chuvas acabavam como começavam, com tufões. As cortinas se inflaram e ele correu para as janelas e as fechou. No andar de cima as janelas do quarto batiam para um lado e para o outro, forçando as dobradiças. Virando-se depois de fechá-las, ele olhou para a penteadeira vazia onde logo estariam de volta as fotografias e os potes — uma fotografia em especial. O Scobie feliz, ele pensou, meu único sucesso. Uma criança no hospital dizia "Pai" enquanto a sombra de um coelho se movia no travesseiro; uma moça passava em uma maca agarrada a um álbum de selos — por que eu, ele pensava, por que elas precisam de mim, um policial estúpido de meia-idade que não conseguiu ser promovido? Eu não tenho nada a dar a elas que elas não possam obter em outros lugares: por que não podem me deixar em paz? Em outros lugares havia um amor mais jovem e melhor, mais segurança. Às vezes parecia-lhe que a única coisa que podia partilhar com elas era seu desespero.

Recostando-se na penteadeira, ele tentou rezar. O pai-nosso era tão morto na sua língua quanto um documento legal: não era o seu pão de cada dia que ele queria, mas muito mais. Queria felicidade para outros e solidão e paz para si. "Não quero mais fazer planos", disse ele de repente em voz alta. "Se eu estivesse morto, elas não precisariam de mim. Ninguém precisa dos mortos. Os mortos podem ser esquecidos. Ó Deus, dai-me a morte, antes que eu possa causar infelicidade a elas." Mas as palavras soavam melodramáticas em seus ouvidos. Ele se dizia que não devia ficar histérico: havia planos demais a fazer para um homem histérico, e, descendo a escada, pensou que três aspirinas ou talvez quatro eram o que ele precisava naquela situação — uma situação banal. Tirou uma garrafa de água filtrada da caixa de gelo e dissolveu a aspirina. Imaginou qual seria a sensação de absorver a morte de forma tão simples quanto as aspirinas que agora grudavam acidamente em sua garganta. Os padres nos diziam que ela era o pecado imperdoável, a expressão final de um desespero sem arrependimento, e é claro que se aceitava o ensinamento da Igreja. Mas também ensinavam que Deus tinha algumas vezes infringido suas próprias leis, e era menos possível para ele oferecer uma promessa de perdão na escuridão do suicida do que ter ele próprio despertado no túmulo, debaixo de uma pedra? Cristo não fora assassinado — não se podia assassinar Deus. Cristo havia se matado: pendurara-se na cruz tão seguramente quanto Pemberton o fizera no trilho do quadro.

Ele pôs o copo na mesa e pensou de novo: não devo ficar histérico. A felicidade de duas pessoas estava em suas mãos e ele devia aprender a lidar com a tensão. A calma era tudo. Pegou seu diário e começou a escrever ao lado da data, Quarta-feira, 6 de setembro. *Jantar com o comissário. Conversa satisfatória a respeito de W. Visita a Helen por alguns minutos. Telegrama de Louise dizendo que está a caminho de casa.*

Hesitou por um momento e então escreveu: *Padre Rank me visitou para beber antes do jantar. Um pouco excitado demais. Precisa de licença.* Leu tudo com cuidado e riscou as duas últimas frases. Era raro naquele registro ele se permitir expressar uma opinião.

CAPÍTULO 2

I

O TELEGRAMA FICOU EM SEU PENSAMENTO O DIA INTEIRO: a vida ordinária — as duas horas no tribunal em um caso de perjúrio — tinha a irrealidade de um país que se está deixando para sempre. Pensa-se: a esta hora, naquela aldeia, aquelas pessoas que outrora conheci estão sentadas à mesa exatamente como faziam há um ano, quando eu estava lá, mas não se está convencido de que fora da consciência qualquer vida continue da mesma maneira de sempre. Toda a consciência de Scobie estava no telegrama, naquele navio sem nome que agora avançava pela costa africana vindo do sul. Deus me perdoe, ele pensou, quando sua mente iluminou por um momento a possibilidade de que o navio nunca chegasse. Em nossos corações há um ditador impiedoso, pronto a contemplar a infelicidade de mil desconhecidos se ela assegurar a felicidade dos poucos que amamos.

No final do caso de perjúrio, Fellowes, o inspetor sanitário, surpreendeu-o na porta. "Venha trinchar conosco esta noite, Scobie. Temos uma peça de verdadeira carne argentina." Era um esforço demasiado recusar um convite nesse mundo dos sonhos.

"Wilson vai", disse Fellowes. "Para falar a verdade, ele nos ajudou a conseguir a carne. Você gosta dele, não?"

"Sim. Pensei que era você quem não gostava."

"Ah, o clube tem de se adaptar aos novos tempos, e hoje em dia todos os tipos de pessoa participam dele. Admito que fui precipitado. Devia estar um pouco embriagado. Ele esteve em Downham: costumávamos jogar com eles, quando eu estava em Lancing."

Ao dirigir para a bem conhecida casa que antes ocupara nas colinas, Scobie pensava apaticamente: devo falar logo com Helen. Ela não deve saber por outra pessoa. A vida sempre repetia o mesmo padrão; sempre havia, mais cedo ou mais tarde, más notícias a serem dadas, mentiras confortadoras a serem proferidas, pink gins a serem ingeridos para afastar a infelicidade.

Ele entrou na comprida sala de estar do bangalô e no final dela estava Helen. Com uma sensação de choque, ele percebeu que nunca a vira como estranha na casa de outro homem, nunca a vira vestida para um encontro noturno. "Você conhece a sra. Rolt, não é?", perguntou Fellowes. Não havia nenhuma ironia em sua voz. Como fomos engenhosos, pensou Scobie com um tremor de autoaversão: como conseguimos enganar os fofoqueiros de uma pequena colônia. Não deveria ser possível amantes enganarem tão bem. O amor não deve ser espontâneo, afoito...?

"Sim", ele disse. "Sou um velho amigo da senhora Rolt. Eu estava em Pende quando ela foi trazida." Ele ficou junto à mesa, a uns três metros de distância, enquanto Fellowes preparava as bebidas, e observou a conversa dela com a sra. Fellowes, uma conversa fácil, natural. Se eu tivesse entrado aqui esta noite e a visse pela primeira vez, sentiria algum amor?

"Qual era o seu, sra. Rolt?"

"Pink gin."

"Eu queria conseguir fazer minha mulher bebê-lo. Não consigo suportar o gim com laranja que ela bebe."

"Se eu soubesse que a senhora viria para cá, eu a teria acompanhado", disse Scobie.

"Eu gostaria que o senhor tivesse feito isso", disse Helen. "O senhor nunca vai me visitar." Virou-se para Fellowes e disse, com uma facilidade que horrorizou Scobie: "Ele foi muito gentil comigo no hospital em Pende, mas acho que só gosta dos doentes".

Fellowes cofiou seu bigodinho ruivo, serviu-se de um pouco mais de gim e disse: "Ele tem medo da senhora, sra. Rolt. Todos nós, homens casados, temos".

"O senhor acha", disse ela com falsa suavidade, "que eu poderia beber mais um sem ficar bêbada?"

"Ah, aí está Wilson", disse Fellowes ao vê-lo, e lá estava ele com seu rosto rosado, inocente, inseguro, e com sua faixa mal amarrada. "Você já conhece todos, não? Você e a sra. Rolt são vizinhos."

"Mas nunca nos encontramos", disse Wilson, e automaticamente começou a corar.

"Não sei o que está acontecendo com os homens deste lugar", disse Fellowes. "Você e Scobie são ambos vizinhos e nenhum dos dois visita a sra. Rolt", e Scobie percebeu de imediato que o olhar de Wilson se voltava especulativamente para ele. "*Eu* não seria tão tímido", disse Fellowes, servindo os pink gins.

"A dra. Sykes, como sempre, está atrasada", comentou a sra. Fellowes da ponta da sala, mas, nesse momento, subindo pesadamente a escada externa, sensata, em seu vestido preto com botas de cano alto, chegou a dra. Sykes. "Bem a tempo de uma bebida, Jessie", disse Fellowes. "O que vai ser?"

"Uísque escocês duplo", disse a dra. Sykes. Olhou em volta através de suas lentes espessas e acrescentou: "Boa noite a todos".

Quando entravam para jantar, Scobie disse: "Preciso falar com você", mas, percebendo o olhar de Wilson, acrescentou: "para tratar de sua mobília".

"Minha mobília?"

"Acho que eu poderia lhe arranjar mais algumas cadeiras." Como conspiradores eram demasiado novatos: não tinham ainda decorado um livro de códigos inteiro, e ele não tinha certeza se ela havia entendido a frase mutilada. Durante todo o jantar, ele se manteve em silêncio, apavorado pelo momento em que estaria a sós com ela, com medo de perder a menor oportunidade; quando pôs a mão no bolso para pegar um lenço, o telegrama ficou amassado em seus dedos... *tenho sido uma tola pt amor.*

"É claro que o senhor sabe mais sobre isso do que nós, major Scobie", disse a dra. Sykes.

"Perdão. Eu não ouvi..."

"Estávamos falando do caso Pemberton." Portanto, em poucos meses, ele já se tornara um caso. Quando alguma coisa se tornava um caso não parecia mais dizer respeito a um ser humano: em um caso não havia vergonha nem sofrimento. O rapaz na cama estava limpo e arrumado, exposto ao livro de testes de psicologia.

"Eu dizia", disse Wilson, "que Pemberton escolheu um modo estranho de se matar. Eu teria escolhido um sedativo."

"Não seria fácil conseguir um sedativo em Bamba", disse a dra. Sykes. "Provavelmente foi uma decisão repentina."

"Eu não teria provocado todo aquele estardalhaço", disse Fellowes. "Um sujeito tem o direito de tirar a própria vida, é claro, mas não há necessidade de fazer estardalhaço. Uma dose excessiva de sedativo... concordo com Wilson... é o melhor jeito."

"Mas você ainda teria de conseguir a receita", disse a dra. Sykes.

Scobie, com os dedos no telegrama, lembrava-se da carta assinada "Dicky", da letra imatura, das marcas de cigarro nas cadeiras, dos romances de Wallace, dos estigmas de solidão. Durante dois mil anos, ele pensou, temos discutido a agonia de Cristo dessa mesma maneira desinteressada.

"Pemberton sempre foi um pouco tolo", disse Fellowes.

"Um sedativo é invariavelmente enganoso", explicou a dra. Sykes. Suas grandes lentes refletiram o globo da lâmpada elétrica quando ela as voltou, como um farol, na direção de Scobie. "A *sua* experiência com certeza lhe diz quanto ele é enganoso. As companhias de seguro não gostam de sedativos, e nenhuma autoridade encarregada de investigar a morte poderia se prestar a uma fraude deliberada."

"Como eles podem saber?", perguntou Wilson.

"O Luminal, por exemplo. Ninguém poderia realmente tomar bastante Luminal por acidente..." Scobie olhou para Helen, do outro lado da mesa. Ela comia devagar, sem apetite, os olhos fixos no prato. O silêncio deles parecia isolá-los: aquele era um assunto que os infelizes jamais poderiam discutir de forma impessoal. De novo ele percebeu que Wilson olhava de um para outro, e procurou desesperadamente no cérebro alguma frase que pusesse fim à perigosa solidão deles. Eles não podiam sequer ficar em silêncio juntos em segurança.

"Qual o meio que a senhora recomendaria, doutora Sykes?", ele perguntou.

"Bem, há acidentes no banho..., mas mesmo estes precisam de uma boa dose de explicação. Se um homem for corajoso o suficiente para se jogar na frente de um carro..., mas isso é incerto demais..."

"E envolve outra pessoa", disse Scobie.

"Pessoalmente", disse a dra. Sykes, fazendo uma careta debaixo dos óculos, "eu não teria dificuldade. Na minha posição, eu me classificaria como um caso de angina e depois pediria a um de meus colegas que receitasse..."

Helen disse, com repentina violência: "Mas que conversa desagradável. A senhora não tem o direito...".

"Minha querida", disse a dra. Sykes, girando seus malévolos feixes de luz, "quando alguém é médico há tanto tempo quanto eu sou, conhece seus companheiros. Acho que provavelmente nenhum de nós…"

"Quer mais um pouco de salada de frutas, sra. Rolt?", disse a sra. Fellowes.

"A senhora é católica, sra. Rolt?", perguntou Fellowes. "É claro que eles têm pontos de vista muito sólidos."

"Não, eu não sou católica."

"Mas eles têm, não é, Scobie?"

"Eles nos ensinam", disse Scobie, "que esse é o pecado imperdoável."

"Mas o senhor realmente, a sério, major Scobie", perguntou a dra. Sykes, "acredita no Inferno?"

"Ah, sim, acredito."

"Nas chamas e no tormento?"

"Talvez não exatamente assim. Eles nos dizem que pode ser uma sensação permanente de perda."

"*Eu* não me preocuparia com esse tipo de inferno", disse Fellowes.

"Talvez você nunca tenha perdido nada importante", disse Scobie.

O verdadeiro assunto do jantar tinha sido a carne argentina. Depois de tê-la consumido, não havia nada que os mantivesse juntos (a sra. Fellowes não jogava cartas). Fellowes se ocupava com a cerveja e Wilson estava entalado entre o silêncio rabugento da sra. Fellowes e a loquacidade da dra. Sykes.

"Vamos tomar um pouco de ar", sugeriu Scobie.

"É prudente?"

"Pareceria estranho se não fôssemos", disse Scobie.

"Vão olhar as estrelas?", gritou Fellowes, servindo a cerveja. "Recuperando o tempo perdido, Scobie? Levem os copos."

Eles equilibraram os copos no parapeito da varanda. "Não encontrei a sua carta", disse Helen.

"Esqueça."

"Não era por isso que queria falar comigo?"

"Não."

Ele via o contorno do rosto dela contra o céu fadado a desaparecer à medida que as nuvens de chuva avançassem. "Tenho más notícias", ele disse.

"Alguém sabe?"

"Ah, não, ninguém sabe. Ontem à noite", ele disse, "recebi um telegrama da minha mulher. Ela está voltando para casa." Um dos copos caiu do parapeito e se espatifou no pátio.

Os lábios repetiam amargamente a palavra "casa", como se fosse a única que ela entendera. Ele se apressou a dizer, movendo a mão pelo parapeito e não conseguindo alcançá-la: "Casa *dela*. Nunca mais vai ser a minha casa".

"Ah, vai sim. Agora vai."

Ele jurou, cuidadosamente: "Nunca mais vou querer nenhuma casa sem você". As nuvens carregadas tinham alcançado a lua, e o rosto dela se apagou como uma vela em uma súbita corrente de ar. Ele tinha a sensação de estar embarcando agora em uma jornada mais longa do que jamais pretendera. Uma luz brilhou de repente sobre eles quando uma porta se abriu. "Cuidado com o blecaute", ele disse bruscamente, e pensou: pelo menos não estávamos juntos, mas qual era a expressão de nossos rostos? "Pensamos que estava havendo uma briga", disse a voz de Wilson. "Ouvimos um copo se quebrar."

"A sra. Rolt perdeu toda a sua cerveja."

"Pelo amor de Deus, me chame de Helen", ela disse tristemente, "todos me chamam assim, major Scobie."

"Estou interrompendo alguma coisa?"

"Uma cena de paixão desenfreada", disse Helen. "Deixou-me abalada. Quero ir para casa."

"Eu a levo", disse Scobie. "Está ficando tarde."

"Eu não confiaria no senhor, e de qualquer modo a dra. Sykes está morta de vontade de conversar sobre suicídio. Não vou desfazer o grupo. O senhor tem carro, sr. Wilson?"

"É claro. Eu ficaria encantado."

"O senhor poderia ir até lá e voltar imediatamente."

"Eu gosto de dormir cedo", disse Wilson.

"Então vou só entrar para me despedir."

Quando ele viu de novo o rosto dela na luz, pensou: eu me preocupo demais? Para ela, isso não poderia ser apenas o fim de um episódio? Ele a ouviu dizer à sra. Fellowes: "A carne argentina estava mesmo deliciosa".

"Nós temos de agradecer ao sr. Wilson."

As frases iam de um lado para outro como uma peteca de badminton. Alguém riu (era Fellowes ou Wilson) e disse "Nisso você tem razão", e os óculos da dra. Sykes fizeram um ponto, um traço, um ponto no teto. Ele não podia observar o carro saindo sem interromper o blecaute; ouviu o ruído insistente da partida, a aceleração do motor e depois o lento declínio até o silêncio.

"Eles deviam ter mantido a sra. Rolt no hospital mais um pouco", disse a dra. Sykes.

"Por quê?"

"Nervos. Eu senti quando apertei a mão dela."

Ele esperou mais meia hora e então foi para casa. Como sempre, Ali o esperava, cochilando inquieto no batente da cozinha. Com sua lanterna, ele iluminou o caminho de Scobie até a porta. "Patroa deixou carta", ele disse, e tirou um envelope da camisa.

"Por que você não a deixou na minha mesa?"

"Patrão está lá dentro."

"Que patrão?", mas, naquele momento, a porta se abriu e ele viu Yusef esparramado em uma cadeira, adormecido, respirando tão suavemente que os pelos em seu peito nem se mexiam.

"Eu disse para ele ir embora", disse Ali com desprezo, "mas ele ficou."

"Está tudo bem. Vá dormir."

Scobie tinha a sensação de que a vida se fechava sobre ele. Yusef nunca tinha estado ali desde a noite em que viera perguntar por Louise e montar sua armadilha para Tallit. Em silêncio, para não perturbar o homem adormecido e despertar *aquele* problema, ele abriu o bilhete de Helen. Ela devia tê-lo escrito imediatamente depois de ter chegado em casa. Ele leu: *Meu querido, isto é sério. Não consigo dizer isto a você, então estou pondo no papel. Só vou entregá-lo a Ali. Você confia em Ali. Quando ouvi que sua mulher estava voltando...*

Yusef abriu os olhos e disse: "Desculpe-me, major Scobie, por invadir sua casa".

"Você quer beber alguma coisa? Cerveja. Gim. Meu uísque acabou."

"Posso lhe mandar uma caixa?", começou Yusef automaticamente, depois riu. "Eu sempre esqueço. Não devo lhe mandar coisas."

Scobie sentou-se à mesa e pôs o bilhete aberto à sua frente. Nada podia ser tão importante quanto as próximas sentenças. "O que você quer, Yusef?", ele disse, e continuou a ler. *Quando ouvi que sua mulher estava voltando, fiquei irritada e amarga. Foi estupides de minha parte. Nada é sua culpa.*

"Acabe de ler, major Scobie, eu posso esperar."

"Não é realmente importante", disse Scobie, afastando os olhos da letra grande, imatura, do erro de grafia. "Diga o que você quer, Yusef", e seus olhos voltaram à carta. *É por isso que estou escrevendo. Porque ontem à noite você fez promessas de não me deixar e eu não quero nunca que você fique preso a mim por promessas. Meu querido, todas as suas promessas...*

"Major Scobie, quando lhe emprestei dinheiro, juro, foi por amizade, apenas amizade. Eu nunca quis pedir nada ao senhor, nada mesmo, nem os quatro por cento. Não teria pedido nem *sua* amizade... Eu era *seu* amigo... isto é muito confuso, as palavras são muito complicadas, major Scobie."

"Você manteve o acordo, Yusef. Não me queixo do primo de Tallit." Ele continuou a ler: ... *pertencem à sua mulher. Nada do que você me diz é uma promessa. Por favor, por favor se lembre disso. Se você nunca mais quiser me ver, não escreva, não fale. E, querido, se você só quiser me ver às vezes, me veja às vezes. Eu direi qualquer mentira que você quiser.*

"Termine o que o senhor está lendo, major Scobie. Porque o que eu tenho para falar é muito, muito importante."

Meu querido, meu querido, me deixe se você quiser ou me tenha como sua meretris se quiser. Ele pensou: ela só ouviu a palavra, nunca a viu escrita: ela é eliminada das edições escolares de Shakespeare. *Boa noite. Não se preocupe, meu querido.* Furioso, ele disse: "Tudo bem, Yusef. O que é tão importante?".

"Major Scobie, preciso afinal lhe pedir um favor. Não tem nada a ver com o dinheiro que lhe emprestei. Se o senhor puder fazer isso por mim, será amizade, apenas amizade."

"É tarde, Yusef, diga o que é."

"O *Esperança* vai chegar depois de amanhã. Eu quero que um pequeno pacote seja levado a bordo por mim e deixado com o capitão."

"O que há no pacote?"

"Major Scobie, não pergunte. Sou seu amigo. Prefiro que isso seja um segredo. Não vai prejudicar ninguém."

"É claro, Yusef, que eu não posso fazer isso. Você sabe."

"Eu lhe garanto, major Scobie, dou minha palavra", ele se inclinou para a frente na cadeira e pousou a mão nos pelos pretos de seu peito, "minha palavra de amigo, que o pacote não contém nada... nada para os alemães. Nem diamantes industriais, major Scobie."

"Pedras preciosas?"

"Nada para os alemães. Nada que vá prejudicar seu país."

"Yusef, você não pode realmente acreditar que eu concordaria."

A calça de dril claro se comprimiu na beirada da cadeira: por um momento, Scobie pensou que o sírio ia se ajoelhar diante dele. "Major Scobie, eu lhe imploro...", ele disse. "É tão importante para o senhor quanto para mim." Sua voz irrompeu com emoção genuína: "Quero ser seu amigo".

"É melhor eu avisá-lo", disse Scobie, "antes que você diga qualquer outra coisa, Yusef, que o comissário *sabe* sobre o nosso negócio."

"Pode ser, pode ser, mas isto é muito pior, major Scobie, dou minha palavra de honra, isto não vai prejudicar ninguém. Faça apenas esse ato de amizade, e nunca mais eu lhe peço outro. Faça-o de livre e espontânea vontade, major Scobie. Não há nenhum suborno. Não ofereço nenhum suborno."

Seu olhar voltou à carta: *Meu querido, isto é sério.* Sério — seus olhos desta vez leram *servo* — um escravo: um criado dos criados de Deus. Era como uma ordem insensata à qual, não obstante, ele tinha de obedecer. Ele tinha a sensação de estar dando as costas à paz para sempre. De olhos abertos, sabendo das consequências, ele entrava no território das mentiras sem passaporte para voltar.

"O que você estava dizendo, Yusef? Eu não ouvi..."

"Eu lhe peço só mais uma vez..."

"Não, Yusef."

"Major Scobie", disse Yusef, sentando-se ereto em sua cadeira, falando com uma súbita e estranha formalidade, como se um desconhecido tivesse chegado ali e eles não mais estivessem a sós, "o senhor se lembra de Pemberton?"

"É claro."

"O criado dele passou a ser meu empregado."

"O criado de Pemberton?" *Nada do que você me diz é uma promessa.*

"O criado de Pemberton é o criado da sra. Rolt."

Os olhos de Scobie permaneciam na carta..., mas ele não mais lia o que via.

"O criado dela me trouxe uma carta. O senhor sabe, eu pedi a ele para manter os olhos... diligentes... é essa a palavra certa?"

"Você conhece muito nossa língua, Yusef. Quem a leu para você?"

"Isso não importa."

A voz formal parou de repente e o velho Yusef implorou de novo: "Ah, major Scobie, o que fez o senhor escrever uma carta como aquela? Fazer isso era pedir para ter problemas".

"Não podemos ser prudentes o tempo todo, Yusef. Morreríamos de desgosto."

"O senhor sabe que essa carta o pôs em minhas mãos."

"Eu não me importaria muito com isso. Mas pôr três pessoas em suas mãos..."

"Se pelo menos o senhor tivesse praticado um ato de amizade..."

"Continue, Yusef. Você deve completar sua chantagem. Não pode se safar com meia ameaça."

"Eu queria poder cavar um buraco e colocar o pacote dentro dele. Mas a guerra está indo mal, major Scobie. Estou fazendo isto não por mim, mas por meu pai e minha mãe, meu meio-irmão, minhas três irmãs... e há primos também."

"Uma senhora família."

"O senhor entende que, se os ingleses forem derrotados, todas as minhas lojas não terão valor algum."

"O que você pretende fazer com a carta, Yusef?"

"Eu soube por um funcionário da companhia telegráfica que sua mulher está voltando. Vou entregar a carta a ela assim que ela desembarcar."

Ele se lembrou do telegrama assinado Louise Scobie: *tenho sido uma tola pt amor.* Seria uma recepção fria, ele pensou.

"E se eu entregasse seu pacote ao capitão do *Esperança*?"

"Meu criado estará esperando no cais. Em troca do recibo do capitão, ele lhe entregará um envelope contendo a sua carta."

"Você confia no seu criado?"

"Tanto quanto o senhor em Ali."

"Suponhamos que eu exija a carta primeiro e lhe dê a minha palavra..."

"O castigo do chantagista, major Scobie, é que ele não tem dívidas de honra. O senhor teria todo o direito de me enganar."

"Suponhamos que você me engane?"

"Isso não seria correto. E antes eu era seu amigo."

"Você era até há bem pouco", admitiu Scobie com relutância.

"Sou o indiano desprezível."

"O indiano desprezível?"

"Que jogou fora uma pérola", disse Yusef tristemente. "Isso estava na peça de Shakespeare que o Corpo de Artilheiros apresentou no Memorial Hall. Eu sempre me lembro dela."

2

"Bem", disse Druce, "acho que agora temos de ir trabalhar."

"Mais um copo", disse o capitão do *Esperança*.

"Não se quisermos liberar o senhor antes que a barreira se feche. Até mais tarde, Scobie."

Quando a porta do camarote se fechou, o capitão disse, sem fôlego: "Ainda estou aqui".

"Estou vendo. Eu lhe disse que muitas vezes há erros... minutas vão para o lugar errado, arquivos se perdem."

"Não acredito em nada disso", disse o capitão. "Acredito que o senhor me ajudou." O suor pingava dele lentamente no camarote abafado. Ele acrescentou: "Rezo pelo senhor na missa, e lhe trouxe isto. Foi tudo que pude encontrar para o senhor em Lobito. É uma santa muito obscura", e deslizou pela mesa entre eles uma medalha consagrada, do tamanho de uma moeda de níquel. "Santa... não me lembro do nome. Creio que tinha algo a ver com Angola", explicou o capitão.

"Obrigado", disse Scobie.

O pacote em seu bolso parecia pesar tanto quanto uma arma contra sua coxa. Ele deixou as últimas gotas de vinho do Porto assentarem no fundo do copo e então as bebeu. "Desta vez, tenho uma coisa para o senhor." Uma terrível relutância lhe comprimia os dedos.

"Para mim?"

"Sim."

Como era leve o pacotinho, agora que estava na mesa entre eles. O que tinha pesado como uma arma em seu bolso agora poderia conter pouco mais de cinquenta cigarros. "Alguém que virá a bordo", ele disse, "com o piloto em Lisboa vai lhe perguntar se o senhor tem cigarros americanos. O senhor entregará este pacote a essa pessoa."

"Isto é assunto do governo?"

"Não. O governo nunca pagaria tão bem assim." Ele pôs um pacote de cédulas sobre a mesa.

"Isto me surpreende", disse o capitão, com uma nota de decepção na voz. "O senhor se pôs em minhas mãos."

"O senhor estava nas minhas", disse Scobie.

"Não esqueço. Nem minha filha. Ela casou fora da Igreja, mas tem fé. E também reza pelo senhor."

"Então com certeza as preces que rezamos não contam, não é?"

"Não. Mas quando o momento da Graça retorna, elas sobem", o capitão ergueu os braços gordos, em um gesto absurdo e comovente, "todas juntas, como um bando de pássaros."

"Ficarei contente com elas", disse Scobie.

"É claro que o senhor pode confiar em mim."

"É claro. Agora tenho de revistar seu camarote."

"O senhor não confia muito em mim."

"Esse pacote", disse Scobie, "não tem nada a ver com a guerra."

"O senhor tem certeza?"

"Tenho quase certeza."

Ele começou a busca. Uma vez, ao parar diante de um espelho, viu pousado sobre seus ombros o rosto de um estranho, um rosto gordo, suado, não confiável. Por um momento se perguntou: quem será?, até se dar conta de que era apenas um novo e desconhecido olhar de pena que o tornava estranho a si próprio. Pensou: sou realmente um desses de quem as pessoas têm pena?

LIVRO TRÊS

PARTE UM

CAPÍTULO 1

I

As chuvas acabaram e o vapor subia da terra. Havia nuvens de moscas por toda parte e o hospital estava cheio de pacientes com malária. Na costa distante, eles morriam de febre da água negra, e ainda assim, por algum tempo, houve uma sensação de alívio. Era como se o mundo tivesse se aquietado outra vez agora que o tamborilar nos telhados de zinco tinha acabado. Na cidade, o intenso aroma de flores alterava o cheiro de zoológico dos corredores da delegacia. Uma hora depois de abrirem a barreira flutuante, o navio entrou vindo do sul, sem escolta.

Scobie saiu no barco da polícia assim que o navio ancorou. Sua boca estava enrijecida de tantas saudações; ele praticava com a língua frases que parecessem calorosas e naturais e pensava: que caminho longo eu percorri, para ter de ensaiar boas-vindas. Esperava encontrar Louise em uma das salas de espera; seria mais fácil cumprimentá-la na frente de estranhos, mas não havia sinal dela em lugar algum. Ele teve de perguntar o número do camarote na sala do comissário de bordo.

Mesmo assim, é claro, tinha esperança de que o camarote fosse compartilhado. Atualmente nenhuma cabine acomodava menos de seis passageiros.

Mas quando ele bateu e a porta se abriu, não havia ninguém além de Louise. Ele se sentiu como um vendedor batendo na casa de um estranho. Quando falou, havia uma interrogação em sua voz. "Louise?"

"Henry", disse ela. E acrescentou: "Entre". Uma vez dentro da cabine, não havia nada a fazer senão beijá-la. Ele evitou a boca de Louise — a boca revela muito —, mas ela só se satisfez quando lhe puxou o rosto e selou em seus lábios seu retorno. "Ah, meu querido, aqui estou."

"Aqui está você", ele disse, buscando desesperadamente as frases que tinha ensaiado.

"Elas foram todas tão gentis", ela explicou. "Saíram para que eu ficasse a sós com você."

"Você fez boa viagem?"

"Acho que nos seguiram uma vez."

"Eu estava muito ansioso", ele disse, e pensou: essa é a primeira mentira. Agora é fácil seguir em frente. "Senti tanto a sua falta."

"Fui uma tola de ir embora, querido." Através da vigia as casas cintilavam como mica na bruma do calor. O camarote cheirava nitidamente a mulher, a pó de arroz, esmalte e camisolas. "Vamos para terra firme", ele disse.

Mas ela o deteve ainda um momento. "Querido", disse, "eu tomei muitas decisões enquanto estive fora. Agora tudo vai ser diferente. Não vou mais irritar você." E repetiu: "Agora tudo vai ser diferente", e ele pensou com tristeza que isso de qualquer maneira era verdade, a desalentadora verdade.

À janela de sua casa, enquanto Ali e o aprendiz carregavam os baús, ele olhou morro acima na direção dos abrigos. Era como se um deslizamento de terra tivesse criado de repente uma distância imensurável entre ele e eles. Estavam tão distantes que a princípio não havia dor, não mais do que alguém sentiria por um episódio da juventude relembrado com a mais tênue melancolia. Será que as minhas mentiras, ele se perguntou, realmente começaram quando escrevi aquela carta? Será que posso mesmo amá-la mais que a Louise? Será que eu, no fundo do meu coração, amo alguma delas, ou ocorre apenas que essa pena automática brota diante de qualquer necessidade humana — e a torna pior? Qualquer vítima exige lealdade. No andar de cima, o silêncio e a solidão estavam sendo espantados a marteladas, tachinhas eram cravadas, pesos caíam no chão e faziam o teto tremer. A voz de Louise se erguia em ordens peremptórias e alegres. Havia um ruído de objetos depositados na penteadeira. Ele subiu e, do vão da porta, viu o rosto com um véu branco de comunhão olhando para ele de novo: os mortos também tinham voltado. A vida não era a mesma sem os mortos. O mosquiteiro pendia, um ectoplasma cinza, sobre a cama de casal.

"Bem, Ali", ele disse, com o espectro de um sorriso, tudo que conseguiu invocar naquela sessão espírita, "a patroa voltou. Estamos todos juntos de novo." O rosário dela estava sobre a penteadeira, e ele pensou no outro, quebrado, em seu bolso. Sempre pretendera mandar consertá-lo: agora parecia nem valer a pena.

"Querido", disse Louise, "eu terminei aqui. Ali pode fazer o resto. Quero conversar com você sobre tantas coisas..." Ela o seguiu escada abaixo e disse de repente: "Preciso mandar lavar essas cortinas".

"Nelas a sujeira não aparece."

"Pobrezinho, você não perceberia, mas eu estive fora", ela disse. "Agora quero mesmo uma estante maior. Eu trouxe muitos livros."

"Você ainda não me contou o que a fez..."

"Querido, você vai rir de mim. Fui tão tola. Mas de repente percebi como fui boba de me preocupar daquele jeito com o Comissariado. Um dia eu lhe conto, quando não me importar com as suas risadas." Ela estendeu a mão e, hesitante, tocou o braço dele. "Você está mesmo contente...?"

"Muito contente", ele disse.

"Sabe uma das coisas que me preocuparam? Fiquei com medo de que você não fosse um bom católico enquanto eu não estivesse aqui para mantê-lo na linha, pobrezinho."

"Acho que não fui mesmo."

"Você faltou à missa muitas vezes?"

Ele disse com uma jocosidade forçada: "Eu quase não fui".

"Ah, Ticki." Ela se levantou depressa e disse: "Henry, querido, você vai achar que eu sou muito sentimental, mas amanhã é domingo e quero que nós comunguemos juntos. Um sinal de que começamos de novo... do jeito certo". Como eram extraordinários os aspectos de uma situação que passavam despercebidos — esse ele não tinha considerado. "É claro", ele disse, mas por um momento seu cérebro se recusou a trabalhar.

"Você vai ter de se confessar hoje à tarde."

"Eu não fiz nada muito terrível."

"Faltar à missa aos domingos é pecado mortal, tanto quanto o adultério."

"O adultério é mais divertido", ele disse, tentando parecer descontraído.

"Estava na hora de eu voltar."

"Vou hoje à tarde... depois do almoço. Não posso me confessar de estômago vazio", ele disse.

"Querido, sabe que você *mudou*?"

"Eu só estava brincando."

"Eu não me importo que você brinque. Eu gosto. É que antes você não brincava muito."

"Você não volta para casa todo dia, querida." O bom humor tenso, a pilhéria com os lábios secos continuaram por um bom tempo: no almoço, ele dispensou o garfo, fazendo mais uma "graça". "Henry querido, nunca vi você tão animado." O chão se abrira sob os pés dele, e durante toda a refeição ele teve a sensação de estar caindo: o estômago distendido, a falta de ar, o desespero — porque não se podia cair tanto e sobreviver. Sua hilaridade era como um grito saído da fenda de uma geleira.

Quando o almoço terminou (ele não saberia dizer o que tinha comido), ele disse: "Preciso sair".

"O padre Rank?"

"Primeiro preciso fazer uma visitinha a Wilson. Agora ele está morando em um dos abrigos. É nosso vizinho."

"Ele não estará na cidade?"

"Acho que ele volta para o almoço."

Ele pensou, enquanto subia o morro: quantas vezes no futuro vou ter de visitar Wilson? Mas não — esse não era um álibi seguro. Só funcionaria daquela vez, porque ele sabia que Wilson almoçava na cidade. Ainda assim, para ter certeza, bateu e ficou momentaneamente chocado quando Harris abriu a porta: "Eu não esperava ver você".

"Tive um pouco de febre", disse Harris.

"Eu passei para ver se Wilson estava."

"Ele sempre almoça na cidade", disse Harris.

"Eu só queria dizer a ele para nos fazer uma visita. Minha mulher voltou, sabe?"

"Acho que vi o movimento pela janela."

"Você também deve ir nos visitar."

"Não sou muito de visitas", disse Harris, apoiando-se no batente da porta. "Para falar a verdade, as mulheres me assustam."

"Você não vê uma quantidade suficiente delas, Harris."

"Não sou acompanhante de senhoras", disse Harris, em uma tentativa infeliz de mostrar-se orgulhoso, e Scobie, enquanto seguia relutante para o abrigo de uma mulher, sabia que Harris o observava, com o ascetismo ofensivo dos homens rejeitados. Ele bateu e sentiu aquele olhar desaprovador pesando em suas costas. Pensou: lá se vai o meu álibi: ele vai contar a Wilson, e Wilson... Pensou: vou dizer que, já que estava aqui, fui visitar... e sentiu toda a sua personalidade desmoronar com a lenta desintegração das mentiras.

"Por que você bateu?", perguntou Helen. Estava deitada na cama, na penumbra das cortinas fechadas.

"Harris estava me observando."

"Eu achava que você não vinha hoje."

"Como você sabia?"

"Todo mundo aqui sabe tudo... menos uma coisa. Como você é inteligente em relação a isto. Imagino que seja porque você é policial."

"Sim." Ele sentou-se na cama e pôs a mão no braço dela; imediatamente o suor começou a correr entre eles. "O que você está fazendo aqui?", ele disse. "Está doente?"

"É só uma dor de cabeça."

Ele disse mecanicamente, sem sequer ouvir as próprias palavras: "Você precisa se cuidar".

"Tem alguma coisa preocupando você", ela disse. "As coisas deram...errado?"

"Não é nada desse tipo."

"Você se lembra da primeira noite que passou aqui? Nós não nos preocupamos com nada. Você até esqueceu o guarda-chuva. Estávamos felizes. Não parece estranho?... Nós estávamos felizes."

"Sim."

"Por que continuamos assim... sendo infelizes?"

"É um erro misturar as ideias de felicidade e de amor", disse Scobie com um pedantismo desesperado, como se, caso ele pudesse transformar toda aquela situação em um caso típico, como tinham feito com Pemberton, a paz voltasse para ambos, uma espécie de resignação.

"Às vezes você é tão detestavelmente velho", disse Helen, mas, de imediato, com um gesto na direção dele, expressou que não falara a sério. Hoje, ele pensou, ela não pode se dar ao luxo de brigar — ou pelo menos acha isso. "Querido", ela acrescentou, "em que você tanto pensa?"

Não se devia mentir para duas pessoas se isso pudesse ser evitado — o caos seria completo, mas ele estava terrivelmente tentado a mentir enquanto olhava o rosto dela no travesseiro. Ela lhe parecia uma dessas plantas em documentários sobre a natureza que vemos crescer muito depressa. Helen já adquirira o aspecto da costa. Compartilhava isso com Louise. "É só um problema que eu tenho de resolver sozinho", ele disse. "Algo que eu não tinha considerado."

"Conte-me, querido. Duas cabeças..." Ela fechou os olhos e ele viu a boca pronta para explodir.

"Louise quer que eu vá à missa com ela", ele disse, "para comungar. Eu deveria estar indo me confessar agora."

"Ah, é só isso?", ela perguntou com imenso alívio, e no cérebro dele a irritação com a ignorância dela se movia injustamente como ódio.

"Só isso?", ele disse. "Só isso?" Então a justiça o recuperou. Ele disse gentilmente: "Se eu não comungar, ela vai saber que há alguma coisa errada... muito errada".

"Mas você não pode simplesmente ir?"

"Para mim", ele disse, "isso significa... bem, é a pior coisa que eu posso fazer."

"Você acredita mesmo no inferno?"

"Foi isso que Fellowes me perguntou."

"Mas eu simplesmente não entendo. Se você acredita no inferno, por que está comigo agora?"

Quantas vezes, ele pensou, a falta de fé ajuda as pessoas a ver com mais clareza do que a fé. "É claro, você tem razão: a fé deveria impedir tudo isto. Mas as pessoas que vivem nas aldeias na encosta do Vesúvio continuam... E então, contra todos os ensinamentos da Igreja, a pessoa tem a convicção de que o amor... qualquer tipo de amor... merece um pouco de misericórdia. Ela vai pagar, é claro, pagar pavorosamente, mas acho que não vai pagar eternamente. Talvez tenha tempo antes de morrer..."

"Um arrependimento no leito de morte", ela disse com desdém.

"Não seria fácil arrepender-se disso", ele disse. E beijou a mão suada de Helen. "Posso lamentar as mentiras, a missa, a infelicidade, mas se estivéssemos morrendo agora, eu não saberia como me arrepender do amor."

"Bem", ela disse com a mesma insinuação de desprezo que parecia separá-la dele, abrigando-a na segurança da praia, "você não pode ir confessar tudo agora? Afinal, isso não significa que você não vá fazer tudo de novo."

"Não adianta confessar se eu não pretendo tentar..."

"Muito bem, então", ela disse triunfante. "Perdido por um, perdido por mil. Você está cometendo... como é que se diz... pecado mortal? Que diferença faz?"

Suponho, ele pensou, que as pessoas devotas chamariam isso de linguagem do demônio, mas ele sabia que o mal nunca usava esses termos crus refutáveis: isso era inocência. "Há uma diferença", ele disse, "uma grande diferença. Não é fácil explicar. *Agora* estou apenas pondo o nosso amor acima... bem, da minha segurança. Mas o outro... o outro é realmente mal. É como a Missa Negra, o homem que rouba o sacramento para profaná-lo. É como golpear Deus quando ele está caído... sob meu poder."

Ela virou a cabeça, cansada e disse: "Não entendo nada do que você está dizendo. Para mim tudo isso é bobagem".

"Eu gostaria que fosse para mim. Mas creio nisso."

"Eu *imagino* que você acredite", disse ela bruscamente. "Ou isso é só um truque? Eu não ouvia tanto sobre Deus quando começamos, não é? Você não está se mostrando tão devoto para mim para ter uma desculpa...?"

"Minha querida", disse Scobie. "Eu nunca vou deixá-la. Tenho de pensar, só isso."

2

Às seis e quinze da manhã seguinte, Ali os chamou. Scobie acordou de imediato, mas Louise continuou dormindo — ela tivera um dia cansativo. Scobie a observou: este era o rosto que ele amara: este era o rosto que ele amava. Ela tinha pavor de morrer no mar e, contudo, tinha voltado para tranquilizá-lo. Dera à luz uma filha dele em uma agonia, e em outra agonia vira a filha morrer. Ele tinha a impressão de que escapara de tudo. Se ao menos, pensava, eu pudesse dar um jeito de ela nunca mais sofrer, mas sabia que a tarefa que se impusera era impossível. Ele podia adiar o sofrimento, só isso, mas o carregava consigo, uma infecção que mais cedo ou mais tarde ela contrairia. Talvez a estivesse contraindo agora, pois se virava e choramingava no sono. Ele pôs a mão no rosto dela para acalmá-la. Pensou: se pelo menos ela continuar a dormir, eu também dormirei, dormirei demais, perderemos a missa, outro problema será adiado. Mas, como se os pensamentos dele fossem um despertador, ela acordou.

"Que horas são, querido?"

"Quase seis e meia."

"Vamos ter de nos apressar." Ele se sentiu como se fosse instigado por um carcereiro gentil e sem remorsos a vestir-se para a execução. E, no entanto, ele ainda adiava a mentira salvadora: havia sempre a possibilidade de um milagre. Louise aplicou uma última camada de pó de arroz (mas o pó se solidificava quando tocava a pele) e disse: "Vamos sair agora". Havia uma tênue nota de triunfo na voz dela? Muitos anos antes, na outra vida de infância, alguém com seu nome, Henry Scobie, atuara na peça da escola, no papel de Hotspur. Ele fora escolhido por ser veterano e por seu físico, mas todos diziam que havia representado bem. Agora ele tinha de atuar de novo — não era decerto tão fácil quanto a simples mentira verbal?

Scobie de repente se recostou na parede e pôs a mão no peito. Não conseguiu fazer os músculos imitarem a dor, então simplesmente fechou os olhos. Louise, olhando-se no espelho, disse: "Lembre-me de lhe contar sobre o padre Davis, de Durban. Ele era um padre muito bom, muito mais intelectual que o padre Rank". Scobie achou que ela nunca viraria a cabeça e o notaria. Ela disse: "Bem, precisamos mesmo sair", e continuou a se olhar no espelho. Alguns cabelos escorridos por causa do suor estavam fora de lugar. Através da cortina dos cílios ele a viu finalmente virar-se e olhar para ele. "Vamos, querido", ela disse. "Você está com cara de sono."

Ele manteve os olhos fechados e ficou onde estava. Ela disse subitamente: "Ticki, o que aconteceu?".

"Um pouco de conhaque."

"Você está passando mal?"

"Um pouco de conhaque", ele repetiu bruscamente, e, quando ela o serviu e ele sentiu o gosto na língua, teve uma incomensurável sensação de indulto. Suspirou e relaxou. "Melhorou."

"O que foi, Ticki?

"Só uma dor no peito. Já passou."

"Você já sentiu isso antes?"

"Algumas vezes, quando você estava viajando."

"Você precisa consultar um médico."

"Ah, não vale a pena. Eles vão dizer que eu trabalho demais."

"Eu não deveria tê-lo forçado, mas queria que nós dois comungássemos juntos."

"Receio que eu tenha estragado tudo... com o conhaque."

"Não importa, Ticki." Descuidadamente, ela o sentenciava à morte eterna. "Podemos ir qualquer dia."

Ele se ajoelhou em seu lugar e observou Louise ajoelhar-se com os outros comungantes na balaustrada do altar: insistira em ir à missa com ela. O padre Rank, dando as costas ao altar, encaminhou-se até eles com Deus em suas mãos. Scobie pensou: Deus acaba de me escapar, mas Ele escapará sempre? *Domine non sum dignus... domine non sum dignus... domine non sum dignus...* Sua mão batia formalmente, como se ele participasse de um treinamento militar, em um botão específico do uniforme. Por um momento, pareceu-lhe que Deus fora cruelmente injusto ao se expor desse modo, um homem, uma hóstia, primeiro nas aldeias palestinas e agora aqui no porto quente, ali, em todos os lugares, permitindo que o homem O desejasse. Cristo dissera ao jovem rico que vendesse tudo e O seguisse, mas esse era um passo racional fácil comparado àquele que Deus dera, pôr-Se à mercê de homens que mal sabiam o significado da palavra. Como Deus deve amar desesperadamente, ele pensou envergonhado. O padre alcançara Louise em sua lenta e interrompida patrulha, e de repente Scobie se deu conta da sensação de exílio. Ali, onde todas aquelas pessoas se ajoelhavam, estava um país para onde ele nunca voltaria. A consciência do amor se agitou nele, o amor que sempre sentimos por alguém que perdemos, seja um filho, uma mulher, ou mesmo a dor.

CAPÍTULO 2

I

WILSON ARRANCOU CUIDADOSAMENTE a página da *Downhamian* e colou uma folha grossa do papel de carta do Departamento Colonial no verso do poema. Segurou-a contra a luz: era impossível ler o resultado dos jogos do outro lado de seus versos. Então dobrou a folha com cuidado e a pôs no bolso; ela provavelmente ficaria lá, mas quem podia saber ao certo?

Ele vira Scobie saindo de carro para a cidade e, com o coração acelerado e sentindo falta de ar, uma sensação muito semelhante à que tivera ao entrar no bordel, e até com a mesma relutância — pois quem queria, em qualquer momento, mudar a rotina de sua vida? —, ele desceu o morro em direção à casa de Scobie.

Começou a ensaiar o que julgava que outro homem em seu lugar faria: retomar imediatamente a situação no ponto em que fora interrompida: beijá-la com muita naturalidade, se possível na boca, dizer "Senti sua falta", sem indecisão. Mas seu coração palpitante enviou a mensagem de medo que afogou o pensamento.

"É Wilson, finalmente", disse Louise. "Achei que você tinha me esquecido." E estendeu a mão para ele. Ele encarou isso como uma derrota.

"Beba alguma coisa."

"Eu pensei que talvez você quisesse dar uma caminhada."

"Está quente demais, Wilson."

"Eu não estive lá, sabe, desde..."

"Onde?" Ele se deu conta de que para quem não ama o tempo nunca para.

"Lá na antiga estação."

Ela disse vagamente, com uma falta de interesse implacável: "Ah, sim... sim, eu também ainda não fui até lá".

"Naquela noite, quando eu voltei", ele sentia o terrível rubor imaturo se expandindo, "tentei escrever um poema."

"O quê, você, Wilson?"

"Sim, eu, Wilson", ele disse furioso. "Por que não? E foi publicado."

"Eu não estava ridicularizando. Estava só surpresa. Quem o publicou?"

"Um novo jornal chamado *The Circle*. É claro que eles não pagam muito."

"Posso vê-lo?"

"Estou com ele aqui", disse Wilson ofegante. E explicou: "Havia algo insuportável no verso da página. Era moderno demais para mim". Ele a observou com um constrangimento faminto.

"É muito bonito", ela disse sem firmeza.

"Está vendo as iniciais?"

"Nunca me dedicaram um poema."

Wilson se sentia mal; queria se sentar. Por que, ele se perguntava, alguém inicia este processo humilhante: por que alguém imagina que está apaixonado? Ele tinha lido em algum lugar que o amor fora inventado no século XI pelos trovadores. Por que eles não nos deixaram com a luxúria? Com um rancor desesperançado, ele disse: "Eu a amo". E pensou: é mentira, a palavra não significa nada fora da página impressa. Esperou que ela risse.

"Ah, não, Wilson", ela disse, "não. Você não me ama. É só a febre da Costa."

Ele mergulhou cegamente: "Mais que a qualquer coisa no mundo".

Ela disse suavemente: "Ninguém ama assim, Wilson".

Ele andou inquieto de um lado para outro, seus calções drapejando, sacudindo a folha da *Downhamian*. "Você deve acreditar no amor. Você é católica. Deus não amou o mundo?"

"Ah, sim", ela disse. "Ele é capaz disso. Mas não há muitos de nós que sejam."

"Você ama seu marido. Você me disse isso. E isso a trouxe de volta."

"Suponho que sim", disse Louise com tristeza. "O máximo que consigo. Mas não é o tipo de amor que *você* quer imaginar que sente. Não há cálices envenenados, maldições eternas, velas negras. Não se *morre* por amor, Wilson... a não ser nos livros, é claro. E às vezes numa brincadeira de faz de conta de menino. Não vamos brincar de faz de conta, Wilson... não é divertido na nossa idade."

"Eu não estou brincando de faz de conta", ele disse, com uma fúria na qual podia facilmente ouvir o tom histriônico. Confrontou a estante de Louise como se ela fosse uma testemunha que ela havia esquecido. "*Eles* brincam de faz de conta?"

"Não muito", ela disse. "É por isso que eu gosto mais deles do que dos *seus* poetas."

"Mesmo assim você voltou." O rosto dele se iluminou com uma inspiração perversa. "Ou foi só ciúme?"

"Ciúme? Que motivo eu tenho para sentir ciúme?", ela disse.

"Eles têm sido cuidadosos", disse Wilson , "mas não tão cuidadosos assim."

"Não sei do que você está falando."

"O seu Ticki e Helen Rolt."

Louise tentou dar um tapa no rosto dele, mas errou o alvo e acertou o nariz, que começou a sangrar copiosamente. "Isso foi por você tê-lo chamado de Ticki", ela disse. "Ninguém faz isso a não ser eu. Você sabe que ele odeia. Pegue o meu lenço, se você não tem um."

"Eu sangro com muita facilidade", disse Wilson. "Você se importa se eu me deitar?" Ele se estendeu no chão, entre a mesa e o guarda-comida, com as formigas. Primeiro fora Scobie vendo suas lágrimas em Pende, e agora… isso.

"Quer que eu ponha uma chave embaixo de suas costas?", perguntou Louise.

"Não. Não, obrigado."

O sangue tinha manchado a página da *Downhamian*.

"Eu sinto *muitíssimo*. Tenho um temperamento péssimo. Isto vai curá-lo, Wilson." Mas, se alguém vive de acordo com o romance, não vai nunca se curar dele. O mundo tem uma quantidade excessiva de sacerdotes decaídos desta ou daquela fé: por certo é muito melhor fingir uma crença que vagar naquele vácuo pernicioso de crueldade e desespero. Ele disse obstinadamente, sangrando no lenço dela: "Nada vai me curar, Louise. Eu a amo. Nada".

"Que estranho seria", ela disse, "se isso fosse verdade."

Do chão, ele grunhiu uma interrogação.

"Quer dizer", ela explicou, "se você *fosse mesmo* uma dessas pessoas que realmente amam. Eu achava que Henry era. Seria estranho se na verdade fosse você, todo esse tempo." Ele sentiu um medo esquisito de que afinal fosse aceito por seu próprio valor, algo parecido com o que um oficial subalterno de estado-maior talvez sinta durante uma retirada, ao descobrir que sua afirmação de saber operar tanques será aceita. É tarde demais para ele admitir que só sabe o que leu em revistas técnicas — "Ó amor lírico, meio anjo e meio pássaro". Sangrando no lenço dela, ele moldou nos lábios cuidadosamente uma frase generosa: "Suponho que ele ame… a seu modo".

"A quem?", Louise disse. "A mim? A esta Helen Rolt de quem você está falando? Ou só a ele mesmo?"

"Eu não devia ter dito isso."

"Não é verdade? Vamos falar um pouco a verdade, Wilson. Você não sabe como eu estou cansada de mentiras reconfortantes. Ela é bonita?"

"Ah, não, não. Nem um pouco."

"Ela é jovem, é claro, e eu estou na meia-idade. Mas com certeza ela está um pouco desgastada depois de tudo por que passou."

"Ela está muito desgastada."

"Mas ela não é católica. Tem sorte. Ela é livre, Wilson."

Wilson recostou-se na perna da mesa. E disse, com paixão genuína: "Eu pedi a Deus que você não me chamasse de Wilson".

"Edward. Eddie. Ted. Teddy."

"Estou sangrando de novo", ele disse com tristeza, e voltou a deitar no chão.

"O que você sabe sobre isso, Teddy?"

"Acho que prefiro ser Edward. Louise, eu o vi vindo do abrigo dela às duas da madrugada. Ele estava lá ontem à tarde."

"Ele estava se confessando."

"Harris o viu."

"Com certeza você o está vigiando."

"Creio que Yusef está usando Scobie."

"Isso é impossível. Você está indo longe demais."

Ela o observou atentamente, como se ele fosse um cadáver: o lenço manchado de sangue estava na mão dele. Nenhum deles ouviu o carro parar nem os passos até a soleira. Foi estranho para ambos ouvir uma terceira voz, de um mundo exterior, falando naquela sala que se tornara fechada, íntima e abafada, como um túmulo. "O que aconteceu?", perguntou a voz de Scobie.

"É só...", Louise disse, e fez um gesto de perplexidade, como se estivesse dizendo: como posso começar a explicar? Wilson se levantou depressa, e logo seu nariz voltou a sangrar.

"Olhe", disse Scobie, e, sacando seu molho de chaves, colocou-o dentro do colarinho de Wilson. "Você vai ver, os remédios antiquados são sempre os melhores", e, de fato, o sangramento parou em poucos segundos. "Você nunca deve se deitar de costas", Scobie continuou sensato. "No boxe, os auxiliares dos lutadores usam uma esponja com água fria, e você parece mesmo que saiu de uma luta, Wilson."

"Eu sempre me deito de costas", disse Wilson. "Passo mal quando vejo sangue."

"Quer uma bebida?"

"Não", disse Wilson, "não. Preciso ir embora." Ele recuperou as chaves com certa dificuldade e deixou a fralda da camisa para fora da calça. Só descobriu isso ao voltar para o abrigo, quando Harris lhe mostrou, e pensou: era esta a minha aparência quando fui embora, e eles me observaram, um ao lado do outro.

2

"O QUE ELE QUERIA?", perguntou Scobie.

"Queria fazer amor comigo."

"Ele ama você?"

"Acha que ama. Não se pode pedir muito mais que isso, não é?"

"Parece", disse Scobie, "que você acertou de jeito o nariz dele."

"Ele me deixou irritada. Chamou você de Ticki. Querido, ele está vigiando você."

"Eu sei."

"Ele é perigoso?"

"Pode ser, em certas circunstâncias. Mas então a culpa seria minha."

"Henry, você nunca fica furioso com ninguém? Não se importa com a ideia de ele fazer amor comigo?"

"Eu seria hipócrita se ficasse zangado com isso. É o tipo de coisa que acontece com as pessoas. Sabe, pessoas normais muito agradáveis se apaixonam."

"Você algum dia se apaixonou?"

"Ah, sim, sim." Ele a observou atentamente enquanto desencavava um sorriso. "*Você* sabe que sim."

"Henry, você realmente se sentiu mal hoje de manhã?"

"Sim."

"Não era só uma desculpa?"

"Não."

"Então, querido, vamos comungar juntos amanhã de manhã."

"Se você quiser", ele disse. Era o momento que ele sabia que chegaria. Com ousadia, para mostrar que sua mão não estava tremendo, ele pegou um copo. "Quer uma bebida?"

"É muito cedo, querido", disse Louise; ele sabia que ela o olhava atentamente como todos os outros. Colocou novamente o copo no lugar e disse: "Eu só tenho de correr até a delegacia para pegar uns documentos. Quando eu voltar, será hora de beber".

Ele dirigiu pela estrada de forma vacilante, com os olhos embaçados pela náusea. Meu Deus, pensava, que decisões obrigais as pessoas a tomar, de repente, sem tempo para considerações. Estou cansado demais para pensar: isso tem de ser calculado no papel, como um problema de matemática, e a resposta tem de ser alcançada sem dor. Mas a dor o fez sentir-se fisicamente mal, e ele quase vomitou sobre o volante. O problema, pensou, é que sabemos as respostas — nós, católicos, somos prejudicados por nosso conhecimento. Não preciso calcular nada — só há uma resposta: ajoelhar-me no confessionário e dizer: "Desde a minha última confissão, cometi adultério tantas vezes etc. etc."; ouvir o padre Rank me dizer para evitar a ocasião: nunca ver a mulher a sós (falando naqueles terríveis termos abstratos: Helen — a mulher, a ocasião, não mais a criança desnorteada agarrada ao álbum de selos, ouvindo Bagster gritar do outro lado da porta: aquele momento de paz e escuridão e ternura e "adultério" por pena). E, para eu fazer meu ato de contrição, a promessa de "nunca mais ofender-vos" e amanhã a comunhão: levar Deus à minha boca no que eles chamam de estado de graça. Essa é a resposta certa — *não há* outra resposta: salvar minha alma e abandoná-la a Bagster e ao desespero. É preciso ser sensato, ele se disse, e reconhecer que o desespero não dura (isso é verdade?), que o amor não dura (mas não é exatamente por essa razão que o desespero dura?), que em poucas semanas ou meses ela estará bem de novo. Ela sobreviveu a quarenta dias em um barco aberto e à morte do marido e não pode sobreviver à simples morte do amor? Como eu posso, como sei que posso.

Ele parou na frente da igreja e ficou sentado, sem esperança, à direção do carro. A morte nunca chega quando mais a desejamos. Ele pensou: é claro que há a comum e honesta resposta *errada*, deixar Louise, esquecer aquele juramento privado, demitir-me do emprego. Abandonar Helen a Bagster ou Louise a quê? Estou encurralado, disse consigo, vendo pelo espelho retrovisor o rosto sem expressão de um estranho, encurralado. Não obstante, saiu do carro e entrou na igreja. Enquanto esperava o padre Rank entrar no confessionário, ajoelhou-se e rezou: a única oração que conseguiu pronunciar. Até as palavras do pai-nosso e da ave-maria o abandonaram. Rezou por um milagre, "Ó, Deus, convencei-me, ajudai-me, convencei-me. Fazei-me sentir que sou mais importante que aquela menina". Não era o rosto de Helen que ele via enquanto rezava, mas o da criança moribunda que o chamara de pai: um rosto em uma fotografia que o olhava da penteadeira: o rosto de uma menina negra de doze anos que um marinheiro tinha estuprado e matado fitando-o cegamente em uma luz amarela de parafina. "Fazei-me pôr minha própria alma em primeiro lugar. Fazei-me confiar em vossa misericórdia para com aquela que eu abandono." Ele ouviu o padre Rank fechar a porta do confessionário e a náusea o fez curvar-se de novo sobre os joelhos. "Ó, Deus", ele disse, "se, ao contrário, eu vos abandonar, puni-me, mas deixai que os outros tenham alguma felicidade." Entrou no confessionário. Pensou: ainda pode acontecer um milagre. Até o padre Rank pode ao menos uma vez encontrar a palavra certa... Ajoelhado no espaço de um caixão virado para baixo, disse: "Desde a minha última confissão cometi adultério".

"Quantas vezes?"

"Não sei, padre. Muitas vezes."

"Você é casado?"

"Sim." Ele se lembrou da noite em que o padre Rank quase sucumbiu diante dele, admitindo seu fracasso em ajudar... Estaria ele, ao mesmo tempo que lutava para guardar o completo anonimato da confissão, também se lembrando dela? Ele queria dizer: "Ajude-me, padre. Convença-me de que eu faria a coisa certa se a abandonasse a Bagster. Faça-me acreditar na misericórdia de Deus", mas ajoelhou-se em silêncio esperando: não sentia sequer o mais leve tremor de esperança. "É uma mulher?", perguntou o padre Rank.

"Sim."

"Você deve evitar vê-la. É possível?"

Ele fez que não com a cabeça.

"Se precisa vê-la, não deve nunca ficar a sós com ela. Você promete fazer isso, promete a Deus, não a mim?" Ele pensou: como fui idiota de esperar a palavra mágica. Essa é a fórmula usada tantas vezes para tantas pessoas. Presumivelmente as pessoas prometiam e iam embora e voltavam e se confessavam de novo. Acreditavam realmente que iriam tentar? Ele pensou: estou enganando seres humanos todos os dias da minha vida, não vou tentar me enganar, nem a Deus. Respondeu: "Não adiantaria nada prometer isso, padre".

"Você deve prometer. Não pode desejar o fim sem desejar os meios."

Ah, mas é possível, ele pensou, é bem possível: pode-se desejar a paz da vitória sem desejar as cidades devastadas.

"Certamente não preciso lhe dizer que não há nada automático na confissão ou na absolvição", disse o padre Rank. "Obter o perdão depende do seu estado de espírito. Não adianta nada vir aqui e ajoelhar-se despreparado. Antes de vir aqui, você deve saber o erro que cometeu."

"Eu sei disso."

"E deve ter um propósito verdadeiro de se emendar. Nós somos instruídos a perdoar nosso irmão setenta vezes sete e não precisamos temer que Deus seja menos clemente que nós, mas ninguém pode perdoar os incontritos. É melhor pecar setenta vezes e arrepender-se a cada vez do que pecar uma vez e nunca se arrepender." Ele via a mão do padre Rank se erguer para enxugar o suor dos olhos: parecia um gesto de cansaço. Pensou: de que serve mantê-lo nesse desconforto? Ele está certo, é claro, ele está certo. E eu fui um idiota de imaginar que de alguma forma, neste confessionário abafado, eu encontraria uma convicção... "Acho que errei ao vir aqui, padre", ele disse.

"Eu não quero lhe recusar a absolvição, mas acho que, se você fosse embora e pensasse bem sobre essas coisas, voltaria em um estado de espírito melhor."

"Sim, padre."

"Vou rezar por você."

Quando Scobie saiu do confessionário, teve a impressão de que, pela primeira vez, seus passos o haviam alheado da esperança. Não havia esperança em nenhum lugar para onde ele olhasse: a figura morta do Deus na cruz, a Virgem de gesso, as medonhas estações representando uma série de eventos que tinham acontecido havia muito tempo. Pareceu-lhe que só lhe restara para ser explorado o território do desespero.

Ele dirigiu até a delegacia, pegou uma pasta e voltou para casa. "Você demorou", disse Louise. Antes de pronunciá-la, ele nem sabia qual mentira contaria. "Aquela dor voltou", ele disse, "então eu esperei um pouco."

"Você acha que deve beber?"

"Sim, até que alguém me diga que não devo."

"E você vai ao médico?"

"É claro."

Naquela noite ele sonhou que estava num barco à deriva em um rio subterrâneo, exatamente como aquele em que seu herói de infância, Allan Quatermain, navegara a caminho da cidade perdida de Milosis. Mas Allan Quatermain tinha companheiros, enquanto ele estava sozinho, porque não se podia contar o corpo na maca como companheiro. Ele tinha uma sensação de urgência, pois dizia consigo que naquele clima os corpos se conservavam por muito pouco tempo e o cheiro de decomposição já estava em suas narinas. Então, sentado ali, guiando o barco pelo meio do rio, ele percebeu que não era o corpo morto que cheirava, mas seu próprio corpo vivo. Teve a impressão de que seu sangue parara de correr: quando tentava levantar o braço, ele pendia inútil do ombro. Acordou, e tinha sido Louise quem levantara seu braço. "Querido", ela disse, "está na hora de sair."

"Sair?", ele perguntou.

"Nós vamos à missa", e novamente ele notou quão atentamente ela o observava. De que adiantaria mais uma mentira protelatória? Ele se perguntou o que Wilson contara a ela. Poderia ele continuar mentindo semana após semana, encontrando algum motivo de trabalho, de saúde, de esquecimento, para evitar a questão na balaustrada do altar? Ele pensou desesperançado: já estou danado — posso muito bem ir até o fim. "Sim", ele disse, "é claro. Vou me levantar", e de repente foi surpreendido quando ela pôs a desculpa na boca dele, dando-lhe sua chance. "Querido", ela disse, "se você não está bem, fique aqui. Não quero arrastar você para a missa."

Mas a desculpa, pareceu-lhe, também era uma armadilha. Ele conseguia ver onde a grama tinha sido substituída, sobre as estacas escondidas. Se aceitasse a desculpa que ela oferecia, ele teria apenas confessado a culpa. De uma vez por todas, agora, não importa a que custo eterno, ele estava determinado a se inocentar aos olhos dela e lhe dar a tranquilidade de que ela precisava. "Não, não. Eu vou com você", ele disse. Quando ele entrou ao lado dela na igreja foi como se tivesse entrado em um edifício pela primeira vez — um estranho. Uma distância incomensurável já o separava daquelas pessoas que se ajoelhavam e rezavam e que agora receberiam Deus em paz. Ele se ajoelhou e fingiu rezar.

As palavras da missa eram como um indiciamento. "E me aproximarei do altar de Deus: de Deus que alegra minha juventude." Mas não havia alegria em lugar nenhum. Por entre as mãos, ele olhou as imagens de gesso da Virgem e dos santos, que pareciam estender as mãos para todos, de ambos os lados, além dele. Ele era o convidado desconhecido em uma festa que não é apresentado a ninguém. Os bondosos sorrisos pintados eram intoleravelmente dirigidos para outros lugares. Quando chegaram ao Kyrie Eleison, ele tentou novamente rezar. "Deus, tende piedade... Cristo, tende piedade... Deus, tende piedade", mas o medo e a vergonha do ato que ele cometeria congelaram seu cérebro. Aqueles padres decadentes que presidiam uma Missa Negra, consagrando a hóstia sobre o corpo nu de uma mulher, consumindo Deus num ritual absurdo e horripilante, estavam pelo menos executando o ato de danação com uma emoção maior que o amor humano: faziam isso por ódio a Deus, ou por alguma bizarra e perversa devoção ao inimigo de Deus. Mas ele não tinha nenhum amor pelo mal nem ódio a Deus. Como poderia odiar um Deus que espontaneamente Se entregava ao poder dele? Ele estava profanando Deus porque amava uma mulher — era mesmo amor, ou só um sentimento de pena e responsabilidade? Tentou de novo se desculpar: "Vós podeis vos cuidar. Vós sobreviveis à cruz todos os dias. Vós podeis só sofrer. Vós podeis nunca vos perder. Admiti que deveis vir em segundo lugar em relação a esses outros". E eu, ele pensou, observando o padre derramar o vinho e a água no cálice, sua danação sendo preparada como uma refeição no altar, eu devo ser o último: eu sou o vice-comissário de polícia: uma centena de homens serve sob minhas ordens: sou o responsável. Meu trabalho é cuidar dos outros. Sou condicionado para servir.

Sanctus. Sanctus. Sanctus. O cânone da missa começara: o murmúrio do padre Rank no altar apressava-se implacavelmente para a consagração. "Firmai os nossos dias em vossa paz... arrancai-nos da condenação eterna..." *Pax, pacis, pacem*: todas as declinações da palavra "paz" tamborilavam nos ouvidos dele durante a missa. Ele pensou: abandonei até a esperança de paz eterna. Sou o responsável. Logo terei ido longe demais em minha trama para poder voltar atrás. *Hoc est enim Corpus*: o sino tocou, e o padre Rank ergueu Deus em seus dedos — um Deus agora tão leve quanto uma hóstia cuja chegada pesava como chumbo no coração de Scobie. *Hic est enim calix sanguinis* e o segundo sino.

Louise tocou a mão dele. "Querido, você está bem?" Ele pensou: esta é a segunda chance. A volta da minha dor. Posso sair. Mas se ele saísse da igreja agora, sabia que só haveria uma coisa a fazer: seguir o conselho do padre Rank, resolver seus problemas, desertar, voltar dentro de alguns dias e receber Deus com a consciência limpa e sabendo que devolvera a inocência ao lugar apropriado — sob as vagas do Atlântico. A inocência deve morrer jovem para que não se matem as almas dos homens.

"Deixo-vos a paz, dou-vos a paz."

"Eu estou bem", ele disse, a velha comichão de ansiedade nos olhos, e, olhando para a cruz no altar, pensou com selvageria: Tomai vossa esponja de fel. Sou como me fizestes. Tomai o golpe da lança. Ele não precisava abrir o missal para saber como essa oração terminava: "Este vosso Corpo, Senhor Jesus Cristo, que eu, que sou indigno, ouso receber, não seja para mim causa de juízo e condenação". Fechou os olhos e deixou entrar a escuridão. A missa chegava rapidamente ao fim: *Domine, non sum dignus... Domine, non sum dignus... Domine, non sum dignus...* Aos pés do cadafalso ele abriu os olhos e viu as negras idosas arrastando os pés até a balaustrada do altar, alguns soldados, um mecânico de avião, um de seus próprios policiais, um caixa do banco: eles andavam sossegadamente rumo à paz, e Scobie sentiu inveja da simplicidade, da bondade deles. Sim, agora, neste momento, eles eram bons.

"Você não vem, querido?", perguntou Louise, e de novo a mão o tocou: a firme e gentil mão detectora. Ele se levantou e a seguiu, e se ajoelhou ao lado dela como um espião em terra estrangeira que aprendeu os costumes e a falar como um nativo. Só um milagre pode me salvar agora, Scobie disse consigo, observando o padre Rank abrir o tabernáculo no altar, mas Deus nunca faria um milagre para salvar-Se, eu sou a cruz, ele pensou, Ele nunca dirá a palavra para salvar-Se da cruz, mas se pelo menos a madeira fosse feita de tal modo que ele não sentisse, se os pregos fossem imperceptíveis como as pessoas acreditavam.

O padre Rank desceu os degraus do altar segurando a hóstia. A saliva secara na boca de Scobie: era como se as veias tivessem secado. Ele não conseguia olhar para cima; via só a barra da batina do padre como a barra da saia do cavalo de batalha medieval investindo contra ele: o bater dos pés: o ataque de Deus. Se ao menos os arqueiros atacassem de emboscada, e por um momento ele sonhou que os passos do padre de fato vacilavam: talvez afinal algo possa acontecer antes que ele me alcance: alguma interposição inacreditável. Mas, de boca aberta (chegara a hora), ele fez uma última tentativa de rezar, "Ó, Deus, ofereço-vos minha danação. Tomai-a. Usai-a em favor delas", e sentiu na língua o tênue gosto de papel de uma sentença eterna.

CAPÍTULO 3

I

O GERENTE DO BANCO tomou um gole de água gelada e exclamou, com entusiasmo mais do que profissional: "Você deve ter ficado muito contente com a volta da sra. Scobie bem a tempo para o Natal".

"Ainda falta muito tempo para o Natal", disse Scobie.

"O tempo voa quando as chuvas acabam", continuou o gerente, com seu novo ânimo. Scobie nunca ouvira na voz dele aquela nota de otimismo. Lembrava-se da figura cegonhesca andando para um lado e para outro, parando diante de livros médicos, tantas centenas de vezes por dia.

"Eu vim...", começou Scobie.

"Para tratar de seu seguro de vida... ou seria um saque a descoberto?"

"Bem, desta vez não é nenhuma das duas coisas."

"Você sabe que sempre terei prazer em ajudá-lo, Scobie, seja no que for." Robinson estava sentado muito calmo à sua escrivaninha. Admirado, Scobie perguntou: "Você desistiu de seus exercícios diários?".

"Ah, tudo aquilo era bobagem", disse o gerente. "Eu tinha lido livros demais."

"Eu queria dar uma olhada na sua enciclopédia médica", explicou Scobie.

"Seria muito melhor você consultar um médico", Robinson, surpreendentemente, o aconselhou. "Foi um médico que deu um jeito em mim, não os livros. O tempo que eu desperdiçaria... Vou lhe dizer uma coisa, Scobie, o novo rapaz que eles contrataram no hospital Argyll é o melhor homem que já enviaram para esta colônia desde que a descobriram."

"E ele deu um jeito em você?"

"Vá consultá-lo. O nome dele é Travis. Diga que fui eu quem o mandei."

"De qualquer modo, se eu pudesse dar só uma olhada..."

"Está na estante. Ainda mantenho esses livros ali porque eles parecem importantes. Um gerente de banco tem de ser um homem que lê. As pessoas esperam vê-lo cercado de livros consistentes."

"Fico contente em saber que seu estômago está curado."

O gerente tomou outro gole de água. "Eu não me incomodo mais com ele. A verdade dos fatos, Scobie, é que eu estou..."

Scobie procurara na enciclopédia a palavra Angina e agora lia: CARACTERÍSTICA DA DOR. *Normalmente é descrita como "opressiva", "como se o peito estivesse em um torno". A dor é situada no meio do peito e sob o esterno. Pode descer por qualquer um dos braços, talvez mais comumente o esquerdo, ou subir para o pescoço, ou descer para o abdome. Dura poucos segundos, ou no máximo cerca de um minuto.* O COMPORTAMENTO DO PACIENTE. *É característico. Ele se mantém absolutamente imóvel, em quaisquer circunstâncias em que se encontre...* O olhar de Scobie passou rapidamente pelos intertítulos: CAUSA DA DOR, TRATAMENTO, TÉRMINO DA DOENÇA. Então ele pôs o livro de volta na estante. "Bem", disse. "Talvez eu vá fazer uma visita ao seu dr. Travis.

Prefiro consultá-lo que à dra. Sykes. Espero que ele me anime como fez com você."

"Bem, o meu caso", disse o gerente, evasivo, "tinha aspectos peculiares."

"Acho que o meu é bastante claro."

"Você parece muito bem."

"Ah, eu estou bem... a não ser por uma dorzinha de vez em quando e por não dormir bem."

"São as suas responsabilidades que causam isso."

"Talvez."

Scobie teve a impressão de que já havia semeado bastante — mas para colher o quê? Ele não saberia dizer. Despediu-se e saiu para a rua ofuscante. Tirou o capacete e deixou que o sol incidisse sobre seus ralos cabelos grisalhos. Ofereceu-se ao castigo durante todo o caminho até a delegacia de polícia e foi rejeitado. Parecera-lhe nas últimas três semanas que os condenados deviam estar em uma categoria especial; como os jovens destinados a algum posto insalubre de uma empresa comercial no estrangeiro, eles eram separados de seus companheiros entediantes, liberados das tarefas cotidianas, preservados cuidadosamente em escrivaninhas especiais, para que o pior acontecesse mais tarde. Nada agora lhe parecia estar errado. O sol não machucava, o secretário colonial o convidava para jantar... Ele se sentia rejeitado pela desgraça.

"Entre, Scobie", disse o comissário. "Tenho boas-novas para você." E Scobie preparou-se para mais uma rejeição.

"Baker não virá para cá. Precisam dele na Palestina. Decidiram afinal deixar que o homem certo me suceda." Scobie sentou-se no peitoril da janela e viu sua mão tremer sobre o joelho. Então, pensou, nada disso precisaria ter acontecido. Se Louise tivesse ficado, eu nunca teria amado Helen, nunca teria sido chantageado por Yusef, nunca teria cometido aquele ato de desespero. Ainda seria eu mesmo — o mesmo eu que estava empilhado em quinze anos de diários, e não este molde quebrado. Mas, é claro, ele dizia consigo, é só porque fiz essas coisas que o sucesso vem. Faço parte do grupo do demônio. Ele cuida dos seus neste mundo. Agora, ele pensava com desgosto, terei um maldito sucesso atrás do outro.

"Acho que o fator decisivo foi a palavra do coronel Wright. Você o impressionou, Scobie."

"Ela chegou tarde demais, senhor."

"Por que tarde demais?"

"Estou muito velho para o cargo. Ele precisa de um homem mais novo."

"Tolice. Você tem só cinquenta anos."

"Minha saúde não está boa."

"É a primeira vez que ouço isso."

"Hoje mesmo contei a Robinson, no banco. Tenho sentido dores e não durmo bem." Ele falava depressa, marcando o compasso no joelho. "Robinson gosta muito de Travis. Parece que ele fez maravilhas por ele."

"Pobre Robinson."

"Por quê?"

"Só lhe restam dois anos de vida. Isso é confidencial, Scobie."

Os seres humanos nunca deixam de surpreender: então era a sentença de morte que tinha curado Robinson de suas doenças imaginárias, de seus livros médicos, de sua caminhada diária de uma parede a outra. Suponho, pensou Scobie, que é esse o resultado de se ficar sabendo do pior — fica-se sozinho com o pior e isso é como a paz. Imaginou Robinson conversando com seu companheiro solitário do outro lado da escrivaninha. "Espero que todos nós morramos tão calmamente", ele disse. "Ele vai voltar para a Inglaterra?"

"Creio que não. Suponho que em pouco tempo ele terá de ir para o Argyll."

Eu gostaria, pensou Scobie, de ter sabido para o que estava olhando. Robinson estava exibindo o bem mais invejável que um homem pode possuir: uma morte feliz. Aquele período produziria uma elevada proporção de mortes — ou talvez não tão elevada, se elas fossem contadas e comparadas com as da Europa. Primeiro Pemberton, depois a criança em Pende, agora Robinson... Não, não eram muitas, mas é claro que ele não tinha contado os casos de malária no hospital militar.

"Portanto, as coisas estão nesse pé", disse o comissário. "No próximo período, você será o comissário. Sua mulher ficará contente."

Vou ter de aguentar o prazer dela, pensou Scobie, sem raiva. Sou o culpado e não tenho direito de criticar, de me mostrar irritado, nunca mais. "Vou para casa", disse Scobie.

Ali estava junto do carro, conversando com outro criado, que saiu de mansinho quando viu Scobie se aproximar. "Quem era aquele, Ali?"

"Meu irmão mais novo, senhor", disse Ali.

"Será que eu o conheço? Mesma mãe?"

"Não, senhor, mesmo pai."

"O que ele faz?" Ali se esforçava para dar a partida, seu rosto molhado de suor, sem dizer nada. "Para quem ele trabalha, Ali?"

"Senhor?"

"Eu perguntei para quem ele trabalha."

"Para o senhor Wilson, senhor."

O motor deu a partida e Ali subiu no assento traseiro. "Ele nunca lhe fez uma proposta, Ali? Quer dizer, não lhe pediu que você contasse alguma coisa a meu respeito... por dinheiro?" No espelho interno ele via o rosto de Ali, firme, obstinado, fechado e duro como a boca de uma caverna. "Não, senhor."

"Muitas pessoas estão interessadas em mim e pagam um bom dinheiro por informações. Acham que eu sou um sujeito ruim, Ali."

"Sou seu criado", disse Ali, olhando para ele pelo espelho. Parecia a Scobie que uma das qualidades do fingimento era fazer a pessoa perder o senso de confiança. Se eu posso mentir e trair, os outros também podem. Muita gente não apostaria na minha honestidade e perderia a aposta? Por que eu perderia minha aposta em Ali? Não fui apanhado e ele também não, só isso. Uma terrível depressão fez sua cabeça cair sobre o volante. Ele pensou: sei que Ali é honesto: sei disso há quinze anos; estou apenas tentando encontrar um companheiro nesta região de mentiras. Será este o próximo estágio da corrupção dos outros?

Louise não estava em casa quando eles chegaram. Presumivelmente, alguém aparecera e a levara — talvez para a praia. Ela não esperava que ele voltasse antes do anoitecer. Ele escreveu um bilhete para ela: *Vou levar uns móveis para Helen. Voltarei cedo com boas-novas para você*, e então foi de carro até os abrigos naquele meio-dia lúgubre e vazio. Só os urubus andavam por ali — agrupados em volta de uma galinha morta à beira da estrada, inclinando seus pescoços de velho sobre a carniça, as asas parecendo guarda-chuvas quebrados, desengonçados.

"Eu lhe trouxe outra mesa e um par de cadeiras. Seu criado está por aqui?"

"Não, está na feira."

Agora, quando se encontravam, eles se beijavam formalmente, como irmãos. Depois que o mal estava feito, o adultério se tornava tão sem importância quanto a amizade. A labareda os havia subjugado e seguido pela clareira: não deixara nada de pé, exceto senso de responsabilidade e de solidão. Somente ao se caminhar de pés descalços o calor na grama poderia ser sentido. "Estou interrompendo seu almoço", disse Scobie.

"Ah, não, já estou terminando. Coma um pouco de salada de frutas."

"Já era hora de você ter uma mesa nova. Essa aí está bamba", ele disse. "Vão me tornar comissário, afinal."

"Sua mulher vai ficar contente", disse Helen.

"Para mim não significa nada."

"Ah, é claro que significa", ela disse animada. Essa era outra convenção dela — de que só ela sofria. Ele resistiria por muito tempo, como Coriolano, à exposição de *suas* feridas, porém, mais cedo ou mais tarde, cederia: dramatizaria sua dor em palavras até que, mesmo para ele, a dor parecesse irreal. Talvez, pensava, ela esteja certa, afinal: talvez eu não sofra. "É claro", disse ela, "que o comissário deve estar acima de qualquer suspeita, não é? Como César?" (O que ela dizia, como sua ortografia, carecia de precisão.) "Suponho que seja o fim para nós."

"Você sabe que não há fim para nós."

"Ah, mas o comissário não pode ter uma amante escondida num abrigo militar." O aguilhão, é claro, estava em "escondida", mas como ele poderia se permitir sentir a mínima irritação, ao lembrar-se da carta que ela lhe escrevera, oferecendo-se em sacrifício do modo como ele quisesse, para que ele a conservasse ou a descartasse? Os seres humanos não podiam ser heroicos o tempo todo: aqueles que renunciavam a tudo — por Deus ou por amor — deviam ter a permissão de às vezes, em pensamento, voltar atrás em sua renúncia. Tantos nunca haviam praticado o ato heroico, por mais temerário que fosse. O que contava era o ato. "Se o comissário não puder manter você", ele disse, "então não serei comissário."

"Não seja tolo. Afinal", disse ela com falsa sensatez, e ele reconheceu que aquele era um dos maus dias dela, "o que nós ganhamos com isso?"

"Eu ganho muito", ele disse, e imaginou: estou mentindo para confortá-la? Havia tantas mentiras agora que ele não conseguia identificar as pequenas, as sem importância.

"Uma hora ou duas de dois em dois dias, talvez, quando você puder dar uma escapada. Nunca uma noite inteira."

"Ah, mas eu tenho planos", ele disse sem esperança.

"Que planos?"

"Eles ainda são muito vagos."

"Bem", ela disse, com toda a mordacidade de que era capaz, "informe-me a tempo. Quer dizer, para que eu me adapte a seus desejos."

"Minha querida, não vim aqui para discutir."

"Às vezes eu me pergunto para que você vem aqui."

"Bem, hoje eu trouxe alguns móveis."

"Ah, sim, os móveis."

"Eu vim de carro. Deixe-me levá-la à praia."

"Ah, nós não podemos ser vistos juntos lá."

"Isso é tolice. Acho que Louise está lá agora."

"Pelo amor de Deus", disse Helen, "mantenha aquela mulher presunçosa fora da minha vista."

"Está bem, então. Vou levar você para dar um passeio de carro."

"Seria mais seguro, não é?"

Scobie tomou-a pelos ombros e disse: "Eu não estou sempre pensando em segurança".

"Pensei que estivesse."

De repente, ele sentiu que sua resistência cedia e gritou com ela: "O sacrifício não está todo do seu lado". Desesperado, podia ver à distância a cena avançando para envolvê-los: como o tornado antes das chuvas, aquela coluna rodopiante de escuridão que logo cobriria todo o céu.

"É claro que o trabalho tem de ser prejudicado", ela disse, com sarcasmo pueril. "Todas essas meias horas roubadas."

"Eu desisti da esperança."

"O que você quer dizer?"

"Desisti do futuro. Já estou danado."

"Não seja tão melodramático", ela disse. "Não sei do que você está falando. De qualquer maneira, você acaba de me falar sobre o futuro... o Comissariado."

"Eu falo do futuro real... o futuro que continua."

"Se há uma coisa que eu odeio é o seu catolicismo. Suponho que é por ter uma mulher piedosa. É tão falso... Se você realmente acreditasse, não estaria aqui."

"Mas acredito e estou aqui", ele disse desnorteado. "Não posso explicá-lo, mas ele existe. Meus olhos estão abertos. Sei o que estou fazendo. Quando o padre Rank desceu até a balaustrada trazendo o sacramento..."

"Você já me disse tudo isso antes", exclamou Helen com desprezo e impaciência. "Você está tentando me impressionar. Não acredita no inferno mais que eu."

Ele agarrou os pulsos dela e os apertou furiosamente. "Você não pode se livrar disto assim", ele disse. "Eu lhe digo que acredito. Acredito que estou danado por toda a eternidade... a menos que aconteça um milagre. Eu sou policial. Sei o que estou dizendo. O que fiz é muito pior que assassinato... é um ato, um golpe, uma punhalada, um tiro: está feito e acabado, mas eu carrego comigo minha corrupção. É o revestimento do meu estômago." Ele atirou os pulsos dela para um lado, como sementes lançadas ao chão de pedra. "Nunca finja que eu não demonstrei o meu amor."

"Amor por sua mulher, você quer dizer. Você tinha medo de que ela descobrisse."

A raiva escoou dele. Disse: "Amor por vocês duas. Se fosse só por ela, haveria uma saída fácil." Ele pôs as mãos sobre os olhos, sentindo que a histeria começava a crescer de novo. "Eu não suporto ver sofrimento, e causo sofrimento o tempo todo. Quero ir embora, ir embora."

"Para onde?"

A histeria e a honestidade recuaram: a dissimulação voltou pela soleira como um vira-lata. "Ah, eu pensava em tirar férias." E ele acrescentou: "Não tenho dormido bem. E ando sentindo uma dor estranha".

"Querido, você está doente?" A coluna mudara de curso: a tempestade agora envolvia outros: passara além deles. "Querido", disse Helen, "eu sou uma estúpida. Fico cansada e irritada com as coisas… mas isso não significa nada. Você foi ao médico?"

"Vou ver Travis no Argyll em breve."

"Todo mundo diz que a dra. Sykes é melhor."

"Não, não quero me consultar com a dra. Sykes." Agora que a raiva e a histeria tinham passado, ele podia vê-la exatamente como ela era naquela primeira noite em que as sirenes tinham tocado. Pensou: Ó, Deus, eu não posso deixá-la. Nem a Louise. Vós não precisais de mim como elas precisam. Tendes vosso bom povo, vossos santos, todo o grupo dos santos. Podeis viver sem mim. "Agora vou levar você para dar uma volta de carro. Vai fazer bem a nós dois."

Na penumbra da garagem, ele segurou outra vez as mãos dela e a beijou. "Aqui não há olhos… Wilson não pode nos ver. Harris não está vigiando. Os criados de Yusef…", ele disse.

"Meu querido, se ajudasse, eu o deixaria amanhã."

"Não ajudaria", ele disse. "Você se lembra de quando eu lhe escrevi uma carta… a que se perdeu? Eu tentei explicar tudo, francamente, com toda a clareza. Para não mais ser cauteloso. Escrevi que amava você mais que a minha mulher…" Enquanto falava, ele ouviu a respiração de outra pessoa atrás de seu ombro, ao lado do carro. Perguntou bruscamente: "Quem é?".

"O que foi, querido?"

"Há alguém aqui." Ele deu a volta até o outro lado do carro e disse vigorosamente: "Quem está aí? Saia!".

"É Ali", disse Helen.

"O que você está fazendo aqui, Ali?"

"A patroa me mandou", disse Ali. "Espero aqui para dizer ao patrão que a patroa voltou." No escuro, ele quase não era visível.

"Por que você estava esperando aqui?"

"Minha cabeça me embrulha", disse Ali. "Eu dormi, só um pouquinho."

"Não o assuste", disse Helen. "Ele está dizendo a verdade."

"Vá para casa, Ali", disse Scobie, "e diga à patroa que já vou." Scobie observou Ali caminhando devagar para a luz forte do sol entre os abrigos. Ele não olhou para trás.

"Não se preocupe com ele", disse Helen. "Ele não entendeu nada."

"Ali está comigo há quinze anos", disse Scobie. Durante todos aqueles anos, era a primeira vez que ele ficava envergonhado diante de Ali. Lembrou-se dele na noite seguinte à morte de Pemberton, com a xícara de chá na mão, segurando-o de encontro ao caminhão sacolejante, e depois se lembrou do criado de Wilson, retirando-se furtivamente ao longo da parede da delegacia de polícia.

"Seja como for, você pode confiar nele."

"Não sei como", disse Scobie. "Perdi a capacidade de confiar."

2

LOUISE ESTAVA DORMINDO NO ANDAR DE CIMA, e Scobie sentou-se à mesa com seu diário aberto. Havia escrito depois da data, 31 de outubro: *O comissário me disse esta manhã que vou sucedê-lo. Levei alguns móveis para H.R. Contei a Louise as novidades, que a deixaram contente.* A outra vida — simples, imperturbada e construída de fatos — jazia como fundações romanas sob sua mão. Era a vida que ele deveria levar; ninguém que lesse aquele registro visualizaria a obscura e vergonhosa cena na garagem, a entrevista com o capitão português, Louise lutando cegamente com a dolorosa verdade, Helen acusando-o de hipocrisia... Ele pensou: é assim que deve ser. Sou velho demais para sentir emoção. Sou velho demais para ser um trapaceiro. As mentiras são para os jovens. Eles têm uma vida inteira de verdade para se recuperar. Olhou para o relógio, 11h45, e escreveu: *Temperatura às duas da tarde, 33°C.* A lagartixa avançou pela parede, com uma mariposa presa nas minúsculas mandíbulas. Alguma coisa arranhava do lado de fora da porta — um vira-lata? Ele pousou a caneta novamente, e a solidão sentou do outro lado da mesa, em frente a ele. Decerto nenhum homem era menos solitário, com a mulher no andar de cima e a amante a pouco mais de quinhentos metros morro acima, e, contudo, era a solidão que se sentava como um companheiro que não precisa falar. Parecia que ele nunca estivera tão só.

Agora não havia ninguém a quem ele pudesse dizer a verdade. Havia coisas que o comissário não devia saber, que Louise não devia saber, havia limites até ao que ele podia contar a Helen, pois de que servia, quando ele havia sacrificado tanto para evitar a dor, infligi-la sem necessidade? Quanto a Deus, podia falar com Ele apenas como se fala a um inimigo — havia amargura entre eles. Ele moveu a mão sobre a mesa, e era como se sua solidão também se movesse e tocasse a ponta de seus dedos. "Você e eu", dizia sua solidão, "você e eu." Ocorreu-lhe que se o mundo exterior conhecesse os fatos, talvez o invejassem: Bagster o invejaria por Helen, e Wilson, por Louise. Que diabo mais sorrateiro, exclamaria Fraser lambendo os lábios. Imaginariam, ele pensava pasmo, que ganhei alguma coisa com isso, mas parecia-lhe que nenhum homem jamais ganhara menos. Até a autocomiseração lhe era negada, porque ele conhecia muito precisamente a extensão da sua culpa. Tinha a sensação de ter se exilado tão profundamente no deserto que sua pele havia adquirido a cor da areia.

A porta rangeu suavemente ao se abrir atrás dele. Scobie não se moveu. Os espiões, ele pensou, estão rastejando para dentro. Será Wilson, Harris, o criado de Pemberton, Ali...? "Patrão", uma voz sussurrou, e um pé descalço bateu no chão de concreto.

"Quem é você?", perguntou Scobie, sem se virar. Uma palma de mão rosada deixou cair uma bolinha de papel em cima da mesa e saiu de vista outra vez. A voz disse: "Yusef diz vir muito quieto ninguém ver".

"O que Yusef quer agora?"

"Ele manda agrado... agrado pequenininho." Então a porta se fechou de novo e o silêncio voltou. A solidão disse: "Vamos abrir isto juntos, você e eu".

Scobie pegou a bola de papel: era leve, mas tinha um pequeno interior duro. A princípio ele não se deu conta do que era: pensou que era um seixo colocado dentro para conservar o papel firme, e procurou por alguma coisa escrita, que, é claro, não havia, pois em quem Yusef confiaria para escrever por ele? Depois percebeu o que era — um diamante, uma pedra preciosa. Ele não sabia nada sobre diamantes, mas pareceu-lhe que aquele provavelmente valia pelo menos tanto quanto sua dívida com Yusef. Presumivelmente Yusef tinha sido informado de que as pedras que enviara pelo *Esperança* tinham chegado ao destino a salvo. Aquilo era uma demonstração de gratidão — não um suborno, Yusef explicaria, com a mão gorda sobre o seu sincero e superficial coração.

A porta se escancarou e Ali apareceu. Trazia pelo braço um rapazinho que choramingava. "Este criado mandinga fedorento está rodeando a casa. Experimentando as portas", disse Ali.

"Quem é você? ", perguntou Scobie.

O rapaz explodiu em uma mistura de medo e raiva: "Eu criado de Yusef. Trago carta para patrão", e apontou para a mesa, onde a pedra jazia no pacotinho de papel. Os olhos de Ali acompanharam o gesto. Scobie disse à sua solidão: "Você e eu temos de pensar depressa". Virou-se para o rapaz e disse: "Por que você não veio aqui do jeito certo e bateu na porta? Por que veio como um ladrão?".

Ele tinha o corpo magro e os olhos mansos e melancólicos de todos os mandingas. "Eu não sou ladrão", ele disse, com ênfase tão leve na primeira palavra que era bem possível que não fosse impertinente. E continuou: "Patrão me diz para vir muito quieto".

"Leve isto de volta a Yusef e diga a ele que eu quero saber onde ele consegue uma pedra como esta", disse Scobie. "Acho que ele furta pedras e logo vou descobrir. Vamos. Pegue-a. Agora, Ali, ponha-o para fora." Ali empurrou o rapaz à sua frente, porta afora, e Scobie ouviu o ruído dos pés deles no caminho. Estariam cochichando? Ele foi até a porta e gritou para eles: "Diga a Yusef que eu vou visitá-lo uma noite dessas e vamos ter uma bela conversa".

Fechou a porta com força e pensou: quanta coisa Ali sabe, e sentiu a desconfiança de seu criado se movendo de novo como febre pela corrente sanguínea. Ele poderia me arruinar, pensou: e a *elas*.

Serviu-se um copo de uísque e tirou uma garrafa de soda da caixa de gelo. "Henry!", chamou Louise lá de cima.

"Sim, querida."

"Já é meia-noite?"

"Acho que quase."

"Você não vai beber nada depois da meia-noite, não é? Você se lembra que dia é amanhã?", e é claro que ele se lembrava, ao esvaziar o copo. Era primeiro de novembro, Dia de Todos os Santos, e aquela era a Noite de Todas as Almas. Que fantasma passaria sobre a superfície do uísque? "Você vai comungar, não vai, querido?", e ele pensou, desanimado: não há um fim para isso: por que eu deveria estabelecer um limite agora? Uma pessoa pode muito bem continuar se danando até o fim. Sua solidão era o único fantasma que o uísque podia invocar, balançando a cabeça para ele, do outro lado da mesa, tomando um gole de seu copo. "A próxima ocasião", disse a ele a solidão, "será Natal, a missa da meia-noite, você sabe que não vai conseguir evitá-la, e nenhuma desculpa lhe servirá naquela noite e depois dela" — a longa cadeia dos dias de festa, de missas matinais na primavera e no verão, desenrolando-se como um calendário perpétuo. Subitamente, ele teve diante dos olhos um quadro de um rosto sangrando, de olhos fechados por causa da contínua chuva de golpes: a cabeça de Deus, entontecida pelos socos, cambaleando de um lado para outro.

"Você *vem*, Ticki?", chamou Louise, com o que pareceu a ele uma repentina ansiedade, como se talvez a suspeita houvesse momentaneamente soprado nela de novo — e de novo ele pensou: posso realmente confiar em Ali?, e toda a sabedoria surrada dos comerciantes e dos ingleses que viviam da costa lhe dizia: "Nunca confie em um negro. Eles acabam sempre nos decepcionando. Fazia quinze anos que meu criado estava comigo...". Os fantasmas da desconfiança surgiam na Noite de Todas as Almas e se reuniam em torno do copo dele.

"Sim, querida, já vou."

"Basta que digais uma só palavra", ele se dirigia a Deus, "e legiões de anjos...", e bateu com a mão na qual usava o anel abaixo do olho e viu a pele machucada se abrir. Pensou, "E de novo no Natal", lançando o rosto do Menino na sujeira do estábulo. Gritou escada acima: "O que você disse, querida?".

"Ah, só que temos muito a comemorar amanhã. Estarmos juntos e o Comissariado. A vida é tão feliz, Ticki." E essa, disse ele provocativamente à sua solidão, é a minha recompensa, e derramou o uísque na mesa, desafiando os fantasmas a fazer o pior, vendo Deus sangrar.

CAPÍTULO 4

I

Ele percebeu que Yusef estava trabalhando até tarde em seu escritório no cais. O pequeno edifício branco de dois andares erguia-se ao lado do ancoradouro de madeira na borda da África, logo depois dos depósitos de gasolina do exército, e uma faixa de luz era visível por baixo das cortinas da janela do lado da terra. Um policial bateu continência para Scobie quando este abriu caminho entre os caixotes. "Tudo calmo, cabo?"

"Tudo calmo, senhor."

"Você patrulhou o limite de Kru Town?"

"Ah, sim, senhor. Tudo calmo, senhor." Pela prontidão da resposta, ele soube como ela era mentirosa.

"Os ratos do cais estão por aí?"

"Ah, não, senhor. Tudo calmo como um túmulo." A frase literária batida mostrava que o homem tinha sido educado em uma escola missionária.

"Bem, boa noite."

"Boa noite, senhor."

Scobie seguiu em frente. Fazia várias semanas que ele se encontrara com Yusef — desde a noite da chantagem —, e agora sentia uma estranha ânsia de encontrar seu supliciador. O pequeno edifício branco o magnetizava, como se ali estivesse escondida sua única companhia, o único homem em quem ele podia confiar. Pelo menos seu chantageador o conhecia como mais ninguém: ele podia sentar na frente daquela figura gorda e absurda e contar toda a verdade. Nesse novo mundo de mentiras, seu chantageador estava em casa: conhecia os caminhos: podia dar conselhos: até ajudar… Vindo detrás do canto de um caixote, surgiu Wilson. A lanterna de Scobie iluminou o rosto dele como a um mapa.

"Olá, Wilson", disse Scobie, "é tarde para você estar na rua."

"Sim", disse Wilson, e Scobie pensou, constrangido: como ele me odeia.

"Você tem passe para o cais?"

"Sim."

"Fique longe do limite de Kru Town. Não é seguro andar por ali sozinho. Seu nariz não sangrou mais?"

"Não", disse Wilson. Ele não fez nenhuma tentativa de se mover; parecia que aquele era sempre o seu jeito — ficar obstruindo um caminho: um homem que era preciso contornar.

"Bem, vou lhe dar boa-noite, Wilson. Apareça qualquer hora. Louise…"

"Eu a amo, Scobie", disse Wilson.

"Eu achava que você amava", disse Scobie. "Ela gosta de você, Wilson."

"Eu a amo", repetiu Wilson. Deu um safanão na lona que cobria o caixote e disse: "Você não sabe o que isso significa".

"O que significa?"

"Amor. Você não ama ninguém a não ser você mesmo, esse seu eu sujo."

"Você está muito nervoso, Wilson. É o clima. Vá se deitar."

"Você não agiria como age, se a amasse." Por cima da maré negra, de um navio invisível, chegava o som de um gramofone tocando uma canção popular melancólica. Uma sentinela junto do posto da Polícia de Segurança pediu a identificação e alguém respondeu com uma senha. Scobie baixou a lanterna até ela iluminar apenas as botas de cano alto de Wilson. "O amor não é tão simples como você pensa, Wilson", ele disse. "Você lê poesia demais."

"O que você faria se eu contasse tudo a ela... sobre a sra. Rolt?"

"Mas você contou a ela, Wilson. O que você acreditava. Mas ela prefere a minha história."

"Um dia vou arruiná-lo, Scobie."

"Isso ajudaria Louise?"

"Eu poderia fazê-la feliz", proclamou ingenuamente Wilson, com uma voz abatida que fez Scobie voltar mais de quinze anos no tempo — a um homem muito mais novo que aquele espécime aviltado que escutava Wilson à beira-mar, ouvindo sob as palavras a lenta sorvedura da água junto à madeira. "Você tentaria", disse ele, gentil. "Eu sei que tentaria. Quem sabe..." Mas ele mesmo não tinha ideia de como aquela frase deveria terminar, de que vago conforto para Wilson havia roçado sua mente e sumido de novo. Foi tomado por uma irritação contra a figura romântica desengonçada ao lado do caixote, a qual era tão ignorante e, contudo, sabia tanto. "Enquanto isso", disse Scobie, "eu gostaria que você parasse de me espionar."

"É meu trabalho", admitiu Wilson, e suas botas se moveram à luz da lanterna.

"As coisas que você descobre têm muito pouca importância." Ele deixou Wilson ao lado do depósito de gasolina e continuou caminhando. Enquanto subia os degraus para o escritório de Yusef, Scobie pôde ver ao olhar para trás um obscuro espessamento da escuridão onde Wilson estava, vigiava e odiava. Ele iria para casa e redigiria um relatório. "Às 11h25 observei o major Scobie indo evidentemente a um encontro marcado..."

Scobie bateu e entrou diretamente onde Yusef estava, atrás de sua escrivaninha, com as pernas sobre ela, ditando a um escriturário negro. Sem interromper sua frase — "quinhentos rolos de estampa de caixas de fósforo, setecentos e cinquenta de baldes e areia, seiscentos de seda artificial de bolinhas" —, ele ergueu a vista para Scobie, com esperança e apreensão. Então disse bruscamente ao escriturário: "Saia. Mas volte. Diga ao criado que não estou para ninguém". Baixou as pernas da escrivaninha, levantou-se e estendeu a mão flácida: "Seja bem-vindo, major Scobie", depois a deixou cair, como uma peça de tecido indesejável. "Esta é a primeira vez que o senhor honra o meu escritório, major Scobie."

"Não sei por que vim aqui agora, Yusef."

"Faz muito tempo que não nos encontramos." Yusef sentou-se e descansou pesadamente sua grande cabeça na palma da mão, como se numa travessa. "O tempo passa de modo tão diferente para duas pessoas... depressa ou devagar. De acordo com a amizade entre elas."

"Provavelmente há um poema sírio sobre isso."

"Há, major Scobie", ele disse avidamente.

"Você deveria ser amigo de Wilson e não meu, Yusef. Ele lê poesia. Minha mente é prosaica."

"Um uísque, major Scobie?"

"Acho que vou aceitar." Ele se sentou do outro lado da escrivaninha e o inevitável sifão azul ficou entre eles.

"E como vai a sra. Scobie?"

"Por que você me mandou aquele diamante, Yusef?"

"Eu estava em dívida com o senhor, major Scobie."

"Ah, não, não estava. Você me pagou na íntegra com um pedaço de papel."

"Eu tentei muito esquecer que aquele era o jeito. Digo a mim mesmo que era realmente amizade... no fundo, era amizade."

"Nunca é útil mentirmos para nós mesmos, Yusef. É muito fácil enxergarmos através da mentira."

"Major Scobie, se eu me encontrasse com o senhor mais vezes, eu me tornaria um homem melhor." A soda chiou nos copos e Yusef bebeu vorazmente. "Posso sentir no meu coração, major Scobie, que o senhor está ansioso, deprimido... Sempre desejei que o senhor viesse a mim em dificuldade."

"Eu costumava rir dessa ideia", disse Scobie, "de que algum dia viesse procurá-lo."

"Na Síria, temos uma história de um leão e um rato..."

"Nós temos a mesma história, Yusef. Mas nunca pensei em você como um rato e não tenho nada de leão. Nada mesmo."

"É com a sra. Rolt que o senhor está preocupado? E com sua mulher, major Scobie?"

"Sim."

"Não precisa ficar envergonhado comigo, major Scobie. Eu tive muitos problemas com mulheres na minha vida. Agora está melhor porque aprendi o jeito. O jeito é não se importar nem um pouco, major Scobie. A gente diz a cada uma delas: 'Eu não ligo nem um pouco. Durmo com quem quiser. Fique comigo ou me deixe. Eu não ligo nem um pouco'. Elas sempre ficam com a gente, major Scobie." Ele suspirou dentro de seu copo de uísque. "Algumas vezes eu desejei que elas não ficassem comigo."

"Já fui longe demais, Yusef, para ocultar as coisas de minha mulher."

"Eu sei até onde o senhor foi, major Scobie."

"Mas ainda não cheguei ao fim. O negócio dos diamantes foi muito pequeno comparado..."

"Sim?"

"Você não entenderia. Seja como for, alguém mais sabe agora... Ali."

"Mas o senhor não confia em Ali?"

"Acho que confio. Mas ele também sabe a seu respeito. Ele entrou em casa ontem à noite e viu o diamante lá. Seu criado foi muito indiscreto."

A mão grande e larga se moveu em cima da mesa: "Vou cuidar de meu criado daqui a pouco".

"O meio-irmão de Ali é criado de Wilson. Eles sempre se encontram."

"Isso certamente é ruim", disse Yusef.

Ele tinha contado todas as suas preocupações — todas, exceto a pior. Tinha a estranha sensação de, pela primeira vez na vida, ter transferido uma carga para outro lugar. E Yusef a carregava — obviamente ele a carregava. Ele se levantou da sua cadeira e moveu suas grandes ancas até a janela, olhando para a cortina de blecaute verde como se fosse uma paisagem. Ergueu a mão até a boca e começou a roer as unhas — mordisca, mordisca, mordisca, os dentes ajustados a uma unha de cada vez. Depois começou na outra mão. "Suponho que não haja realmente nada com que se preocupar", disse Scobie. Ele foi tomado por uma sensação de inquietude, como se tivesse acidentalmente posto em movimento uma máquina poderosa que não podia controlar.

"É ruim não confiar", disse Yusef. "Devemos sempre ter criados em que possamos confiar. Temos sempre de saber mais a respeito deles do que eles a nosso respeito." Aparentemente, era essa a concepção de confiança de Yusef. "Eu confiava nele", disse Scobie.

Yusef olhou para as unhas roídas e deu outra dentada. "Não se preocupe", ele disse. "Não quero que o senhor fique preocupado. Deixe tudo comigo, major Scobie. Vou descobrir se o senhor pode confiar nele." E fez a espantosa afirmação: "Vou cuidar do senhor".

"Como você pode fazer isso?" Não sinto ressentimento, ele pensou, com uma surpresa cansada. Estou sendo cuidado, e uma espécie de paz de quarto de criança o envolveu.

"O senhor não deve me fazer perguntas, major Scobie. Deve deixar tudo por minha conta, só desta vez. Eu sei o jeito." Afastando-se da janela, Yusef voltou para Scobie olhos que pareciam telescópios fechados, vazios e bronzeados. Fazendo com a ampla palma da mão úmida um gesto tranquilizador de ama-seca, ele disse: "Basta ao senhor escrever um bilhetinho para o seu criado, major Scobie, pedindo a ele que venha aqui. Vou conversar com ele. Meu criado levará o bilhete a ele".

"Mas Ali não sabe ler."

"Então melhor ainda. O senhor enviará por meu criado um sinal, para mostrar que ele vai a mando do senhor. Seu anel de sinete."

"O que você vai fazer, Yusef?"

"Vou ajudá-lo, major Scobie. Só isso." Devagar, com relutância, Scobie tirou o anel. "Ele está comigo há quinze anos. Até agora eu sempre confiei nele", disse.

"O senhor vai ver", disse Yusef. "Tudo vai dar certo." Estendeu a palma da mão para receber o anel e as mãos deles se tocaram: era como um pacto entre conspiradores. "Apenas algumas palavras."

"O anel não vai funcionar", disse Scobie. Sentia uma estranha má vontade. "De qualquer maneira, não é necessário. Ele virá se seu criado disser que preciso dele."

"Acho que não. Eles não gostam de vir ao cais à noite."

"Ele vai se sentir bem. Não estará sozinho. Seu criado estará com ele."

"Ah, sim, sim, é claro. Mas eu ainda acho... se o senhor enviasse alguma coisa para ele ver, bem... que não é uma armadilha. O senhor sabe, o criado de Yusef não é mais confiável que Yusef."

"Então ele vem amanhã."

"Hoje à noite é melhor", disse Yusef.

Scobie procurou nos bolsos. Suas unhas rasparam no rosário quebrado. "Faça-o levar isto", ele disse, "mas não é necessário...", e se calou, fitando aqueles olhos vazios.

"Obrigado", disse Yusef. "Isto é mais adequado." Da porta, ele falou: "Sinta-se em casa, major Scobie. Sirva-se de mais bebida. Vou dar instruções a meu criado...".

Ele se ausentou por muito tempo. Scobie serviu para si um terceiro uísque e então, como o pequeno escritório estava muito abafado, apagou a luz, abriu as cortinas voltadas para o mar e deixou entrar o vento que vinha da baía. A lua subia e o navio-depósito da marinha cintilava como gelo cinzento. Inquieto, ele foi até a outra janela, que dava para o cais, na direção dos abrigos e dos trastes velhos da cidade nativa. Viu o escriturário de Yusef voltando de lá e pensou que, se ele podia passar sozinho pelo território deles, Yusef devia controlar muito bem os ratos de cais. Vim pedir ajuda, disse consigo, e estou sendo cuidado — como, e a que custo? Era Dia de Todos os Santos, e ele se lembrou de quão mecanicamente, quase sem medo ou vergonha, tinha se ajoelhado na balaustrada do altar uma segunda vez e observado a vinda do padre. Até o ato de danação podia se tornar tão insignificante quanto um hábito. Pensou: meu coração se endureceu, e visualizou as conchas fossilizadas que se apanham em uma praia: as circunvoluções pétreas semelhantes a artérias. Podemos golpear Deus muitas vezes. Depois disso, nos preocupamos com o que acontece? Parecia-lhe que tinha degenerado tanto que era inútil fazer qualquer esforço. Deus estava alojado em seu corpo, e seu corpo estava se corrompendo de dentro para fora, a partir daquela semente.

"Estava quente demais?", disse a voz de Yusef. "Vamos deixar a sala no escuro. Com um amigo a escuridão é boa."

"Você demorou muito."

"Havia muita coisa a providenciar", disse Yusef, com uma vagueza que talvez fosse deliberada. Pareceu a Scobie que agora ou nunca devia perguntar qual era o plano de Yusef, mas o cansaço de sua corrupção lhe deteve. "Sim, está quente", ele disse, "vamos tentar arranjar uma corrente de ar", e abriu a janela lateral que dava para o cais. "Eu me pergunto se Wilson foi para casa."

"Wilson?"

"Ele ficou me observando quando vim para cá."

"O senhor não deve se preocupar, major Scobie. Creio que é possível tornar seu criado bastante confiável."

"Você quer dizer que o controla?", perguntou Scobie, com alívio e esperança.

"Não faça perguntas. O senhor verá." A esperança e o alívio murcharam. "Yusef, eu *preciso* saber..." Mas Yusef disse: "Sempre sonhei com uma noite exatamente igual a esta, com dois copos ao nosso lado, e a escuridão, e tempo para conversar sobre coisas importantes, major Scobie. Deus. A família. Poesia. Aprecio muito Shakespeare. O Corpo de Artilheiros Reais tem excelentes atores, e eles me fizeram apreciar as joias da literatura inglesa. Sou louco por Shakespeare. Às vezes, por causa de Shakespeare, eu gostaria de saber ler, mas já estou muito velho para aprender. E penso que talvez perdesse a minha memória. Isso seria ruim para os negócios, e, embora eu não viva para os negócios, devo negociar para viver. Há tantos assuntos sobre os quais eu gostaria de conversar com o senhor. Gostaria de saber qual é a sua filosofia de vida."

"Eu não tenho nenhuma."

"O fio de algodão que o senhor leva na mão pela floresta."

"Eu me perdi."

"Um homem como o senhor não se perde, major Scobie. Tenho tanta admiração pelo seu caráter. O senhor é um homem justo."

"Nunca fui, Yusef. O problema é que eu mesmo não sabia. Sabe, há um provérbio que diz que no fim está o começo. Quando eu nasci, estava sentado aqui com você, bebendo uísque, sabendo..."

"Sabendo o quê, major Scobie?"

Scobie esvaziou seu copo. E disse: "Certamente agora seu criado já deve ter chegado em minha casa".

"Ele tem uma bicicleta."

"Então eles devem estar voltando."

"Não devemos ser impacientes. Talvez precisemos ficar aqui sentados muito tempo, major Scobie. O senhor sabe como são os criados."

"Eu pensava que sabia." Ele percebeu que sua mão esquerda estava tremendo sobre a escrivaninha e colocou-a entre os joelhos para imobilizá-la. Lembrou-se da longa caminhada pela fronteira: inúmeros almoços à sombra da floresta, com Ali cozinhando em uma velha lata de sardinha, e de novo aquela última viagem a Bamba lhe veio à memória — a longa espera da balsa, a febre, e Ali sempre a seu lado. Enxugou o suor da testa e pensou por um momento: isto é apenas uma doença, uma febre, logo vou despertar. O registro dos últimos seis meses — a primeira noite no abrigo, a carta que dizia demais, os diamantes contrabandeados, as mentiras, o sacramento recebido para tranquilizar a mente de uma mulher — parecia-lhe tão insubstancial quanto sombras sobre uma cama criadas por um lampião com manga de vidro. Ele disse consigo: estou despertando e ouço as sirenes soando o alerta exatamente como naquela noite, naquela noite... Sacudiu a cabeça e teve plena consciência da presença de Yusef sentado no escuro do outro lado da escrivaninha, do gosto do uísque e de que tudo continuava igual. Disse, desanimado: "Eles já deviam estar aqui".

"O senhor sabe como são os criados", disse Yusef. "Eles ficam assustados com a sirene e se abrigam. Devemos ficar aqui sentados e conversar, major Scobie. Para mim é uma grande oportunidade. Eu queria que a manhã jamais chegasse."

"A manhã? Não vou esperar por Ali até de manhã."

"Talvez ele esteja com medo. Pode ser que saiba que o senhor o descobriu e tente fugir. Às vezes os criados voltam para a mata..."

"Você está dizendo absurdos, Yusef."

"Outro uísque, major Scobie?"

"Está bem. Está bem." Ele pensou: estarei também me viciando em bebida? Parecia-lhe não ter mais nenhuma forma, nada que se pudesse tocar e dizer: isto é Scobie.

"Major Scobie, correm boatos de que afinal vai ser feita justiça e o senhor será comissário."

"Acho que isso jamais acontecerá", disse ele com cuidado.

"Eu só queria dizer, major Scobie, que o senhor não precisa ficar preocupado comigo. Quero o seu bem, não há nada que eu queira tanto quanto isso. Vou sumir de sua vida, major Scobie. Não serei um fardo. Para mim, basta ter tido esta noite... esta longa conversa no escuro sobre todos os tipos de assunto. Vou sempre me lembrar desta noite. O senhor não precisará se preocupar. Vou tomar medidas para isso." Pela janela atrás da cabeça de Yusef, de algum lugar entre a mixórdia de cabanas e armazéns, chegou um grito: dor e medo: ergueu-se como um animal que se afoga lutando por ar, e caiu de novo na escuridão da sala, dentro do copo de uísque, embaixo da escrivaninha, no cesto de papéis, um grito terminado e descartado.

"Um bêbado", disse Yusef depressa demais. Então disse em falsete, apreensivo: "Aonde o senhor vai, major Scobie? Não é seguro... sozinho". Aquela foi a última vez que Scobie viu Yusef, uma silhueta grudada na parede, compacta e recurvada, com o luar brilhando sobre o sifão e os dois copos vazios. Na base da escada estava o escriturário, olhando fixamente para o cais. A luz da lua iluminava seus olhos: como tachões de estrada, eles mostravam o caminho a seguir.

Não havia nenhum movimento nos armazéns vazios dos dois lados, nem entre os sacos e caixotes, enquanto ele movia a lanterna. Se os ratos de cais estivessem por ali, aquele grito os teria feito voltar correndo para suas tocas. Os passos de Scobie ecoavam entre os barracões e em algum lugar um vira-lata ganiu. Teria sido bem possível ficar procurando em vão naquela selva de desordem até de manhã: o que o levava tão depressa e tão sem hesitação até o corpo, como se ele próprio tivesse escolhido a cena do crime? Virando para um lado e para outro pelas avenidas de lonas e madeira, ele estava atento a um nervo em sua testa que indicava de forma ritmada o paradeiro de Ali.

O corpo jazia enroscado e insignificante, como uma mola de relógio quebrada, debaixo de uma pilha de tambores de gasolina vazios: parecia ter sido despejado ali para esperar a manhã e os abutres. Scobie teve um momento de esperança antes de se voltar, pois, afinal, dois criados tinham estado juntos na estrada. O pescoço acinzentado recebera muitos golpes. Sim, ele pensou, agora posso confiar nele. Os olhos amarelos, rajados de vermelho, o miravam como a um estranho. Era como se aquele corpo o tivesse descartado, repudiando-o: "Não o conheço". Ele jurou em voz alta, histericamente: "Por Deus, hei de pegar o homem que fez isto". Mas sob aquele olhar anônimo a insinceridade murchava. Ele pensou: sou eu o homem. Eu não sabia o tempo todo no escritório de Yusef que algo estava sendo planejado? Não poderia ter exigido uma resposta? "Senhor?", disse uma voz.

"Quem é?"

"Cabo Laminah, senhor."

"Você vê em algum lugar um rosário quebrado? Olhe com cuidado."

"Não consigo ver nada, senhor."

Scobie pensou: se pelo menos eu pudesse chorar, se pelo menos pudesse sentir dor; será que me tornei tão mau assim? De má vontade, olhou para o corpo. O vapor de gasolina enchia a pesada noite, e por um momento ele viu o corpo como algo muito pequeno e escuro e muito distante — como um pedaço quebrado do rosário que procurava: um par de contas negras e a imagem de Deus enrolada na ponta. Ó, Deus, ele pensou, eu vos matei: vós me servistes durante todos esses anos, e no fim eu vos matei. Deus jazia ali, debaixo dos tambores de gasolina, e Scobie sentiu as lágrimas na boca, o sal nas rachaduras dos lábios. Vós me servistes e eu vos fiz isto. Fostes fiel a mim, e eu não confiei em vós.

"O que foi, senhor?", murmurou o cabo, ajoelhando-se ao lado do corpo.

"Eu o amava", disse Scobie.

PARTE DOIS

CAPÍTULO 1

I

Tão logo passou seu trabalho a Fraser e fechou sua sala por aquele dia, Scobie partiu para os abrigos. Dirigia com olhos semicerrados, olhando bem à frente: agora, hoje, dizia consigo, vou esclarecer tudo, custe o que custar. A vida vai recomeçar: esse pesadelo de amor está acabado. Parecia-lhe que o pesadelo tinha morrido para sempre na noite anterior, sob os tambores de gasolina. O sol queimava suas mãos, grudadas à direção pelo suor.

Sua mente estava tão concentrada no que viria — a abertura de uma porta, algumas poucas palavras e de novo o fechamento de uma porta, para sempre — que ele quase passou por Helen na estrada. Ela descia o morro na direção dele, sem chapéu. Nem mesmo vira o carro. Ele precisou correr para alcançá-la. Quando ela se virou, era aquele rosto que ele vira em Pende, passando por ele carregado — derrotado, abatido, tão sem idade quanto um copo quebrado.

"O que está fazendo aqui? No sol, sem chapéu."

"Estava procurando você", ela disse vagamente, indecisa sobre o laterito.

"Venha para o carro. Você vai acabar tendo uma insolação." Os olhos dela assumiram um ar de dissimulação. "É tão fácil assim?", ela perguntou, mas obedeceu.

Ficaram sentados lado a lado no carro. Parecia não haver mais objetivo em continuar dirigindo: era tão fácil dizer adeus ali quanto em qualquer outro lugar. "Eu soube hoje de manhã da morte de Ali. Foi você que fez aquilo?", ela perguntou.

"Não fui eu que cortei a garganta dele", disse Scobie. "Mas ele morreu porque eu existia."

"Você sabe quem o matou?"

"Não sei quem empunhou a faca. Um rato de cais, suponho. O criado de Yusef, que estava com ele, desapareceu. Talvez tenha sido ele, ou talvez ele também esteja morto. Nunca conseguiremos provar nada. Não sei se Yusef pretendia fazer aquilo."

"Você sabe", ela disse "que isso é o fim para nós. Não posso mais continuar a arruiná-lo. Não fale. Deixe-me falar. Nunca pensei que seria assim. Outras pessoas parecem ter casos amorosos que começam e acabam e são felizes, mas conosco isso não funciona. Parece que é tudo ou nada. Então vai ser nada. Por favor, não fale. Estou pensando nisso há semanas. Vou embora imediatamente."

"Para onde?"

"Eu lhe disse para não falar. Não faça perguntas." Ele via no para-brisa um pálido reflexo do desespero dela. Tinha a sensação de estar sendo dilacerado. "Querido", ela disse, "não pense que é fácil. Nunca fiz nada tão difícil. Seria muito mais fácil morrer. Você está em tudo. Nunca mais vou poder ver um abrigo militar... ou um Morris. Ou sentir o sabor de um pink gin. Ver um rosto negro. Até uma cama... a gente tem de dormir em uma cama. Não sei onde vou conseguir escapar de você. Não adianta dizer que daqui a um ano vai estar tudo bem. É um ano que eu vou ter de atravessar. Sabendo o tempo todo que você está em algum lugar. Eu poderia enviar um telegrama ou uma carta e você teria de ler, mesmo que não respondesse." Como seria mais fácil para ela, ele pensou, se eu estivesse morto. "Mas eu não devo escrever", ela disse. Não estava chorando: seus olhos, quando ele os observou de relance, estavam secos e vermelhos, como ele se lembrava deles no hospital, exaustos. "O pior vai ser acordar de manhã. Há sempre um momento em que a gente esquece que tudo é diferente."

"Eu também vim para cá para me despedir", ele disse. "Mas há coisas que eu não consigo fazer."

"Não fale, querido. Eu estou sendo boa. Você não vê que eu estou sendo boa? Você não precisa se afastar de mim... eu vou me afastar de você. Você nunca vai saber para onde. Espero não ser muito devassa."

"Não", ele disse, "não."

"Fique calmo, querido. Você vai ficar bem. Você vai ver. Vai conseguir resolver tudo. Será um católico de novo... é isso o que você realmente quer, não é, e não um fardo de mulheres?"

"Eu quero deixar de causar dor."

"Você quer paz, querido. E vai ter paz. Você vai ver. Tudo vai dar certo." Ela pôs a mão no joelho dele e, por fim, no esforço de consolá-lo, começou a chorar. Ele pensou: de onde ela tirou essa ternura inconsolável? Onde elas aprendem a ser tão velhas tão depressa?

"Olhe, querido. Não vá ao abrigo. Abra a porta do carro para mim. Está dura. Vamos nos despedir aqui, e você vai para casa ou para o escritório, se preferir. Será muito mais fácil. Não se preocupe comigo. Vou ficar bem." Escapei daquela outra morte, ele pensou, e agora estou enfrentando todas elas. Inclinou-se sobre ela e abriu com força a porta do carro: as lágrimas dela tocaram-lhe o rosto. Ele sentiu a marca como uma queimadura. "Nada impede que troquemos um beijo de despedida. Nós não brigamos. Não houve nenhuma cena. Não há amargura." Ao se beijarem, ele sentiu a dor sob sua boca como o palpitar do coração de um pássaro. Ficaram sentados sem se mover, em silêncio, enquanto a porta do carro permanecia aberta. Alguns trabalhadores negros, que desciam o morro, olharam para dentro curiosos.

"Não consigo acreditar", ela disse, "que esta seja a última vez: que vou sair e você vai dirigir para longe, e nunca mais nos veremos. Só vou sair de casa quando não conseguir evitar, até eu me sentir bem. Estarei aqui em cima e você estará lá embaixo. Ah, Deus, como eu queria não ter os móveis que você me trouxe."

"São só móveis oficiais."

"O bambu está quebrado em uma das cadeiras em que você se sentou muito rápido."

"Querida, querida, não é esse o jeito."

"Não fale, querido. Estou sendo realmente bastante boa, mas não posso dizer essas coisas a nenhuma outra pessoa. Nos livros sempre há um confidente. Mas eu não tenho confidente. Preciso dizer tudo pelo menos uma vez." Ele pensou de novo: se eu estivesse morto, ela estaria livre de mim. Um morto é esquecido bem depressa; ninguém se incomoda com um morto — o que ele está fazendo agora, com quem ele está. Para ela, este é o jeito difícil.

"Agora, querido, vou fazer o que é preciso. Feche os olhos. Conte até trezentos bem devagar, e eu terei desaparecido. Vire o carro depressa e saia em alta velocidade. Não quero ver você partir. Vou tapar os ouvidos. Não quero ouvir você mudar de marcha no pé do morro. Os carros fazem isso cem vezes por dia. Não quero ouvir você mudar de marcha."

Ó, Deus, ele rezou, o suor das mãos gotejando sobre a direção, matai-me agora, agora. Meu Deus, jamais tereis contrição mais completa. Como eu sou sujo. Carrego o sofrimento comigo como um cheiro do corpo. Matai-me. Dai-me um fim. Os vermes não têm necessidade de exterminar-se. Matai-me. Agora. Agora. Agora.

"Feche os olhos, querido. É o fim. É realmente o fim", ela disse, desesperada. "Mas parece tão idiota."

"Não vou fechar os olhos", ele disse. "Não vou abandonar você. Prometi isso."

"Você não vai me abandonar. Eu vou abandonar você."

"Não vai dar certo. Nós nos amamos. Não vai dar certo. Eu subiria até lá à noite para ver como você estava. Não conseguiria dormir..."

"Você sempre consegue dormir. Nunca conheci um dorminhoco como você. Ah, meu querido, olhe. Já estou rindo de você de novo, como se não estivéssemos nos despedindo."

"Não estamos. Ainda não."

"Mas eu só estou arruinando você. Não posso lhe dar nenhuma felicidade."

"A questão não é a felicidade."

"Eu já me decidi."

"Eu também."

"Mas, querido, o que vamos *fazer*?" Ela se entregava completamente. "Eu não me importo de continuar como estamos. Não me importo com as mentiras. Com nada."

"Deixe por minha conta. Eu preciso pensar." Ele se inclinou sobre ela e fechou a porta do carro. Antes que a fechadura se trancasse, ele havia tomado sua decisão.

2

SCOBIE OBSERVAVA O APRENDIZ enquanto este tirava a mesa da refeição da noite, entrando e saindo, os pés descalços batendo no piso. "Sei que é uma coisa terrível, querido", disse Louise, "mas você tem de esquecer isso. Agora você não pode ajudar Ali." Uma nova remessa de livros tinha chegado da Inglaterra, e ele a observava cortar as folhas de um livro de poesia. Os cabelos de Louise estavam mais grisalhos do que quando ela partira para a África do Sul, mas a Scobie ela parecia ter rejuvenescido alguns anos, porque agora dava mais atenção à maquiagem: sua penteadeira estava lotada de frascos, garrafas e tubos que ela trouxera do sul. A morte de Ali pouco significava para ela: por que haveria de significar? Era o sentimento de culpa que a tornava tão importante. Não fosse isso, ninguém se afligiria com uma morte. Quando era jovem, ele pensara que o amor tinha algo a ver com compreensão, mas com a idade aprendera que nenhum ser humano compreendia outro ser humano. O amor era o desejo de compreender, e, em pouco tempo, com o fracasso constante, o desejo morria, e o amor talvez também morresse, ou se transformasse em um afeto doloroso, lealdade, pena... Ela estava ali sentada, lendo poesia, e se encontrava a mil quilômetros de distância do tormento que fazia tremer a mão dele e lhe secava a boca. Ela compreenderia, ele pensava, se eu estivesse em um livro, mas eu a compreenderia se ela fosse apenas uma personagem? Eu não leio esse tipo de livro.

"Você não tem nada para ler, querido?"

"Lamento. Eu não gosto muito de ler."

Ela fechou o livro, e ocorreu a ele que afinal Louise também fazia seu esforço: tentava ajudar. Às vezes ele imaginava, horrorizado, que talvez ela soubesse de tudo, que aquele rosto complacente que ela exibia desde quando voltara apenas mascarava o sofrimento. "Vamos falar do Natal", ela disse.

"O Natal ainda está muito longe", ele se apressou a dizer.

"Antes que você se dê conta, ele vai chegar. Eu estava imaginando se não poderíamos dar uma festa. Sempre vamos jantar fora: seria divertido ter convidados aqui. Talvez na véspera do Natal."

"Como você quiser."

"Depois poderíamos ir todos à missa da meia-noite. É claro que você e eu teríamos de nos lembrar de não beber nada depois das dez... mas os outros poderiam fazer o que quisessem."

Ele a olhou com um ódio momentâneo, enquanto ela ficava ali sentada, tão alegre, tão satisfeita, parecia a ele, preparando sua futura danação. Ele seria comissário. Ela tinha o que queria — o tipo de sucesso que almejava, tudo estava muito bem para ela agora. Ele pensou: era a mulher histérica que sentia o mundo rir dela pelas costas que eu amava. Amo o fracasso: não consigo amar o sucesso. E como ela parece bem-sucedida, sentada ali, um dos que foram poupados, e ele via exposto naquele rosto largo, como em uma tela de notícias, o corpo de Ali sob os tambores pretos, os olhos exaustos de Helen e todos os rostos dos perdidos, seus companheiros de exílio, o ladrão impenitente, o soldado com a esponja. Meditando sobre o que fizera e o que faria, ele pensou: até Deus é um fracasso.

"O que foi, Ticki? Você ainda está preocupado?"

Mas ele não podia contar a ela a súplica que tinha nos lábios: deixe-me ter pena de você de novo, seja decepcionada, sem atrativos, seja um fracasso para que eu possa amá-la mais uma vez, sem esta brecha amarga entre nós. O tempo é curto. Quero amar você também até o fim. "É a dor", ele disse devagar. "Agora passou. Quando vem", ele se lembrou da expressão do manual de medicina, "é como um torno."

"Você tem de ir ao médico, Ticki."

"Vou vê-lo amanhã. Eu iria de qualquer modo, por causa da minha insônia."

"Sua insônia? Mas, Ticki, você dorme como uma pedra."

"Não na última semana."

"Você deve estar imaginando isso."

"Não. Acordo por volta das duas horas e não consigo mais dormir... até um pouco antes de sermos chamados. Não se preocupe. Vou tomar alguns comprimidos."

"Eu odeio remédios."

"Não vou tomar o suficiente para me habituar."

"Precisamos que você esteja bem para o Natal, Ticki."

"Estarei bem no Natal." Retesado, ele atravessou o quarto até onde ela estava, imitando a postura de um homem que teme que a dor volte, e encostou a mão no peito dela. "Não se preocupe." Ao toque, o ódio o abandonou — ela não era assim tão bem-sucedida: nunca seria casada com o comissário de polícia.

Depois que ela foi se deitar, Scobie pegou o diário. Naquele registro, pelo menos, ele nunca mentira. No máximo, omitira. Tinha anotado suas temperaturas tão cuidadosamente quanto um capitão de navio que redige seu diário de bordo. Nunca exagerara ou minimizara e nunca se entregara à especulação. Tudo que escrevera ali era fato. *1º de novembro. Missa de manhã cedo com Louise. Passei a manhã com caso de furto na casa da sra. Onoko. Temperatura 32,8°C às duas. Vi Y. em seu escritório. Ali encontrado assassinado.* A anotação era tão simples e direta quanto naquela outra vez em que escrevera: *C. morreu*.

"2 de novembro". Ele ficou sentado muito tempo com aquela data diante de si, tanto que logo Louise o chamou. "Vá dormir, querida", ele respondeu com todo o cuidado. "Se eu ficar acordado até mais tarde, talvez consiga dormir direito." Mas, esgotado pelo dia e por todos os planos que tinham de ser traçados, ele já estava quase cabeceando na direção da mesa. Foi até o depósito de gelo e, enrolando um pedaço de gelo no lenço, apoiou-o na testa até o sono retroceder. *2 de novembro*. De novo ele pegou a caneta: era a sua sentença de morte que ele estava assinando. Escreveu: *Estive com Helen por alguns minutos*. (Era sempre mais seguro não deixar fatos para que alguém descobrisse.) *Temperatura às duas, 33°C. À noite, volta da dor. Medo de angina.* Olhou as páginas das entradas da semana anterior e acrescentou uma ou outra nota. *Dormi muito mal. Noite ruim. Insônia continua.* Releu as entradas cuidadosamente: seriam lidas mais tarde pelo responsável por investigar a morte, pelos inspetores de seguro. Pareciam-lhe estar de acordo com sua maneira usual de escrever. Então tornou a pôr o gelo na testa para espantar o sono. Era ainda apenas meia-noite e meia; seria melhor não ir dormir antes das duas.

CAPÍTULO 2

I

"Ela me aperta como um torno", disse Scobie.

"E que o senhor faz então?"

"Ora, nada. Fico o mais quieto que consigo até que a dor passe."

"Quanto tempo ela dura?"

"É difícil dizer, mas acho que não dura mais de um minuto."

Em seguida veio o estetoscópio, como num ritual. Havia de fato algo de clerical em tudo que o dr. Travis fazia: uma espécie de seriedade, quase uma reverência. Talvez porque fosse jovem, ele tratava o corpo com grande respeito; quando batia com os dedos no peito, fazia-o devagar, com todo o cuidado, aproximando o ouvido como se realmente esperasse que alguém ou alguma coisa respondesse com outras pancadinhas. Pronunciava baixinho palavras latinas, como se estivesse na missa — *sternum* em vez de *pacem*.

"E depois", disse Scobie, "há a insônia."

O jovem voltou a sentar-se atrás da escrivaninha e começou a bater nela com um lápis-tinta; no canto de sua boca havia uma mancha cor de malva parecendo indicar que às vezes — inadvertidamente — ele o chupava. "Provavelmente é o nervosismo", disse o dr. Travis, "o receio da dor. Não tem importância."

"Para mim é importante. O senhor não pode me dar alguma coisa para tomar? Eu me sinto bem quando consigo dormir, mas fico horas acordado, esperando... Às vezes me sinto muito indisposto para trabalhar. E um policial, como o senhor sabe, precisa estar em plena forma."

"É claro", disse o dr. Travis. "O senhor vai melhorar logo. O indicado no seu caso é Evipan." Era fácil assim. "Quanto à dor", ele voltou a bater com o lápis na mesa, "não é possível ter certeza, é claro... Quero que o senhor observe cuidadosamente as circunstâncias de cada ataque... o que parece provocá-lo. Então será bastante possível regulá-lo, evitá-lo quase inteiramente."

"Mas qual é o problema?"

"Há algumas palavras", disse o dr. Travis, "que sempre chocam o leigo. Eu gostaria que pudéssemos denominar o câncer por um símbolo como H_2O. As pessoas não ficariam tão perturbadas. O mesmo acontece com a palavra 'angina'."

"O senhor acha que é angina?"

"Tem todas as características. Mas os homens vivem anos com angina... até trabalham normalmente. Precisamos saber com precisão quanto o senhor pode fazer."

"Devo contar a minha mulher?"

"Não há nenhum motivo para não contar. Receio que isso possa significar... aposentadoria."

"É só isso?"

"O senhor pode morrer de muitas coisas antes que a angina o vitime... se tomar cuidado."

"Por outro lado, imagino que poderia acontecer a qualquer dia, não é?"

"Não posso garantir nada, major Scobie. Não estou nem absolutamente convencido de que seja angina."

"Então vou falar com o comissário reservadamente. Não quero alarmar minha mulher enquanto não tivermos certeza."

"Se eu fosse o senhor, contaria a ela o que acabo de lhe dizer. Isso vai prepará-la. Mas diga que o senhor poderá viver anos se tiver cuidado."

"E a insônia?"

"Isto o fará dormir."

Sentado no carro com o pacotinho no assento a seu lado, ele pensava: agora só preciso escolher a data. Ficou algum tempo sem dar a partida no motor; tomado por uma sensação de pavor, como se de fato tivesse recebido do médico sua sentença de morte. Seus olhos fitavam a protuberância elegante do lacre, semelhante a uma ferida seca. Tenho de continuar tomando cuidado, pensou, muito cuidado. Se possível, ninguém deve nem sequer suspeitar. Não era apenas a questão de seu seguro de vida: a felicidade de outros tinha de ser protegida. Esquecer um homem de meia-idade que morresse de angina era mais fácil que esquecer um suicida.

Tirou o lacre do pacote e leu atentamente as orientações. Não sabia qual seria a dose mortal, mas, com certeza, se tomasse dez vezes a dose correta, estaria seguro. Isso significava todas as noites, durante nove noites, retirar uma dose e guardá-la secretamente para usar na décima noite. Mais provas deveriam ser inventadas em seu diário, que teria de ser escrito até o fim — 12 de novembro. Ele deveria assumir compromissos para a semana seguinte. Em seu comportamento não deveria haver nenhuma insinuação de despedida. Aquele era o pior crime que um católico podia cometer — deveria ser um crime perfeito.

Primeiro o comissário... Ele seguiu para a delegacia de polícia e parou o carro diante da igreja. A solenidade do crime lhe ocupava o pensamento quase como felicidade: chegara enfim a hora de agir — ele tateara desajeitadamente e se atrapalhara tempo demais. Por segurança, pôs o pacote no bolso e entrou, carregando sua morte. Uma negra idosa estava acendendo uma vela diante da estátua da Virgem; outra estava sentada, tendo ao lado o cesto de compras, de mãos cruzadas e olhando para o altar. No mais a igreja estava vazia. Ele sentou-se no fundo: não tinha disposição para rezar — de que adiantaria? Se alguém era católico, tinha todas as respostas: nenhuma oração era eficaz em estado de pecado mortal, mas ele observava as outras duas com uma inveja triste. Elas ainda habitavam o país que ele havia deixado. Era isso o que o amor humano tinha feito a ele — roubara-o do amor pela eternidade. Era inútil fingir, como poderia fazer um jovem, que o preço valia a pena.

Se não podia rezar, ele podia ao menos falar, sentado ali no fundo, o mais distante que conseguia ficar do Gólgota. Ó, Deus, ele disse, sou o único culpado porque o tempo todo eu sabia as respostas. Preferi Vos causar dor em vez de causá-la a Helen ou a minha mulher porque não posso observar vosso sofrimento. Só posso imaginá-lo. Mas há limites ao que posso fazer a Vós — ou a elas. Não posso abandonar nenhuma delas enquanto viver, mas posso morrer e me afastar de sua torrente de sangue. Elas estão doentes e eu posso curá-las. E Vós também, Deus — estais doente por minha causa. Não posso continuar, mês após mês, a Vos insultar. Não posso suportar ir ao altar no Natal — a festa do Vosso nascimento — e receber Vosso corpo e Vosso sangue por causa de uma mentira. Não posso fazer isso. Será melhor para Vós se me perderdes de uma vez por todas. Sei o que estou fazendo. Não estou implorando misericórdia. Estou condenado à danação, não importa o que isso signifique. Ansiei por paz e jamais voltarei a ter paz. Mas Vós ficareis em paz quando eu estiver fora de Vosso alcance. Então será inútil varrer o chão para me encontrar ou buscar por mim nas montanhas. Podereis me esquecer, Deus, pela eternidade. A mão apertou o pacote no bolso, como uma promessa.

Ninguém pode dizer um monólogo sozinho por muito tempo — outra voz sempre se fará ouvir; todo monólogo, mais cedo ou mais tarde, se torna uma discussão. Portanto, agora, ele não conseguia silenciar a outra voz; ela falava da caverna de seu corpo: era como se o sacramento que se alojara ali para sua condenação falasse. Tu dizes que me amas, e contudo vais fazer-me isto — roubar-te de mim para sempre. Eu te fiz com amor. Chorei tuas lágrimas. Salvei-te de mais coisas do que jamais saberás; plantei em ti um anseio por paz só para que um dia pudesse satisfazer teu anseio e ver tua felicidade. E agora tu me afastas, pões-te fora de meu alcance. Não há letras maiúsculas a nos separar quando conversamos. Quando falas comigo não sou Vós mas simplesmente vós; sou humilde como qualquer outro mendigo. Não podes confiar em mim como confiarias num cão fiel? Fui fiel a ti por dois mil anos. O que tens de fazer agora é apenas tocar uma campainha, entrar em um confessionário, confessar-te... o arrependimento já está aí, se retorcendo em teu coração. Não é arrependimento que te falta, só uns poucos atos simples: ir até o abrigo e dizer adeus. Ou, se não consegues evitar, continua a me rejeitar, mas sem mais mentiras. Vai para tua casa, despede-te de tua mulher e vive com tua amante. Se viveres, mais cedo ou mais tarde voltarás para mim. Uma delas sofrerá, mas não podes confiar que eu faça que o sofrimento não seja grande demais?

A voz se calou na caverna e sua própria voz retrucou, desesperançada: Não. Não confio em vós. Nunca confiei em vós. Se me fizestes, fizestes este sentimento de responsabilidade que sempre carreguei como um saco de tijolos. Não é sem razão que sou policial — responsável pela ordem, por garantir que a justiça seja feita. Não havia nenhuma outra profissão para um homem da minha espécie. Não posso transferir minha responsabilidade para vós. Se pudesse, eu seria outra pessoa. Não posso fazer uma delas sofrer para me salvar. Sou responsável e tratarei disso usando o único meio de que disponho. A morte de um homem doente significa para elas apenas um curto sofrimento — todos têm de morrer. Todos nós nos resignamos à morte: é à vida que não nos resignamos.

Enquanto viveres, disse a voz, terei esperança. Não há desesperança humana que equivalha à desesperança de Deus. Não podes simplesmente continuar a agir, como estás fazendo agora? a voz suplicava, reduzindo as exigências a cada vez que falava, como um vendedor na feira. E explicava: há atos piores. Mas não, ele disse, não. Isso é impossível. Não continuarei a insultar-vos em vosso próprio altar. Vedes que é um *impasse*, Deus, um *impasse*, ele disse, apertando o pacote no bolso. Levantou-se, deu as costas ao altar e saiu. Só quando viu o próprio rosto no espelho retrovisor interno ele percebeu que seus olhos estavam congestionados pelas lágrimas contidas. Dirigiu para a delegacia de polícia e para o comissário.

CAPÍTULO 3

I

3 de novembro. Ontem eu disse ao comissário que a angina havia sido diagnosticada e que eu teria de me aposentar assim que encontrassem um sucessor. Temperatura às duas da tarde, 32,8°C. Noite muito melhor em consequência do Evipan.

4 de novembro. Fui com Louise à missa das 7h30, mas como a dor ameaçava voltar, não esperei pela comunhão. À noite contei a Louise que teria de me aposentar antes do fim do período. Não mencionei angina, mas falei de coração fatigado. Outra noite boa em consequência do Evipan. Temperatura às duas da tarde, 31,7°C.

5 de novembro. Furtos de lâmpadas na Wellington Street. Passei uma manhã cansativa na loja de Azikawe verificando uma história de incêndio no depósito. Temperatura às duas da tarde, 32,8°C. Levei Louise ao clube para a noite da biblioteca.

6-10 de novembro. Pela primeira vez deixei de fazer anotações diárias. Dor mais frequente e indisposição para qualquer esforço fora do comum. Como um torno. Dura cerca de um minuto. Tende a surgir se caminho mais de um quilômetro. Na noite passada, ou nas duas últimas, dormi mal apesar do Evipan, creio que devido ao receio da dor.

11 de novembro. Estive com Travis de novo. Agora parece não haver dúvida de que é angina. Hoje à noite contei a Louise, mas também disse que, com cuidado, poderei viver anos. Discuti com o comissário um regresso antecipado à Inglaterra. Em todo caso, tenho de ficar mais um mês, pois há muitos casos que quero levar aos tribunais dentro de uma semana ou duas. Concordei em jantar com Fellowes no dia 13, com o comissário no dia 14. Temperatura às duas da tarde, 31°C.

2

SCOBIE POUSOU A CANETA e enxugou o punho no mata-borrão. Eram exatamente seis horas do dia 12 de novembro e Louise saíra para ir à praia. Seu cérebro estava lúcido, mas os nervos latejavam desde o ombro até o punho. Ele pensou: cheguei ao fim. Quantos anos haviam se passado desde que ele caminhara sob a chuva até o abrigo militar, enquanto as sirenes gemiam: o momento de felicidade. Depois de tantos anos, era hora de morrer.

Mas ainda havia fraudes a praticar, como se ele fosse sobreviver à noite, adeuses a dizer sendo ele o único a saber que eram adeuses. Ele subiu o morro bem devagar para o caso de estar sendo observado — não era um homem doente? — e virou ao chegar aos abrigos. Não podia simplesmente morrer sem dizer uma palavra — que palavra? Ó, Deus, ele rezava, permiti que seja a palavra certa, mas quando bateu não houve resposta, absolutamente nenhuma palavra. Talvez ela estivesse na praia com Bagster.

A porta não estava trancada e ele entrou. Em seu cérebro haviam se passado anos, mas ali o tempo parara. A garrafa de gim poderia ser a mesma da qual o criado bebera — há quanto tempo? As cadeiras de oficial subalterno estavam firmes em seus lugares, como em um cenário de filme: ele não podia acreditar que alguma vez tivessem sido movidas, assim como o pufe dado de presente por — era a sra. Carter? Na cama o travesseiro ainda não fora batido depois da sesta, e ele descansou a mão sobre o molde morno de um crânio. Ó, Deus, ele rezava, vou me afastar de todos vocês para sempre: permiti que ela volte a tempo: deixai-me vê-la mais uma vez, mas o dia quente se refrescou em torno dele e ninguém chegou. Às seis e meia Louise estaria de volta da praia. Ele não podia esperar mais.

Devo deixar algum tipo de mensagem, ele pensou, e talvez antes que eu tenha escrito ela esteja de volta. Sentia um aperto no peito pior que qualquer dor que já inventara para Travis. Nunca mais a tocarei. Deixarei sua boca para outros pelos próximos vinte anos. A maioria dos amantes se enganava com a ideia de uma união eterna além-túmulo, mas ele sabia todas as respostas: ia para uma eternidade de privação. Procurou papel e não conseguiu achar sequer um envelope rasgado; pensou ter visto uma pasta de papéis para carta, mas o que se revelou foi o álbum de selos, e, ao abri-lo ao acaso, sem nenhum motivo, ele sentiu que o destino lançava outro dardo, pois se lembrou daquele selo específico e de como ele ficara manchado de gim. Ela vai ter de arrancá-lo, pensou, mas isso não importará: ela lhe dissera que não se pode ver de onde um selo foi arrancado. Não havia nenhum pedaço de papel nem em seus bolsos, e, em um repentino surto de ciúme, ele levantou a pequena imagem verde de George v e escreveu à tinta, sob ela: *Eu a amo*. Ela não pode tirar isto, pensou com crueldade e decepção, isto é indelével. Por um momento, sentiu-se como se tivesse instalado uma mina para um inimigo, mas ela não tinha nada de inimigo. Ele não estava se afastando do caminho dela como o destroço de um perigoso naufrágio? Saiu, fechou a porta e desceu lentamente o morro — talvez ela ainda viesse. Tudo que ele fazia agora era pela última vez — uma sensação esquisita. Nunca mais ele percorreria aquele caminho e, cinco minutos depois, tirando uma nova garrafa de gim de seu armário, ele pensou: nunca mais abrirei outra garrafa. Os atos que poderiam ser repetidos tornavam-se cada vez menos numerosos. Em pouco tempo só restaria um ato a repetir, o ato de engolir. Ele ficou parado equilibrando a garrafa de gim e pensou: então começará o Inferno e eles ficarão livres de mim, Helen, Louise e Vós.

Durante o jantar, ele falou deliberadamente da semana por vir; culpou-se por ter aceitado o convite de Fellowes e explicou que o jantar com o comissário, no dia seguinte, era inevitável: havia muito a discutir.

"Não há esperança, Ticki, de que depois de um repouso, de um longo repouso...?"

"Não seria justo continuar... nem com eles, nem com você. Posso ter um colapso a qualquer momento."

"Então é mesmo aposentadoria?"

"Sim."

Ela começou a discutir onde eles viveriam. Ele se sentia morto de cansaço e empregava toda a sua força de vontade para mostrar interesse por essa ou aquela aldeia fictícia, pelo tipo de casa que ele sabia que jamais habitariam. "Não quero um subúrbio", disse Louise. "Gostaria mesmo era de uma casa revestida de madeira em Kent, para que pudéssemos ir à cidade com facilidade."

"É claro", ele disse, "que isso vai depender dos recursos que tivermos. Minha pensão não será muito grande."

"Eu vou trabalhar", disse Louise. "Em tempo de guerra, será fácil."

"Espero que consigamos viver sem isso."

"Eu não me importaria."

Chegou a hora de dormir, e ele sentiu uma terrível falta de vontade de deixá-la ir. Depois que ela saísse, não haveria nada a fazer senão morrer. Mas não sabia como retê-la — já haviam conversado sobre todos os assuntos que tinham em comum. "Vou ficar sentado aqui um pouco", ele disse. "Talvez sinta sono se ficar acordado mais uma meia hora. Não quero tomar o Evipan, se puder evitar."

"A praia me deixou muito cansada. Vou me deitar."

Depois que ela se for, ele pensou, estarei só para sempre. Seu coração estava acelerado e ele era tomado pela náusea de uma terrível irrealidade. Não consigo acreditar que vou fazer isso. Daqui a pouco vou me levantar e ir dormir, e a vida começará de novo. Nada, ninguém, pode me forçar a morrer. Embora a voz não mais falasse da caverna de suas entranhas, era como se dedos o tocassem, transmitissem suas mudas mensagens de angústia, tentassem detê-lo...

"O que foi, Ticki? Você parece doente. Venha se deitar também."

"Eu não conseguiria dormir", ele disse obstinado.

"Não há nada que eu possa fazer?", perguntou Louise. "Querido, eu faria qualquer coisa..." O amor dela era como uma sentença de morte.

"Não precisa fazer nada, querida", ele disse. "Não quero detê-la." Mas logo que ela se virou para a escada, ele falou de novo: "Leia alguma coisa para mim. Você recebeu um livro novo hoje. Leia alguma coisa para mim".

"Você não gostaria, Ticki. É poesia."

"Não tem importância. Talvez me faça dormir." Ele mal ouvia o que ela lia. As pessoas diziam que não se podia amar duas mulheres, mas o que era essa emoção senão amor? Essa faminta absorção do que ele nunca mais veria de novo? O cabelo grisalho, a linha dos nervos no rosto, o corpo avolumado o prendiam como a beleza dela nunca fizera. Ela não pusera as botas de cano alto para se proteger dos mosquitos, e suas sapatilhas careciam muito de conserto. Não é a beleza que amamos, ele pensava, é o fracasso — o fracasso em permanecer jovem para sempre, o fracasso dos nervos, o fracasso do corpo. A beleza é como o sucesso: não podemos amá-la por muito tempo. Ele sentia um desejo extremo de proteger — mas é isso o que vou fazer, vou protegê-la contra mim mesmo para sempre. Algumas palavras que ela lia chamaram-lhe momentaneamente a atenção:

Todos nós caímos. Esta mão cai.
E observa todas as outras: caem todas também.

E contudo há Alguém, cujas mãos
*infindávelmente ternas a queda detêm.**

Soavam verdadeiras, mas ele as rejeitou — o alívio pode vir com demasiada facilidade. Essas mãos, ele pensou, jamais impedirão a minha queda: eu escorrego entre os dedos, estou engordurado de falsidade, traição. A confiança era uma língua morta da qual ele esquecera a gramática.

"Querido, você está quase dormindo."

"Só por um momento."

"Vou subir agora. Não demore muito. Talvez você não precise do seu Evipan esta noite."

Ele observou-a ir. A lagartixa estava quieta na parede. Antes de Louise chegar à escada, ele a chamou de volta. "Louise, me dê boa-noite antes de ir. Você pode cair no sono."

Ela o beijou de leve na testa e ele fez uma carícia fortuita na mão dela. Não devia haver nada de estranho nessa última noite e nada de que ela se lembrasse com pesar. "Boa noite, Louise. Você sabe que eu a amo", ele disse com uma leveza meticulosa.

"É claro que sim, e eu amo você."

"Sim. Boa noite, Louise."

* Tradução livre de versos de Rainer Maria Rilke.

"Boa noite, Ticki." Era o melhor que ele podia fazer com segurança.

Assim que ouviu a porta se fechar, ele sacou o maço de cigarros no qual guardara as dez doses de Evipan. Para maior certeza, acrescentou mais duas doses — tomar duas doses a mais em dez dias não poderia, certamente, ser considerado algo suspeito. Depois, bebeu uma dose grande de uísque, sentou-se imóvel e esperou a coragem com os comprimidos na palma da mão. Agora, pensou, estou absolutamente só: este era o ponto de congelamento.

Mas ele estava enganado. A solidão tem uma voz. E ela lhe disse: "Joga fora esses comprimidos. Jamais conseguirás reunir o bastante de novo. Serás salvo. Para de tentar representar. Sobe a escada, vai para a cama e tenha uma boa noite de sono. De manhã serás acordado por teu criado e irás de carro para a delegacia de polícia para um dia de trabalho normal". A voz se demorou na palavra "normal" como poderia ter feito nas palavras "feliz" ou "tranquilo".

"Não", disse Scobie em voz alta, "não." Enfiou os comprimidos na boca, seis de cada vez, e os engoliu com dois goles. Então abriu o diário e escreveu ao lado de 12 de novembro: *Fui visitar H.R., não estava; temperatura às duas da tarde* e parou bruscamente, como se naquele instante tivesse sido dominado pela dor final. Depois ficou sentado ereto e esperou o que lhe pareceu muito tempo por qualquer indicação da morte que se aproximava; não tinha ideia de como ela viria. Tentou rezar, mas a ave-maria lhe fugia da memória, e ele sentia suas pulsações como o bater das horas de um relógio. Tentou um ato de contrição, mas, quando chegou a "sinto muito e espero alcançar o perdão", uma nuvem se formou sobre a porta e ocupou o quarto inteiro, e ele não conseguia se lembrar do que tinha de se arrepender. Precisava se apoiar nas duas mãos para ficar ereto, mas se esquecera do motivo pelo qual se mantinha assim. Pensou ouvir de algum lugar ao longe os sons da dor. "Uma tempestade", disse em voz alta, "vai haver uma tempestade", enquanto as nuvens cresciam, e tentou levantar-se para fechar as janelas. "Ali", chamou. "Ali." Parecia-lhe que alguém fora da sala estava à sua procura, chamando-o, e ele fez um derradeiro esforço para indicar que estava ali. Levantou-se e ouviu o martelo de seu coração batendo uma resposta. Tinha uma mensagem a transmitir, mas a escuridão e a tempestade a devolveram para dentro da caixa de seu peito, e o tempo todo, fora da casa, fora do mundo que soava como golpes de martelo em seu ouvido, alguém vagava, procurando entrar, alguém pedindo socorro, alguém que precisava dele. E automaticamente, diante do grito de necessidade, do grito de uma vítima, Scobie se preparou para agir. Resgatou de uma distância infinita sua consciência para dar alguma resposta. Disse em voz alta:

"Deus caríssimo, eu amo...", mas o esforço foi demasiado, e ele não sentiu o corpo quando este se chocou contra o chão, nem ouviu o fraco tinido da medalha quando ela rolou como uma moeda para baixo da caixa de gelo — a santa de cujo nome ninguém conseguia se lembrar.

PARTE TRÊS

CAPÍTULO 1

I

"Eu me mantive afastado enquanto pude", disse Wilson, "mas pensei que talvez pudesse ajudar de alguma forma."

"Todos foram muito gentis", disse Louise.

"Eu não tinha ideia de que ele estava tão doente."

"Nesse caso sua espionagem não lhe ajudou, não foi?"

"Meu trabalho era esse" disse Wilson, "e eu a amo."

"Você usa essa palavra com tanta facilidade, Wilson."

"Você não acredita em mim?"

"Não acredito em ninguém que diz amo, amo, amo. Isso significa eu, eu, eu."

"Então você não vai se casar comigo?"

"Não parece provável, não é? Mas com o tempo talvez eu case. Não sei o que a solidão pode fazer. Mas não vamos mais falar de amor. Era a mentira favorita dele."

"Para vocês duas."

"Como é que ela recebeu a morte dele, Wilson?"

"Eu a vi na praia hoje à tarde com Bagster. E soube que ela estava um pouco embriagada ontem à noite no clube."

"Ela não tem um pingo de dignidade."

"Nunca entendi o que ele viu nela. Eu nunca trairia você, Louise."

"Ele até foi visitá-la no dia em que morreu."

"Como é que você sabe?"

"Está tudo escrito aí. No diário dele. Ele nunca mentia no diário. Nunca dizia coisas que não pretendesse dizer... como amor."

Haviam se passado três dias desde que Scobie fora enterrado às pressas. O dr. Travis assinara a certidão de óbito — *angina peitoris*. Naquele clima, uma autópsia era difícil e, em todo caso, desnecessária, embora o dr. Travis tivesse tomado a precaução de verificar o Evipan.

"Você sabe que, quando meu criado me contou que ele tinha morrido repentinamente à noite, eu pensei que fosse suicídio?", disse Wilson.

"É estranho eu conseguir falar sobre ele com tanta facilidade", disse Louise, "agora que se foi. Mas eu o amava, Wilson. Amava de verdade, mas ele parece tão, tão distante."

Era como se ele não tivesse deixado na casa nada além de alguns ternos e uma gramática mandinga: na delegacia de polícia, uma gaveta cheia de quinquilharias e um par de algemas enferrujadas. E, contudo, a casa não estava nada diferente: as estantes continuavam repletas de livros; parecia a Wilson que devia ter sido sempre a casa *dela*, não dele. Então era apenas a imaginação que fazia as vozes deles soarem um pouco ocas, como se a casa estivesse vazia?

"Você sabia o tempo todo... a respeito dela?", perguntou Wilson.

"Foi por isso que voltei para casa. A sra. Carter me escreveu. Disse que todos estavam comentando. Ele pensava que tinha sido muito engenhoso. E quase me convenceu... de que estava tudo acabado. Indo comungar, como ele foi."

"Como ele conciliava isso com sua consciência?"

"Suponho que alguns católicos fazem isso. Vão se confessar e depois começam tudo outra vez. Mas eu pensava que ele era mais honesto. Quando um homem está morto, a gente começa a descobrir coisas."

"Ele recebeu dinheiro de Yusef."

"Agora eu consigo acreditar nisso."

Wilson pôs a mão no ombro dela e disse: "Você pode confiar em mim, Louise. Eu a amo".

"Eu acredito mesmo que você ame." Não se beijaram; era cedo demais para isso, mas ficaram sentados na sala oca, de mãos dadas, ouvindo os urubus subirem no telhado de zinco.

"Então este é o diário dele", disse Wilson.

"Ele estava escrevendo nele quando morreu... ah, nada de interessante, só as temperaturas. Ele sempre registrava as temperaturas. Não era romântico. Deus sabe o que ela viu nele para fazer aquilo valer a pena."

"Você se importaria se eu desse uma olhada nele?"

"Se você quiser...", ela disse. "Pobre Ticki, não lhe sobrou nenhum segredo."

"Os segredos dele nunca foram muito secretos." Ele virou uma página e leu, e virou outra página. "Fazia muito tempo que ele sofria de insônia?"

"Sempre achei que ele dormia como uma pedra, não importava o que acontecesse."

"Você notou que ele escreveu os pedaços sobre insônia... depois?"

"Como você sabe?"

"Basta comparar a cor da tinta. E todos esses registros de ter tomado Evipan... é muito estudado, muito meticuloso. Mas principalmente a cor da tinta", ele disse. "Isso dá o que pensar."

Ela o interrompeu, horrorizada: "Ah, não, ele não podia ter feito isso. Afinal, a despeito de tudo, ele era católico".

2

"Deixe-me entrar só para tomar uma bebidinha", implorava Bagster.

"Nós tomamos quatro na praia."

"Só mais umazinha."

"Está bem", disse Helen. Pelo que ela entendia, não havia mais motivo para negar nada a ninguém para sempre.

"Sabe, esta é a primeira vez que você me deixa entrar", disse Bagster. "Você transformou isto num lugar encantador. Quem poderia imaginar que um abrigo militar podia ser tão confortável?" Vermelhos e cheirando a pink gin, nós dois formamos um belo par, ela pensou. Bagster lhe deu um beijo molhado no lábio superior e olhou em volta de novo. "A-há", ele disse, "nossa velha amiga garrafa." Depois de terem bebido mais uma dose de gim, ele tirou o casaco do uniforme e o pendurou com cuidado em uma cadeira. "Vamos deixar de cerimônia e falar de amor", ele disse.

"Nós precisamos?", perguntou Helen. "Já?"

"Hora de acender as luzes", disse Bagster. "O anoitecer. Então vamos deixar o George assumir os controles..."

"Quem é George?"

"O piloto automático, é claro. Você tem muito a aprender."

"Pelo amor de Deus, me ensine outra hora."

"Não há momento como este para um bombardeio", disse Bagster, empurrando-a firmemente para a cama. Por que não?, ela pensou. Por que não... se ele quer? Bagster é tão bom quanto qualquer outro. Não existe no mundo ninguém que eu ame, e fora dele não conta, então por que não deixar que eles façam seus bombardeios (a expressão era de Bagster) se eles quiserem bastante? Ela se deitou de costas na cama, calada, e fechou os olhos, e na escuridão não tinha consciência de absolutamente nada. Estou só, pensava sem autopiedade, declarando isso como um fato, do mesmo modo que um explorador talvez fizesse depois que seus companheiros tivessem morrido vitimados pelas intempéries.

"Por Deus, você não está nada entusiasmada", disse Bagster. "Você não gosta de mim nem um pouquinho, Helen?", e seu hálito de gim soprou através da escuridão.

"Não", respondeu ela. "Eu não amo ninguém."

"Você amava Scobie", ele disse, furioso, e acrescentou depressa: "Desculpe. Eu não devia ter dito isso".

"Eu não amo ninguém", ela repetiu. "A gente não pode amar os mortos, não é? Eles não existem, existem? Seria como amar o dodô, certo?", interrogando-o como se esperasse uma resposta, mesmo de Bagster. Ela mantinha os olhos fechados porque no escuro se sentia mais próxima da morte, a morte que o havia absorvido. A cama tremeu um pouco quando Bagster tirou dela seu peso, e a cadeira estalou quando ele pegou o casaco. "Não sou tão patife assim, Helen. Você não está com vontade. A gente se vê amanhã?", perguntou.

"Imagino que sim." Não havia motivo para negar nada a ninguém, mas ela sentiu um imenso alívio porque nada, afinal, tinha sido exigido.

"Boa noite, minha velha", disse Bagster. "Virei visitá-la."

Ela abriu os olhos e viu um estranho, vestido com uma roupa azul desbotada, movendo-se devagar junto à porta. Pode-se dizer qualquer coisa a um estranho — eles passam e esquecem como se fossem seres de outro mundo. "Você acredita em Deus?", ela perguntou.

"Ah, bem... imagino que sim", disse Bagster, retorcendo o bigode.

"Eu queria acreditar", ela disse, "queria de verdade."

"Ah, bem", disse Bagster, "muita gente acredita, sabe? Agora preciso ir. Boa noite."

Ela estava de novo sozinha na escuridão atrás de suas pálpebras, e o desejo lutava em seu corpo como uma criança: seus lábios se moveram, mas a única coisa que conseguiu pensar em dizer foi: "Pelos séculos dos séculos, amém…". O resto ela tinha esquecido. Estendeu a mão para o lado e tocou o outro travesseiro, como se talvez houvesse afinal uma chance em mil de que não estivesse sozinha, e, se não estava sozinha agora, nunca mais estaria sozinha de novo.

3

"*Eu* NUNCA TERIA NOTADO, sra. Scobie", disse o padre Rank.

"Wilson notou."

"Por algum motivo, não consigo gostar de um homem que é tão observador."

"É o trabalho dele."

O padre Rank lançou-lhe um rápido olhar. "Como o de um contador?"

"Padre", ela disse tristonha, "o senhor não pode me dar nenhum conforto?" Ah, ele pensava, as conversas que ocorrem em uma casa depois de uma morte, as reviravoltas, as discussões, as perguntas, as exigências — tanto barulho em torno da fronteira do silêncio.

"A senhora recebeu na vida uma incrível quantidade de conforto, sra. Scobie. Se o que Wilson pensa é verdade, é ele quem precisa de nosso conforto."

"O senhor sabe tudo que eu sei a respeito dele?"

"É claro que não, sra. Scobie. A senhora foi esposa dele, não é? Por quinze anos. Um padre só conhece as coisas sem importância."

"Sem importância?"

"Ah, eu me refiro aos pecados", ele disse com impaciência. "Um homem não vem a nós para confessar suas virtudes."

"Suponho que o senhor saiba a respeito da sra. Rolt. A maioria das pessoas sabia."

"Pobre mulher."

"Não vejo por quê."

"Eu tenho pena de qualquer pessoa feliz e ignorante que se envolva desse modo com um de nós."

"Ele era um mau católico."

"Este é o lugar-comum mais estúpido que existe", disse o padre Rank.

"E no fim esse… horror. Ele devia saber que estava se danando."

"Sim, ele sabia muito bem disso. Nunca teve nenhuma confiança na misericórdia… exceto para os outros."

"Então não adianta nem rezar…"

O padre Rank bateu na capa do diário e disse, furioso: "Pelo amor de Deus, senhora Scobie, não imagine que a senhora… ou eu… conheçamos coisa alguma da misericórdia de Deus".

"A Igreja diz…"

"Eu sei o que a Igreja diz. A Igreja sabe todas as regras. Mas não sabe o que se passa em um único coração humano."

"O senhor pensa, então, que há alguma esperança?", ela perguntou, exausta.

"A senhora sente tanto rancor assim contra ele?"

"Não sinto mais nenhum rancor."

"E pensa que provavelmente Deus é mais rancoroso que uma mulher?", disse ele, com uma insistência áspera, mas ela se esquivava dos argumentos de esperança.

"Ah, por que… por que ele fez tanta confusão?"

"Pode parecer estranho falar isso…", disse o padre Rank, "quando um homem estava tão extraviado como ele… mas penso, pelo que conhecia dele, que ele realmente amava a Deus."

Ela acabara de negar que sentia rancor, porém um pouco mais dele brotava agora, como lágrimas drenadas de canais ressecados. "Ele certamente não amava mais ninguém", ela disse.

"Talvez também nisso a senhora tenha razão", retorquiu o padre Rank.

Este livro, composto na fonte Fairfield,

foi impresso em papel Pólen soft 70g/m², na gráfica Santa Marta.

São Bernardo do Campo, Brasil, março de 2019.